KB036650

비긴 어게인 여행

비긴 어게인 여행
인생 리셋을 위한 12가지 여행법

펴낸날 2015년 10월 30일 초판 1쇄
2015년 12월 21일 초판 2쇄

지은이 이화자
디자인 niceage
펴낸이 이태권
펴낸곳 (주)태일소담
서울특별시 성북구 성북로8길 29 (우)136-825
전화 745-8566~7 팩스 747-3238
e-mail sodam@dreamsodam.co.kr
등록번호 제2-42호(1979년 11월 14일)
홈페이지 www.dreamsodam.co.kr

ISBN 978-89-7381-107-6 03810

이 도서의 국립중앙도서관 출판시도서목록(CIP)은 서지정보유통지원시스템 홈페이지
(http://seoji.nl.go.kr)와 국가자료공동목록시스템(http://www.nl.go.kr/kolisnet)에서
이용하실 수 있습니다.(CIP제어번호: CIP2015028230)

비긴 어게인
여행

인생 리셋을 위한 12가지 여행법

이화자 지음

프롤로그

세상엔 여러 종류의 여행이 있다.
여행이라 하면 흔히, 놀고 먹고 쇼핑하며 즐겁기만 한 것들을 떠올리지만
여행이라는 말 속에는, 기꺼이 힘든 산을 오르고,
스스로를 사람들로부터 떼어놓아 고독에 젖게 하고,
말도 통하지 않고 음식도 맞지 않으며 심지어 잠자리마저 불편한 오지에서
한 번도 경험하지 못한 것들을 경험하게 하는 것이라는 뜻도 포함되어 있다.
살다 보면 어느 순간은, 그동안 읽었던 수많은 책도,
든든한 선배의 조언도, 사랑하는 친구의 위로도,
그 무엇도 해답이 되어주지 못할 때가 있다.
그때 내게 새로운 삶에 대한 가능성과 지혜를 준 것은 여행이었다.

첫 번째 직업이었던 광고 카피라이터 8년차였을 때,
연일 계속되는 야근에 신경성 위염까지 더해 몸과 마음이 지쳐갔고
이젠 그만하겠다고 사직서를 던지고 나서 처음으로 했던 일이 여행이었다.
그때 떠난 유럽 여행은 그간의 소모적 삶을 리프레시해주기에 충분했고,
돌아오자마자 난 새로운 직장에서 열정적으로 다시 시작할 수 있었다.

두 번째 유산을 하고 나서, 고통스럽고 힘든 시도를 계속하는 대신
둘만을 위한 삶을 살기로 결심하고
퉁퉁 부은 얼굴로 처음 했던 일도 여행이었다. 그때 떠난
이집트, 그리스, 터키 여행은 스스로도 믿을 수 없을 만큼
세상에서 가장 빠른 속도로 나를 치유해주었다.
대학 교수 생활 15년째, 내 힘으로는
바꿀 수도, 바뀌지도 않는 답답한 시스템 속에서
더 이상 자부심을 느낄 수도, 즐거움을 느낄 수도 없음을 깨닫고
남들이 선망하는 직업을 벗어던지고
홀가분한 마음으로 처음 한 일도 여행이었다.
그때 떠났던 두 달간의 중남미 여행은
불행한 안락보다는 위험한 행복을 택하기로 한 나의 결심이
정말이지 옳았다는 믿음과 확신을 주기에 충분했다.
그랬다. 내 삶의 고비마다 위로가 필요할 때도,
리프레시가 필요할 때도, 용기가 필요할 때도,
해답을 내리도록 도와준 것은 여행이었다.

우린 본 것 이상을 생각하지 못하고, 생각한 것 이상을 보지 못한다 했던가.
오직 여행만이 알려주는 지혜가 있었다.
나이가 들면서 사람들이 점점 더 힘들어하는 것은
삶의 확정성 때문이라고들 한다.
삶의 방향은 이미 어느 정도 정해져버렸고
로또와 같은 반전이 터져주지 않는 한,

내 인생은 지금과 별로 달라지지 않은 채

그저 그렇게 흘러갈 거라는 체념과 절망 말이다.

나이가 들면서 혈액순환장애를 겪는 건 어쩌면 당연한 일일 것이다.

어릴 때 자유롭게 돌던 피가

성인이 되면서, 결혼을 하면서, 직장인이 되면서,

하나씩 묶이기 시작해서 나중엔 얽히고설켜 피가 돌지 못하게 된 상태.

그게 어른인지도 모르겠다.

관습과 제도, 본능과 본질과 상치되는 것들에 길들여지면서

동맥과 정맥을 하나씩 묶어 피를 돌지 못하게 하는 것.

그렇게 묶인 밧줄을 풀지 않고서는

생존 자체가 어려울 것 같은 순간이 오는 것이다.

그렇다면 이렇게 꼬여버린 핏줄을 풀 수 있는 것은 무엇일까.

막힌 숨을 비로소 탁 트이게 하는 것은 무엇일까.

내 것이 아닌 것들, 껍데기의 것들, 본질이 아닌 것들,

교육과 사회에 속아온 것들을 제거하고 온전한 내가 되는 것.

그래서 잊어버렸던 나의 언어를 되찾아주는 것.

그것이 바로 여행이다.

파울로 코엘료는 성공하고 싶다면

한 가지 비결만을 기억하라고 했다.

그것은 바로 '자기 자신을 속이지 말라'는 것이다.

성철 스님 또한 '불기자심(不欺自心)',

즉 '자신의 마음을 기만하지 않는 것'을

삶에서 가장 중요한 것이라 했다.

그런데 자신을 속이지 않으려면, 자신에게 속지 않으려면
먼저 자기를 알아야 할 텐데, 우린 얼마나 자신을 알고 있는 걸까?
지금의 우리에겐 그런 시간이 너무 없는 건 아닐까.
그런 시간이 주어진다 해도 많은 사람들은
스스로를 돌아봐야 하는 고독과 고통의 시간 대신
사람들과 어울려 자신을 잊어버리는 것을 택하고 있는 건 아닐까.
이럴 때 내게 필요한 것은 여행이었다.
80여 개국을 여행하는 동안 내게 인상 깊었던 나라들은
좀 더 나를 잘 들여다보게 하고, 내가 알고 있던 삶에 대한 고정관념을
통쾌하게 깨부수어 주던 곳들이었다.

여행을 할수록 첨단의 대도시보다
이름조차 낯선 오지를 선택했던 이유는 자명했다.
세상의 모든 대도시는 다 똑같이 느껴졌기 때문이다.
똑같은 빌딩 속에서 똑같은 양복을 입은 사람들이
똑같은 브랜드의 상점들 사이를 활보한다.
유럽이나 미국의 대도시들을 다니면서 이런 생각이 들었다.
"난 내가 사는 도시에서도 볼 수 있는 것들을 보려고 이렇게 멀리 오지 않았어.
난 이곳이 아니라면 결코 만날 수 없는 장면들, 사건들, 사람들을 만나고 싶어서
돈과 시간을 들여 여기까지 온 거란 말이야.
그러니 세상이여, 내게 다른 것을 보여줘"라고…….

여행이라 하면 사람들은
혼자 가는 여행인지, 어떤 에피소드가 있었는지를 중요하게 여기지만
사실 여행에서 중요한 건 그런 것들이 아니다.
처음 하는 여행에서 차를 놓치고, 물건을 잃어버리고,
말도 안 되는 실수를 하는 일은 언제나 있을 수 있다.
아무리 많은 나라를 여행한 전문가라 할지라도
처음 가는 나라에서는 다 같은 서툰 여행자일 뿐이다.

그리고 그건 당시엔 당황스럽고 힘들지만
지나고 나면 두고두고 잊지 못할 추억으로 남기도 한다.
그러므로 혼자 가는 것, 에피소드를 만드는 것이 여행의 목적이 될 수는 없다.
혼자 가든 함께 가든, 에피소드가 있든 없든 간에
여행에서 얻어야 할 소중한 것들을 느끼는 사람은 느끼며,
느끼지 못하는 사람은 그냥 느끼지 못한다.
그래서 어떤 이의 눈에는 여행이 그저 배회이거나 방황일 뿐이지만,
어떤 이에겐 어디에서도 구하지 못할 값지고 소중한 배움이 된다.

여행 전과 여행 후 아무것도 달라진 것이 없다면
과연 우린 여행이라는 걸 했다고 말할 수 있을까.
뭔가 전환점을 찾아 특별한 여행을 간다면서
홍콩 가서 쇼핑하고, 동남아 가서 해수욕하고,
유럽 가서 명품 사는 여행을 하는 사람들을 본다.
단언컨대 그런 여행은 그 순간뿐이다.

그저 휴식과 즐거움을 위해 떠나는 것이 아니라
터닝 포인트를 찾기 위해 떠난다면
조금은 다른 곳, 남들이 가보지 않은 곳에 가보기를 권한다.
똑같은 곳에서 남다른 생각을 하기는 힘들기 때문이다.

Never try, Never know.
살면서 느끼는 건, 할 수 있다고 생각하는 것과
실제로 하는 것은 전혀 별개라는 것이다.
마찬가지로, 할 수 없다고 생각하는 것과 못 하는 것 또한 전혀 별개의 문제이다.
여행의 이유야 저마다 다르겠지만
내가 다른 나라들을 여행할 수 있게 부추겼던 말은
이 말이었던 것 같다. 해보기 전엔 절대 알 수 없다는 것.
어쩌면 늘 그렇듯 진짜 여행은
우리가 지금껏 안전지대라고 생각했던 곳에서 벗어나는 순간 시작될 수도 있다.
그리하여 가장 힘들었던 여행이 가장 힘을 주는 여행이 될지도 모르는 일이다.

프롤로그

Begin Again

1

나를 찾는
여행을 떠나라

영혼을 찾아가는 곳,
네팔

Nepal

다른 나라, 다른 문화, 다른 나라 사람을 접하고서야
사람은 자기를 자기답게 하고,
타인과 다른 것이 무엇인지 알아보려고 애를 쓴다는 사실.

_요네하라 마리, 『프라하의 소녀시대』(마음산책) 중에서

어떤 장소에 간다는 것은
곧 자기 자신에게 간다는 것

벅찬 대사와 아름다운 장면들로 가득한 영화 〈리스본행 야간열차〉의 주인공 그레고리우스는 출근길에 우연히 한 소녀의 자살을 막게 되고, 그 소녀의 소지품에서 발견한 한 권의 책으로 인해 리스본행을 감행한다. 그 우연하고도 충동적인 여행에서 그레고리우스는 마침내 사는 내내 궁금했던 삶의 비밀과 마주하고 생기를 되찾는다.

이 영화처럼 어느 장소에 간다는 건 곧 자기 자신에게 간다는 것이다. 어떤 이는 한 사람이 무엇을 먹는가를 보면 그를 알 수 있다 하고, 어떤 이는 무엇을 입는가를 보면 그를 알 수 있다고 한다. 나는 이렇게 말하고 싶다. 어디로 여행하는지를 보면 그 사람을 알 수 있다고.

한 번으로는 만족할 수 없어 여러 번 가게 되는 곳들이 있다. 많은 이들이 여러 번 찾고 매년 휴가로 가기도 하는 곳, 바로 네팔 포카라Pokhara다.

나는 이곳을 17년 전쯤 인도 여행 끝에 스치듯 지나쳤었다. 그 후 우리나라에 트레킹 열풍이 불면서 히말라야는 많은 이의 버킷 리스트에 들어갔다. 걷기라면 두어 시간으로 족한 내게 히말라야 트레킹은 좀처럼 엄두를 내기 힘든 도전이었지만, 굳이 안나푸르나니 랑탕이니 하는 험난한 코스를 정복하지 않고 하루 이틀 정도 가벼운 트레킹을 하며 산 아래에 머무는 것만으로도 새로운 정기를 받을 수 있을 것 같았다.

살면서 열정이 다한 것 같고, 지금 있는 곳에서 떠나야 할 것 같고, 뭔가에 질질 끌려가고 있는 듯한 느낌이 계속될 때, 그만두지 못하는 스스로가 한

없이 원망스럽고 가슴이 조여오는 느낌이 들 때 우리는 참고 또 참는다. 폭발하지 않기 위해, 자제력을 잃지 않기 위해 자신을 누르고 또 누르는 것이다. 살면서 누구나 한 번쯤 이런 느낌을 받은 적이 있을 것이다. 그러나 이런 생각이 들었다고 해서 무조건 사표를 던져버리지는 않는다. 잘못된 선택이 남기는 후회의 무게 또한 잘 알고 있기 때문이다. 이럴 때 사람들은 여행을 떠난다. 답답함을 일시적으로 누르기 위해, 혹은 한발 떨어져 생각해보기 위해, 인생에서 가장 고약한 적인 자기 자신과 마주하기 위해…….

그렇게 히말라야를 가슴에 품기를 17년. 8월의 끈질긴 더위 한가운데에서 어느 날 문득 히말라야가 보고 싶어졌다. 하필이면 비가 많이 오는 우기였는데, 그럼에도 더는 미룰 수 없는 절박한 끌림으로 다가왔다.

내 여행에는 계획이라 게 없다. 3년 전 오랫동안 몸담았던 직장에서 벗어나 시간이 자유로워진 이후로 내게 여행은 충동 그 자체이다. 첫 번째 여행 이후 언젠가 다시 가고 싶었던 그곳, 드라마 〈나인〉에서 주인공 선우가 거니는 포카라 거리를 보며 당장 표를 끊을 뻔했던 곳. 그렇게 네팔로의 두 번째 여행이 시작되고 있었다. 사람들은 하필이면 왜 이런 우기에 가느냐고들 했지만, 당시 나를 강렬하게 밀어붙인 가슴속의 말을 뿌리칠 수 없었다.

'무언가를 하고자 한다면 이것저것 따지지 말고 그냥 해야 한다.'

첫 여행 때와 달리 네팔로 가는 직항 노선이 생긴 덕분에 6시간 정도만 날아가면 꿈에 그리던 네팔 카트만두 국제공항에 닿을 수 있었다. 동남아시아에 가는 것과 엇비슷한 시간이 걸린다. 동남아에 갈 시간이면 네팔에 닿을 수 있는 것이다. 카트만두에서 국내선을 타면 페와Phewa 호수 속에 히말라야를 남은 도시 포가리끼지 1시간도 안 되어 닿을 수 있다. (버스로는 7시간 정도 걸린다.)

　인도와 부탄, 중국 사이에 있는 내륙 국가 네팔로 가는 비행기 안에서 나는 기억 속에 어슴푸레한 흑백사진으로 남아 있는 네팔의 풍경들을 떠올렸다. 이번 여행으로 이 사진들에 어떤 색깔이 새롭게 덧입혀질까 하는 기대로 한껏 설렜다.

　여행 첫날 카트만두 여행자 거리인 타멜 거리에 있는 허름한 게스트하우스에 짐을 풀고 나니, 다음 날 새벽 5시도 안 되어 눈이 떠졌다. 나는 이런 몽롱한 시간을 좋아한다. 의식이 채 깨어나기 직전, 지금 내가 누워 있는 곳이 어디인지 알아차리기 직전, 모든 것이 한없이 아득하게만 느껴지는 시간, 이를테면 호접몽 같은 시간. 나는 그 시간을 너무나 사랑한다.

　마침 해가 떠오르는지 시야 가득 푸른빛이 들어왔다. 세수도 잊은 채 자전거 릭샤를 타고 근처 스투파(Stupa, 불교에서 부처님의 사리를 봉안한 기념비적 건축물)로 갔다. 너무 착해 보여서 차라리 슬퍼 보이기까지 한 릭샤왈라(자전거 릭샤를 모는 사람)는 내가 정말 네팔이라는 순진무구의 땅에 왔음을 실감하게 해주었다.

　그렇게 기억 속 장면을 오버랩하며 한동안 서성였던 것 같다. 오래된 차이(차, 인도어로는 차이, 네팔어로는 짜이라고 한다) 가게가 눈에 들어왔다. 현지인들로 가득한 차이 가게에서 늘 들르던 곳인 양 자리를 잡고 앉았다. 언제나 여행자들로 들끓는 곳인지라 가게 주인도, 동네 사람들도 그저 한번 흘깃 보고는 본인들의 일상으로 돌아갔다. 나는 그곳에 오래 살았던 사람처럼, 매일 아침 모닝 차이를 마셔온 사람처럼 그들 사이에서 차이를 마셨다. 눈이 마주칠 때마다 "나마스테" 하고 인사하면서.

너무 착해서 차라리 슬퍼 보였던 릭샤왈라

오래된 차이 가게

카트만두 여행의 필수 코스 두르바르 광장

네팔에서는 그 흔한 모닝커피 대신 모닝 차이를 마신다. 값은 30루피(우리 돈으로 300원). 차이는 커다란 냄비 속에 홍차를 붓고 마살라와 계피 등 향신료를 넣어 휘휘 저으며 오랜 시간 끓이고, 젓고, 다시 끓이고, 저으면서 만들어진다. 목젖을 타고 흘러 내려가는 차이가 몸을 정화해주는 성수처럼 느껴진다면 지나친 표현일까. 집집마다 사용하는 향신료가 다르고 조제법이

다른 것이 우리네 김치와 같다. 그중에서도 물론 특별히 맛있는 집은 따로 있다. 그렇게 그리웠던 차이 한 잔으로 네팔 여행이 시작되었다.

첫날은 여유 있게 카트만두 최고의 관광 코스인 두르바르 광장을 둘러보기로 했다. 카트만두 중심부에 위치한 두르바르 광장은 구왕궁과 50개가 넘는 사원, 그리고 유적으로 가득한 곳이다. 살아 있는 여신 쿠마리가 거주하는 사원도 이곳에 있다. 두 번째 여행이 주는 최고의 장점은 허둥대지 않을 수 있다는 것이다. 처음 갔을 때는 아우트라인만 보인다면, 두 번째엔 보다 더 천천히 음미하면서 그 속살을 볼 수 있게 되는 것이다.

두르바르 광장을 돌다 보니 더위에 금방 지쳐버렸다. 땀을 뻘뻘 흘리며 여기저기를 돌아다니는 대신 광장이 잘 내려다보이는 카페를 찾아 시원한 음료를 마시며 여유를 즐기기로 했다. 17년이라는 시간이 정말이지 눈 깜짝할 사이에 지났음을 실감하는 순간이었다. 망고 라씨와 에베레스트 맥주를 마시며 나는 그곳이 주는 공기를 한껏 음미했다.

카트만두의 명소 스와얌부나트나 보드나트, 파슈파티나트도 들러보고 싶었지만, 포카라를 빨리 보고 싶은 생각에 나머지는 여행 마지막에 들르기로 마음먹었다. 페와 호수와 히말라야, 그리고 〈나인〉에 나왔던 여행자 거리가 얼마나 변했을지 궁금했기 때문이다.

여행 중독자의
조건

인터넷에서 여행 중독자의 특징에 대한 글을 본 적이 있다. 방에 커다란 세계지도가 있는 사람, 여행에서 돌아와 짐을 풀기도 전에 다음 여행을 준비하는 사람, 생일이나 크리스마스 선물로 비행기 티켓 받기를 간절히 원하는 사람, 다양한 나라의 지폐와 동전을 가지고 있는 사람……. 이 모든 항목에 내가 해당된다는 걸 깨닫고 웃었던 기억이 난다. 나는 여기에 한 가지를 더 추가하고 싶다. 여행의 목적지뿐 아니라 가는 길 자체가 즐거운 사람.

카트만두에서 포카라로 가는 길은 버스로 7시간 정도 걸린다. 에어컨이 없는 버스도 있지만, 500루피(5,000원)만 더 주면 냉방 시설이 좋은 투어리스트 럭셔리 버스를 타고 바깥 풍경을 감상하며 쾌적하게 갈 수 있다. 버스는 우리나라 우등고속 급이며, 놀랍게도 와이파이 서비스도 제공된다. 그러나 예상대로 와이파이는 잘 터지지 않고, 간혹 버스가 마을에 정차했을 때 잠깐 터지는 정도다. 버스 안에서 휴대폰 충전도 가능하다. 여행객이 워낙 많은 곳이라 편의 시설이 잘 갖춰져 있는 편이다. 중간 휴게소엔 제법 모양을 갖춘 히말라야 커피 전문점도 있어, 그곳에서 유기농 네팔 커피도 마실 수 있다. (네팔은 유명한 커피 산지 중 하나다.)

음악도 듣고, 책도 읽고, 이런저런 생각도 하다 보니 어느새 포카라에 도착했다. 버스 옆자리에 앉아 있던 아기 엄마가 명함을 건넸다. 포카라 호숫가에서 게스트하우스를 한다며 꼭 놀러 오란다. 이미 예약해둔 숙소가 있어 상황을 봐서 들르겠다고 하니, 여자는 남편에게 연락해 숙소까지 데려다주

카트만두에서 포카라로 가는 버스

유기농 네팔 커피를 마실 수 있는
히말라야 커피 전문점

겠다고 했다. 덕분에 나는 친구도 사귀고 덤으로 숙소까지 편하게 왔다. 도시와 도시를 이동하는 여정, 그 사이에도 여행이 있다.

비 오는 포카라

포카라에 머무는 일주일 동안 이틀만 빼고 줄곧 세차게 비가 내렸다. 오후에 이따금 개긴 했지만 페와 호수는 먹구름에 잠겨 좀처럼 히말라야의 바지 자락도 보여주지 않았다. 잠깐 날씨가 개더라도 산에 거머리 비가 내린다는 무서운 얘기들이 들려와서 트레킹은 엄두도 못 낸 채 시간이 흘렀다.

여행을 가면 늘 조금은 조증 상태가 와서 가만히 앉아 있을 수가 없게 된다. 차분히 앉아서 사색을 한다든가, 온종일 책을 읽는다든가, 한가롭게 산책을 한다든가 하는 일이 잘 되지 않는 것이다. 그보다는 어딘가를 부지런히 찾아다니고, 이동하고, 보는 것의 반복이 되기 쉽다. 가능하면 더 많이 보고, 더 빨리빨리 돌아다니는 것이 일반적인 여행 패턴이다. 그런 내게 연일 비가 내리는 날씨는 어쩌면 평소 꿈꾸던 시간을 제대로 가질 기회인지도 모르겠다. 늦잠을 자고 온종일 할 일이 없어 가져온 책을 꺼내 독파하는 일 말이다. 어느 정도 비가 갠 날은 페와 호숫가를 거닐기도 하고, 새로 생긴 노천카페에서 지나가는 사람들을 구경하기도 했다. 호수 쪽으로 펼쳐놓은 일광욕 의자에 누워 맥주나 칵테일을 홀짝이기도 했다. 여행자들은 제각기 다른 일을 하면서도 잠깐이라도 날이 개어 히말라야가 얼굴을 보여주기를 바라는 듯, 시선은 늘 호수 저편을 향해 있었다.

페와 호숫가의 노천카페

호숫가를 여유롭게 산책하는
여행자들

손금 보는 점쟁이의
소박한 좌판

믿거나 말거나~ 여행자를
기분 좋게 해준 포카라의 점쟁이

그날도 어슬렁대며 산책로를 걷다가, 좌판을 펼쳐놓고 손금 보는 아저씨를 발견했다. 마침 따분하던 차에 손금을 보기로 했다. 값은 100루피(1,000원)이니 믿거나 말거나, 맞거나 말거나다. 그는 내 손금을 보더니 자못 심각한 얼굴로 이렇게 말했다.

　　"앞으로도 여러 곳을 다니겠고, 하는 일이 잘되겠어. 다만 목요일과 토요일만 좀 조심해."

　　서툰 영어로 그 문장만 외워 연습한 투다. 역시 요즘 점쟁이들은 고객 마인드를 너무 잘 아는 모양이다. 복채만큼 기분 좋은 얘기를 들었으니 그만이라는 심정으로 돈을 지불하고 일어서는데, 점쟁이 아저씨도 나를 따라 슬슬 자리를 접었다. 오늘 일당은 다 벌었다는 듯이.

　　카페 문화를 좋아하는 나에게 포카라 카페 순례는 그 자체로 새로운 즐거움이다. 그날은 호숫가 카페가 아닌, 여행자 거리에 자리 잡은 단골 카페를 찾았다. '비는 하늘에서 떨어지는 끝없이 긴 문장들'(한강, 『희랍어 시간』)이라 했던가. 생각에 잠겨 창밖을 보다가 이런저런 상념들이 떠올라 종이에 긁적이기를 반복했다. 그러다가 스쿨버스 안의 미소년과 눈이 마주쳤다. 그 소년은 네팔에서 보기 힘든 교복 차림으로 사색에 잠긴 듯한 표정을 짓고 있었다. 이런 날은 너 나 할 것 없이 생각의 샘에 풍덩 빠지기 좋은 날이다.

어떤 여행지나 오랫동안 가슴에
남는 얼굴이 있다

Nepal

익숙한 것과의 결별

배낭여행자는 두 가지 타입이 있다. 어디를 가든 아는 사람을 찾아서 그곳에 머무르는 타입과, 아는 사람을 피해 다니는(?) 타입. 나는 후자에 가깝다. 신세 지는 느낌을 좋아하지 않아서, 현지에 지인이 있어도 그곳에 머무르기를 피하는 편이다. 간다는 말도 없이 다녀가는 경우도 많다. 여행지에서 현지인에게 의지하며 머물다 보면 이점도 있지만 방해되는 게 더 많은 것 같다. 이점이라면 아무래도 숙식비가 절약되니 경비를 아낄 수 있고, 현지 정보를 많이 아는 사람을 통해 숨은 명소를 찾을 기회가 많다는 것. 하지만 그보다 훨씬 더 많은 인내도 요구된다. 내 스케줄과 취향이 아니라, 그들의 스케줄과 취향에 따라 돌아다니기 쉬우니 말이다. 하루 이틀 정도면 몰라도 이렇게 수동적인 여정이 계속되면 '내가 여기서 뭐 하는 건가' 싶어진다.

나는 외로워지기 위해 여행을 한다. 나를 아는 이 아무도 없고 나 자신 말고는 대화 상대가 없는 곳으로의 여행. 현대 문명을 살다 보니 어쩔 수 없이 페이스북이니 카카오톡이니 소셜 사회 속에 묻혀 살지만, 가끔 그조차 거리를 두고 싶을 때 선택하는 것이 여행이다. 억지로라도 자신을 유배시키지 않는 한 자신과 마주하는 시간을 갖는 것이 정말 힘든 사회니까.

일상에서도 마찬가지다. 사람들과 만나는 것도 좋아하지만 언제나 일정 시간이 지나면 급격한 피로감에 휩싸인다. 그러다 집에 도착하면 '아, 드디어 혼자다' 하는 평온이 밀려오곤 한다.

호불호는 강요할 수 있는 성질의 것이 아니다. 어딘가에 소속되는 것이 가끔 불편한 것은, '내가 이만큼 신경 써줬으니 너도 나에게 그렇게 해야 해'라는 암묵적인 강요가 오가기 때문이다. 이런 내 눈에 가끔 사람들이 조금 이질적으로 보인다. 은퇴만 하면 복잡한 인간관계에서 벗어나 자유롭게 살겠다던 사람들이, 막상 직장을 그만두고 나면 직장을 다니던 때와 마찬가지로 빡빡한 스케줄 속에서 온갖 모임에 참석하고 일을 떠맡으며 하루하루를 살아가니 말이다. 허전함 때문일까? 이런 이에게 자유는 영원히 미지의 섬일 것이다.

　　혼자만의 시간을 즐길 줄 아는 것이야말로 오랜 훈련과 연습이 필요한 일 같다. 행복한 노후에는 돈과 친구도 중요하지만 가장 필요한 건 혼자서도 잘 지낼 수 있는 힘이 아닐까. 여행도 그렇다. 정말 마음이 잘 맞는 배우자나 친구가 함께한다면 좋겠지만, 여건이 허락되지 않는다면 혼자 가는 여행도 충분히 좋을 수 있다. 가장 나쁜 것은 혼자 무언가를 할 자신이 없어 어설프게 아는 사람과 엮이는 것이다. 이런 여행은 자칫 재앙이 되기 쉽다. 서로를 더 잘 알겠다고 시작한 여행은 기대와 달리 서로의 차이만 확인하며 끝나는 경우가 많기 때문이다. 모든 만물에는 이면이 있고, 사람도 마찬가지다. 그 이면을 어느 정도 볼 수 있느냐, 서로의 차이를 어느 정도까지 참아줄 수 있느냐가 여행 파트너로서는 매우 중요하다.

안이하게 살고자 하는가? 그럼 항상 군중 속에 머물러 있어라.
군중 속에 섞여 너 자신을 잃어버려라.
_니체

파슈파티나트 화장터에서 만난
힌두교인들

코리안 드림을
꿈꾸는 네팔리들

터키를 여행할 때는 만나는 사람마다 일가친척이 한국전쟁에 참가했었다는 말을 하는데, 네팔을 여행하다 보면 만나는 사람마다 자기 형제나 친구가 한국에 일하러 갔다고 말하는 걸 듣게 된다. 그리고 그렇게 말하는 사람도 어느새 자신의 일터 한편에서 주섬주섬 『네팔리-한국어』 책을 꺼내 보이며 꽤 능숙하게 한국어를 공부하고 있다고 말한다. 지금 네팔리에게 한국은 '코리안 드림'의 나라로 인식되어 있다.

그날도 늘 가던 카페에서 책을 읽고 있었다. 며칠째 계속 봐서 낯이 익은 웨이터가 커피를 가져오면서 현지 신문 「히말라얀 타임스」를 가져다주었다. 그날 신문엔 카트만두에서 한국 근로자 시험을 치르려는 인파가 너무 몰려 경찰이 동원되고 극심한 충돌이 있었다는 기사와 함께, 제지를 당하다 다친 남자가 피를 흘리며 쓰러진 사진이 1면에 실려 있었다.

네팔 사람들은 농담 반 진담 반으로 "인도인은 90%가 나쁘고 10%가 착하다면, 네팔리는 90%가 착하고 10%가 나쁘다"라고 말하곤 한다. 그간의 여행 경험을 통해 보자면 그리 틀린 말은 아닌 것 같다. 네팔 사람들은 정말 착하고 성실한데, 이렇게 힘든 과정을 거쳐왔다는 사실을 알게 되니 마음이 아팠다. 희망을 품고 한국에 온 사람들에게 잘해줘야겠다는 마음이 많이 들었다. 여행은 이렇게 어쩔 수 없이 사람을 코즈모폴리턴으로 만든다. 내 가족, 내 이웃, 내 민족도 중요하지만 조금만 벗어나면 모두가 내 가족이며 내 이웃이다. 그들이 행복해야 여행자도 행복할 수 있는 것이다.

한국어를 공부하는
네팔리들의 책

마차푸차레의 행운과
히말라야 트레킹

한 번쯤 어떤 나라를 비수기에 가보고 싶다는 생각을 하곤 했다. 성수기라 밀려드는 여행자들로 북적거리는 시기가 아닌, 현지인이나 장기 여행자들만 있어 다소 적막하고 화장기 없는 현지의 모습을 보고 싶다는 생각 말이다. 이를테면 우기의 인도나 네팔 같은 곳이었으니 지금이 딱 그 경우인지도 모르겠다. 그러나 3일째 세찬 비가 끝도 없이 내리니 조금은 우울해지려던 참이었다. 밤마다 빗소리는 더욱 세차졌고, 어떤 날은 천둥번개까지 쳤다. 그러던 어느 날, 빗소리가 갑자기 들리지 않았다. 혹시나 하는 마음에 아침에 눈을 뜨자마자 창문을 여니 눈앞에 거짓말처럼 신성한 마차푸차레가 들어왔다. 기회를 놓칠 수 없어 세수도 하지 않고 후드티 하나만 걸친 채 숙소를 나섰다. 당장 페와 호숫가에 가면 호수에 담긴 히말라야를 볼 수 있을 것 같았기 때문이다.

게스트하우스 문을 막 나서는데 문 앞에 마치 내가 부르기라도 한 듯 택시가 서 있었다. 기사는 나를 보자마자 서툰 영어로 "사랑곳, 사랑곳. 나우. 에브리 마운틴 캔 씨……"라며 사랑곳Sarangkot 쪽을 열심히 손가락으로 가리켰다. 네팔에서는 사실 택시비가 그리 부담되는 비용이 아니다. 이동할 곳이 장거리가 아니고 일행이 있다면 적당히 흥정해서 이용하는 것도 나쁘지 않다. 그날 아침엔 흥정도 하는 둥 마는 둥 잽싸게 택시를 타고 사랑곳에 올랐다. 행여 머뭇거리다 구름이 훼방이라도 놓을까 봐 조바심이 났던 거다. 사랑곳은 포카라에서 히말라야 파노라마를 조망하기에 가장 가까운 곳으로 유명

신비를 벗은 마차푸차레의
아름다움

포카라에서 히말라야를
조망하기 가장 가까운 사랑곳

하다. 요즘은 패러글라이딩 장소로도 유명한데, 나도 패러글라이딩을 하러 갔다가 날씨 때문에 포기하고 내려왔던 적이 있다. 사랑곳을 향해 달리는 택시 안에서 히말라야가 점점 가까이 다가왔다. 조금씩 가까워질수록 눈 안 가득 들어오는 마차푸차레와 안나푸르나는 시종 감탄을 자아내기에 충분했다.

드디어 도착한 사랑곳엔 이미 많은 사람들이 도착해 있었다. 그들은 저마다 마침내 위용을 드러낸 히말라야의 신비를 카메라에 담느라 여념이 없었다. 심지어 웨딩드레스와 턱시도를 차려입고 사진을 찍는 커플도 있었다. 어떻게 그렇게 순식간에 준비들을 한 건지 놀라웠다.

그렇게 마차푸차레와 안나푸르나를 질리도록 감상한 후 게스트하우스로 돌아와 아침을 먹었다. 잔뜩 흥분해서 아침에 본 경관을 떠들어대는 내게, 숙소 주인은 오늘 같은 날 오스트레일리안 캠프에 가면 히말라야를 더잘 볼 수 있을 거라고 말했다. 히말라야 트레킹에서 처음 만나게 되는 산장으로, 장기 트레킹뿐 아니라 하루짜리 쇼트 트레킹을 하는 이들도 지나가는 쉼터이자, 일출을 맞는 첫 번째 산장이기도 하다. 잠시 망설이던 나는 주인의 유혹에 기꺼이 응하기로 했다. 거머리 비가 오든 말든 하루짜리 쇼트 트레킹을 하기로 결정한 것이다.

대략의 코스는 게스트하우스 주인이 짜주었다. 우선 택시를 타고 칸데까지 가서 오스트레일리안 캠프까지 2시간 정도 트레킹을 한 후 담푸스로 내려오는 일정이었다. 제발 거머리는 만나지 않기를 빌면서 우비와 간단한 가방만 챙겨 숙소를 나섰다. 다행히 비는 오지 않았고, 트레킹 코스에 계단이 많아 무릎은 좀 아팠지만 그렇게라도 히말라야를 맛볼 수 있었던 것은 행운이었다. 거머리는 딱 한 마리 봤다. 숙소에 돌아온 후 발끝에 보일 듯 말 듯

벌레가 문 자국 같은 게 빨갛게 있어 물어보니, 그게 거머리가 들어왔다 나간 자국이라고 했다. 함께 간 네팔리는 걸어가다 말고 갑자기 옷을 까뒤집더니 배 속으로 막 파고 들어가려는 작은 거머리를 툭 뽑아서는 휙 던져버렸다. 거머리는 살을 파고 들어가도 아무런 느낌이 없어서 본인은 모르는 경우가 많다는데 역시 현지인이라 다르다는 생각이 들었다.

로잘리와의
우연한 만남

히말라야는 사람들에게 어떤 의미일까? 어떤 의미이기에 그토록 많은 이의 버킷 리스트에 들어 있는 걸까? 그들이 트레킹을 통해 찾고자 하는 건 무엇일까? 세상은 내가 관심이 있느냐 없느냐에 따라 달라지고, 다 같은 관심이라 해도 어떤 종류의 관심이냐에 따라 세계관이 달라진다.

네팔인에게 히말라야는 신들의 처소다. 등반가에게 히말라야는 도전과 정복의 대상일 것이며, 부동산 투자가에겐 그저 돈으로 환산되는 존재일 것이다. 그렇다면 내게 히말라야는 어떤 곳일까? 나에게 히말라야는 나를 찾아주는 곳, 새로운 기운을 받는 곳이다.

트레킹도 좋았지만 오스트레일리안 캠프에서 스위스 언니 로잘리를 만난 것은 우연 같은 행운, 세렌디피티였다. 살면서 간혹 이런 생각을 했다. 좋은 사람을 만나는 과정도 사금 채취와 같다는 생각. 너무 많은 사람들과의 관계는 사람을 지치게도 하지만, 보석 같은 인연을 맺기까지는 먼저 거대한 바다에서 헤맬 수밖에 없다. 그러다가 마음이 맞는 사람을 알게 되었을 때의 기쁨이란 어마어마하다. 우리가 이리저리 상처받으면서도 끝없이 사람들 사이를 유영하는 건, 결국 이런 사금 같은 한 사람을 찾기 위한 여정인지도 모른다. 그런데 이런 과정 없이 우연히 다가오는 행운 같은 만남도 있다.

사람의 이력은 어쨌거나 문신처럼 몸에 새겨지는 것일까. 오스트레일리안 캠프에서 그녀를 처음 봤을 때 나는 뭔가 범상치 않은 기운을 느꼈다. 단호한 듯하면서도 한없이 순수한 모습. 그녀도 일행이 없어서 우리는 함께 걸어 내려오며 많은 얘기를 나눌 수 있었는데, 그녀는 정말이지 놀라운 사람이었다. 독신인 그녀는 인도 타말라두에서 열다섯 명의 아이를 돌보는 기금을 운영한다고 했다. 노후를 위해 가지고 있었던 스위스 집도 최근에 처분했고, 그 돈으로 아이들을 보살피고 있단다. 그녀는 극단적으로 돈을 아꼈다. 포카라 시내에서 칸데까지 로컬 버스를 네 번이나 갈아타면서 왔다고 해서 나를 놀라게 했다. 나는 그녀에게 스위스 사람들은 돈이 많지 않으냐고 물었고, 이런 내 우문에 그녀는 "스위스는 은행만 돈이 많다"라며 해맑게 웃었다. 그 모습이 정말 아름다웠다.

예전 같았으면 그것이 그렇게 대단하지 않게 여겨졌을지도 모른다. 어쩌면 '언젠가는' 나도 그렇게 할 수 있을 거라는 생각도 했을 것이다. 그러나 지금은 안다. 그런 실천이 말처럼 쉽지 않다는 것을. 나이가 들면서 작은 봉사도 쉽지가 않음을 자주 실감하는 터였다. 일회성 선행은 누구나 베풀 수 있지만 장기적으로, 그것도 자신의 안정적인 미래까지 희생해서 봉사한다는 건 결코 아무나 할 수 있는 일이 아니다. 그래서 그녀가 더욱 위대해 보였는지 모르겠다.

순수한 듯 강인한 로잘리와의
잊을 수 없는 만남

담푸스의
그림 같은 풍경

Nepal

슈바이처 박사는 말했다.

"진정 행복한 사람은 봉사하는 방법을 발견해낸 사람들이다. 봉사란 노예 생활이나 무조건적 희생이 아니라 스스로 즐거워서 하는 일이어야 한다."

무슨 일이든 그렇지만 의무감으로 하는 일이 얼마나 오래갈 수 있을까. 그건 자신에게나 타인에게나 고통만 안기는 일이다. 그런 면에서 본다면 자신의 피에 이타적 DNA가 새겨져 있지 않은 이상, 봉사를 통해 진정한 행복을 느낄 수 있는 이가 얼마나 될까 싶다. 무엇이든 매 순간 가슴 깊이 치밀어 오르는 내밀한 행복이 없다면, 단순히 누구에게 보여주기 위한 행동이라면 그건 얼마 가지 못할 테니까.

정말이지 세계 곳곳에 용기 있는 삶을 사는 사람들이 많이 있다. 모두가 자기 자신의 노후만을 걱정하며 축적하는 삶을 살아갈 때 기꺼이 그 반대의 삶을 선택하는 사람들. 이런 만남을 위해 여행이란 걸 하는 건지도 모르겠다. 그날 밤 잠자리에 들면서 나도 언젠가 그런 선택을 할 수 있는 사람이 될 수 있을까 생각해보았다.

'자신을 버리고 돈과 명예를 추구하기'와 '자신을 지키며 돈과 명예에 초연하기'. 이 둘 사이에서 후자를 선택할 수 있다면 좋겠다. 그러면 지금보다 욕심은 더 많이 비우고 그 자리를 평화와 여유로 가득 채워 살아갈 수 있을 것이다. 사람들은 흔히 인도나 네팔을 가면 인생이 완전히 바뀔 것 같다거나, 자신이 무슨 일을 저지를지 몰라서 못 간다는 말을 한다. 그럴 수도 있을 것이다. 그러나 달리 생각해보면 그것이 정말 원하는 삶이라면, 그런 기회의 바다에 한 번쯤 자신을 던져보는 것도 나쁘지 않을 것이다. 세상엔 모르는 척 눈감고 지내는 것보다 일단 경험하고 폭을 넓히는 편이 나은 게 있는 법이다.

그렇게 삶의 대안 하나쯤 간직하고 살아가는 것도 나쁘지 않겠다. 그것은 주머니 속에 언제나 꺼내 쓸 수 있는 '히든 카드' 한 장을 품고 다니는 것과 같다. 아무것도 감수하지 않는 자는 아무것도 하지 않으며, 결국 아무것도 얻지 못한다. 진짜 실패란 아무것도 시도하지 않는 데 있는 건 아닐까. 그런 발견을 하고 싶어 하는 이에게 네팔은 아마 가장 적합한 곳이 아닐까 생각한다.

영혼을
찾아가는 여행

그렇게 히말라야에 대한 갈증을 채우고 다시 카트만두로 돌아왔다. 마지막 날은 여유 있게 보드나트^{Boudhanath}와 파슈파티나트^{Pashupatinath}를 돌아보기로 했다. 보드나트는 티베트 불교문화를 가장 잘 볼 수 있는 곳으로, 붓다 아이(BUDDA EYE, '제3의 눈'이라고도 하며 지혜를 상징함)를 한 거대한 스투파로 유명하다. 스투파 주변으로 티베트 승려와 티베트 난민들, 네팔리와 여행자들이 뒤섞여 버터 램프를 켜고, 마니차^{prayer wheel}를 돌리며 몇 바퀴씩 순례하는 모습은 참으로 인상적이다. 하늘 높이 오색의 룽다가 휘날리고, 스투파 주변에 아예 자리를 깔고 끝없이 오체투지를 하는 사람들의 모습은 보는 사람마저 숙연하게 만들었다. 이곳 곰파(사원)에선 티베트 승려들이 기도하는 모습을 가까이에서 볼 수 있게 해놓았을 뿐만 아니라 촬영도 할 수 있도록 해주었다. 그동안 인도나 부탄, 중국에 이르기까지 티베트 사원이 있는 나라들을 많이 가봤지만, 티베트 승려들의 기도는 보는 것조차 금지되는

지혜의 눈을 만날 수 있는
네팔 최대의 사리탑, 보드나트

보는 사람마저 숙연하게 하는,
오체투지를 하는 사람들

경우가 많았다. 겨우 문밖에서 보는 일 정도는 허용된다 하더라도 촬영은 철저히 금지되어 있는 게 대부분이었다. 그렇기에 보드나트에서 생각지도 않게 티베트 승려가 기도하는 모습을 지켜보고 이를 카메라에 담을 수 있었던 것은 정말이지 큰 행운이었다.

좋은 시간을 보내고 보드나트를 빠져나와 얼마 떨어지지 않은 화장터 파슈파티나트로 향했다. 여행의 마지막 여정을 장식할 곳으로 이보다 더 적당한 곳은 없을 듯하다. 파슈파티나트는 힌두교식 화장터로 '네팔의 갠지스 강'이라 불리는 곳이다. 여기선 바그마티 강변에서 시체 태우는 모습을 코앞에서 볼 수 있다. 입구에서부터 매캐한 냄새와 연기가 코를 찔렀다. 화장터 이곳저곳엔 마치 삶과 죽음의 경계를 비웃는 듯도 하고 초탈한 듯 보이기도 하는 사두와 점쟁이들이 빈디(이마에 찍는 붉은 점)를 찍어주며 여행자들을 축복해주었다. 강변에 걸터앉아 모든 것의 시작과 끝, 삶과 죽음에 대해 생각했다.

파슈파티나트 화장터의 모습

여행자의 이마에 빈디를
찍어주며 축복해주는 여인

못 견디는 것들로 인해
인생은 바뀐다

여행에서 돌아와 만나려고 벼르고 벼르던 선배를 만났다. 푸릇푸릇하던 시절 석사 과정에서 만난 그는 동종 업계에 있다는 이유로 가끔 소식을 접했지만, 실제로 만나기는 실로 오랜만이었다. 그는 처음 본 그때와 하나 변한 것 없이 여전히 열혈 청년이었다. 세 번째 직업을 가진 것이 엄청난 변화라 여기는 나에 비해 그는 여섯 번째 직업을 살고 있었다. 변화를 무서워하지 않는 사람이다. 그는 뻔한 일에는 흥미가 없다고 말했다. 함께 온 구호 단체 일을 하는 한 여성은 반년 이상 아프리카 오지를 다니면서도 늘 에너지가 철철 넘쳤다. 그녀 또한 잘 정비된 사무실에서 규격화된 일을 시킨다면 죽어도 못 할 것 같다고 했다. 누군가는 간절히 원하는 안정된 직장과 편안한 자리가 누군가에게는 견딜 수 없는 일이기도 하다. 그렇게 우리는 저마다 못 견디는 것들로 인해 다른 인생을 살게 되는지도 모르겠다.

니체는 사람들이 "자신의 '왜'라는 의문에 명백한 답을 제시할 수 있다면 이후의 모든 것은 매우 간단해진다"라고 말한 바 있다. 내가 무엇을 사랑하는지, 내가 왜 그걸 하려는지에 대해 대답할 수 있다면 다른 사람을 흉내내면서 허송세월을 하는 일은 적어질 것이다.

{ Travel Tip }

✔ 찾아가기

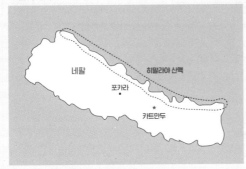

인천–카트만두 직항 노선이 대한항공에 있고, 6시간 소요된다. 좀 더 저렴하게 가려면 광저우를 경유하는 중국 남방항공을 이용하는 방법도 있다. (인천–광저우 3시간, 광저우–카트만두 7시간 소요)

✔ 기본 여행 정보

우기인 6~9월을 제외하고는 여행하기 좋다. 특히 봄(3~5월), 가을(9~11월)에는 기온이 온화하고 하늘이 맑아 포카라에서도 산의 경관이 한눈에 들어오며, 트레킹과 래프팅, 패러글라이딩에 적합하다.

화폐 단위는 네팔루피(Rs)이고, 1네팔루피=11원이다. (2015년 8월 기준)

✔ 추천 액티비티

– 히말라야 트레킹: 당일치기에서 보름이 넘는 트레킹까지 다양하므로 체력 조건에 따라 선택해볼 만하다. 한국에서 트레킹 단체를 조직해 떠나는 방법도 있지만, 시간이 촉박한 경우가 아니라면 현지 여행사에서도 얼마든지 신청할 수 있다. 우기인 여름철에는 하늘에서 거머리 비가 내린다고 할 정도로 트레킹 하기가 힘드니 피하는 것이 좋다.

– 패러글라이딩: 사랑곳은 포카라에서 히말라야 파노라마를 조망할 수 있는 가장 가까운 곳이자, 세계 3대 패러글라이딩 명소 중 하나이기도 하다. 포카라 시내에 산재해 있는 여행사에서 신청하면 되는데, 수준이 천차만별이니 국제적으로 안전성이 검증된 곳을 선택하는 것이 좋다. 현지인들이 운영하는 패러글라이딩 업체는 기상 조건이 안 좋아도 돈을 벌기 위해 강행하는 경우가 있고 환불이 힘들 수 있으므로, 가격이 약간 비싸더라도 공인된 기관을 활용할 것을 추천한다.

– 요가 및 마사지: 네팔은 트레킹이나 패러글라이딩, 래프팅을 좋아하는 활동가에게도 적합하지만, 아무 것도 하지 않고 명상이나 요가, 마사지 등을 통해 정신적 힐링을 하고자 하는 사람에게도 더없이 좋은 여행지다. 매일 포카라 호수 주변을 산책하는 것만으로도 힐링이 되며, 너무 조용히 지내는 것이 지루하다면

여행자 거리의 골목마다 운영하고 있는 요가 프로그램에 참가해보는 것도 좋다. (오쇼 디바인존 명상센터: www.oshodivinezone.org)

✔ 추천 숙소

카트만두와 포카라의 여행자 거리엔 고급 호텔부터 게스트하우스까지 다양하고 풍부한 숙소가 있으므로 취향에 따라 선택하면 된다.

– 카트만두: 카트만두 게스트하우스(Kathmandu Guesthouse): 여행자 거리인 타멜 거리 한가운데에 있어 찾기 쉽다. 밖은 시끄럽고 정신없지만 일단 게스트하우스 안으로 들어오면 놀랍도록 넓고 조용해서 아늑함마저 느낄 수 있는 곳이다. 과거 라나 왕조의 궁전이었던 곳으로 다른 게스트하우스에 비해서는 약간 비싸지만 에어컨과 침구, 시설 면에서 호텔 급의 쾌적함을 주므로, 안락함과 소박함을 동시에 추구하는 여행자에게 적합하다. (Tel. +977-14-700632, www.ktmgh.com)

– 포카라: 레이크사이드와 댐사이드로 나뉘는데, 특히 여행자의 아지트라 불리는 레이크사이드에 수많은 호텔과 레스토랑, 숍들이 줄지어 있으니 구경도 할 겸 천천히 걸으면서 숙소를 정해도 충분하다.

– 저렴한 숙소: 페어마운트 호텔(FAIRMOUNT HOTEL, Tel. +977-61-463252, www.hotelfairmount.com)

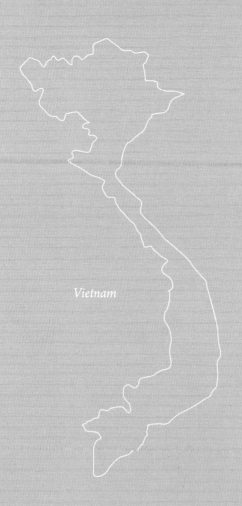

Vietnam

2

삶에 지친
당신에게
잠깐의 쉼표를
선물하라

완벽한 휴식이 가능한 곳,
베트남

"여행이란 어른들에게는 인생이라는
악랄한 강대국과 맺은 휴전,
전반적인 긴장과 투쟁 중에 취하는
잠시 동안의 휴식이다."

_보들레르

하이브리드 시대를 사는 현대인은 여러 가지 역할을 소화해야 한다.
아내에서 직장인으로, 엄마에서 여자로, 남편에서 직장인으로, 아빠에서
남자로⋯⋯. 회사 일로, 집안일로 머리가 터질 것만 같은데 좀처럼
펼쳐지가 않는다. 온, 오프의 모드 전환이 자유자재로 된다면 얼마나
좋을까. 마치 전원을 끄듯이 신경 쓰이는 일들도 그렇게 껐다가 켤 수
있다면 좋을 것 같다. 스트레스를 이겨낼 수 있는 가장 확실한 방법은 잠시
블랙홀과도 같은 어둠 속에서 빠져나와 다른 것을 생각해보는 것이다. 같은
스트레스를 받고도 금방 털어내는 사람이 있는가 하면 끝까지 짊어지고
자신을 괴롭히는 사람도 있다. 어떤 사람들은 다 잊기 위해 여행을 간다고
하면서 일상을 그대로 짊어지고 간다. 쉬기 위해 떠난다고 하면서 고국의
어두운 뉴스만을 잔뜩 실은 신문을 내려놓지 못하는 사람들 말이다.

간혹 이렇게 묻는 사람들이 있다. 국내에도 좋은 곳이 많은데 그 짧은
시간에 굳이 외국에 갈 필요가 뭐가 있느냐고. 맞는 말이다. 여행이 단순한
꽃구경이라면 분명 외국보다 더 아름다운 곳이 왜 없을까. 그러나 내게
여행의 의미는 익숙한 것과의 결별이다. 단절이고 되돌아옴이다. 다른 말을
쓰고, 다른 글자를 쓰고, 다른 것을 먹고 마시는 사람들, 이전에도 이후에도
나와 다른 모습으로 살아갈 사람들과의 섞임. 그것은 매몰되어 있던 일상과
가장 손쉽게, 가장 빠르게 단절되는 방법이었다. 그리고 그것이 바로 3박 4일
간의 베트남 여행이 짧지만 충분한 이유다.
자, 이제 가벼워질 시간이다. 날기 위해선 먼저 가벼워져야 하지 않겠는가.

여행에서의 하루는
1년 치 행복을 준다

한국에서 4시간 30분. 다낭^{Da Nang} 국제공항에 내리면 북부의 하노이나 남부의 호치민과는 또 다른 베트남을 만나게 된다. 산과 바다가 절묘하게 어우러진 다낭은 최고급 휴양지로서 최적의 조건을 갖추고 있는 듯했다. 이곳엔 태국의 파타야나 필리핀의 세부처럼 바다와 리조트뿐인 휴양지에는 없는 무언가가 있다. 화려함보다는 오히려 한적하고 호젓한 느낌이 바로 그것이다. 그러므로 어디를 가든 사람이 좀 북적대고 떠들썩해야 여행하는 맛이 난다고 생각하는 사람에게는 맞지 않을지도 모른다. 제주도로 치자면 중문이나 서귀포가 아니라 애월이나 세화리 쪽인 셈이다. 한쪽으로 비켜나 조용한 안식을 주는 곳. 그곳이 바로 다낭과 호이안^{Hoi An}, 후에^{Hue}의 매력이다.

파도조차 사납지 않고 얕게 밀려오는 미케비치의 아침은 더없이 상쾌했다. 모래사장엔 대나무로 만든 광주리 모양의 고기잡이배가 무심하게 던져져 있고, 그 옆으로 청년들이 조깅을 하면서 지나간다. 연인들이 손을 잡고 산책하는 모습도 눈에 띈다. 결혼사진을 찍으러 온 커플들도 있고, 현지인들은 수영을 하거나 아침 운동을 하고 있다. 붉은 바탕에 별이 하나 있는 베트남 국적기를 배에 단 어부는 부지런히 그물을 걷어 올리고 있다. 사회주의 체제의 베트남에서는 호젓한 새벽의 바닷가라고 해서 겁내거나 긴장할 필요가 전혀 없어 보인다.

쿠바 여행 때도 그랬지만 사회주의 국가로 여행을 간다고 하면 사람들이 으레 물어오는 질문 중 하나가 안전하냐는 것이다. 내 경험에 한해 말한

호젓한 미케비치의 아침

독특한 광주리 모양의 고기잡이배,
투엔통(thuyen thung)

다면 사회주의권 나라가 훨씬 안전하다. 이런 나라에서는 범죄를, 그것도 자국을 방문한 외국 여행자에게 범죄를 저지르는 일은 중형을 받는 심각한 죄이기 때문이다. 그러니 아이러니하게도 훨씬 더 안전한 느낌을 받는다.

거기에 더해 다낭은 관광지로서 이제 막 첫걸음을 내딛는 단계라 사람들의 표정은 한없이 온화하며 미소엔 수줍음이 넘친다. 여행자에게 범죄율이 낮다는 것만큼 좋은 조건은 없을 것이다. 그래서인지 여행자들의 모습도 한가하고 여유롭다. 여행자의 신분을 잊고, 마음 편히 쉴 수 있는 곳, 이것이 다낭이 주는 특별한 선물이다.

동서양이 혼합된
낭만적인 밤 풍경, 호이안

여행을 많이 해서 좋은 점은 무작정 많이 보려고 허덕이지 않게 된다는 것이고, 안 좋은 점이라면 어디를 가든 닮은 곳을 찾아내고 비교하게 된다는 것이다. 프랑스 식민지 시절 건축물들과 중국식 유적이 어우러져 낭만적 풍경을 선사하는 호이안은 남인도의 코친과 중국 리장을 합쳐놓은 인상을 준다. 오랜 전통을 그대로 살리면서 개성 있게 변화한 골목들, 그 속에서 살아가고 있는 순박하고 착한 서민들의 얼굴을 마주하노라면 호이안이야말로 가장 베트남스러운 곳이란 느낌이 든다.

작고 아름다운 투본 강을 끼고 있는 호이안은 타임머신을 타고 중세 시대에 온 듯한 착각을 불러일으킨다. 오랜 역사가 스민 장소들과 과거 번화했

던 국제 무역항의 모습이 애수를 자아낸다. 내원교Japanese Covered Bridge, 쩐가
사당, 풍흥고가Old House of Phung Hung, 광조회관처럼 1,000년에 걸쳐 중국과 일
본의 지배가 남긴 흔적들이 절묘하게 뒤섞여 있다. 여행을 하다 보면 아무리
머리를 식히기 위한 여행이라 해도 조금은 그곳의 역사에 궁금증이 들게 마
련이다. 사람도 그렇듯 과거사를 알아야 지금을 더 깊이 이해할 수 있는 법
이니까. 호이안에 일본과 중국의 유적이 뒤섞인 이유는 역사 속에서 찾아볼
수 있다. 에도 막부가 수교 거부 정책을 펼치면서 호이안에 살던 일본 상인
들이 하나둘씩 떠나게 되었고, 그 자리를 중국인이 차지한 것.

　목조 지붕이 인상적인 내원교에는 항해의 안전을 기원했다고 전해지는
작은 절이 있다. 제단 위로 솔솔 피어오르는 향냄새를 맡다 보니 중세로 시
간 여행을 온 듯한 착각도 들었다. 일본 다리 바로 앞에 자리한 풍흥고가는
베트남과 중국, 일본의 건축 양식이 뒤섞여 묘한 분위기를 풍겼다. 호이안에
서 가장 오래된 목조 건물이라더니, 발을 디딜 때마다 나는 삐걱대는 소리는
역사를 귀로 듣는 듯 선명하게 느껴졌다. 오래된 가옥들 사이를 지나니 강변
을 따라 느긋하게 걷기 좋은 길이 이어졌다. 호이안의 상징이랄 수도 있는 오
색의 알록달록한 연등 사이로 각종 공예품 상점과 식당들이 즐비하다. 그림
을 파는 화랑들을 찬찬히 돌다 보니 마음속까지 환하게 밝아지는 것 같았다.

　호이안에 어둑어둑 밤이 내리면 상점들은 하나둘 화려한 연등을 켠다.
동서양이 혼합된 이국적인 풍경은 아무리 이성적인 사람도 사랑에 빠지게
할 만큼 낭만적이다. 기념품들을 구경하거나 카페에 앉아 차를 마셔도 좋고,
베트남의 명물 시클로를 타고 골목골목을 누벼보는 것도 좋다. 그렇게 정신
없이 돌아다니다 보니 시장기가 돌았다. 거리에서 파는 베트남 중부 스타일

호이안 골목에 있는 갤러리

의 볶음 쌀국수 까오라우를 먹어보기로 한다. 북부에선 국물이 있는 쌀국수가 대세지만 중부에선 볶음 쌀국수가 대세다. 아무리 베트남이라지만 계속 쌀국수만 먹어서 질렸다면, 식민지 시절부터 내려온 바게트 샌드위치를 먹어보자. 밤엔 강가에 있는 분위기 있는 노천 레스토랑에서 다낭 현지 맥주에 해산물을 먹는 것도 좋다.

숙소로 돌아오는 길, 구 시가지를 관통하는 운하에서 연등을 파는 것이 눈에 들어왔다. 기도란 많이 해서 나쁠 게 없는 법. 연등을 하나 사서 강물에 띄우며 소원을 빌어본다. 원뿔 모양의 전통 모자 '논[non]'을 쓰고 연등을 파는

분위기 있는 노천 레스토랑에서
현지 맥주 한잔의 낭만

전통 모자 논을 쓴 꼬마들과
화려한 연등

꼬마들의 순박함과, 노를 젓는 노파의 온화한 미소가 내 기도를 더욱 순수하게 만들어주는 것 같았다.

안 가면 후회할 곳,
후에

　다낭에서 후에로 가는 길은 이탈리아 남부 소렌토를 연상시키는 멋진 해안도로를 끼고 달린다. 세계 10대 비경 중의 하나라는 하이반 고개에는 외국의 침략으로부터 나라를 지키려고 만들었다는 요새들의 흔적이 그대로 남아 있다. 망루에 올라 저 멀리 펼쳐진 바다를 감상해본다. 다시 차를 타고 달려 점심은 유럽풍의 아기자기한 마을 랑꼬비치에서 먹는다. 다낭에서 2시간 거리인 후에를 가는 것은 드라이브 자체로도 즐겁지만, 다낭과 호이안만으로 충족되지 않는 어떤 역사적 자취를 살펴보는 의미도 있다. 아무리 리프레시를 위한 여행이라고는 하지만 유적지가 하나도 없다면 허전한 법이니까. 17세기 응우옌 왕조의 수도이자 19세기 베트남 제국의 황도였던 후에는 옛 참파 왕국의 수도답게 고풍스러운 유적들을 많이 볼 수 있다. 중국 베이징의 자금성을 연상시키는 정사각형의 왕궁은 응우옌 왕조의 영화를 보여주고 있었다.
　마지막 날 아침엔 흐엉 강을 따라 산책을 하고 배를 타고 사색에도 잠겨보았다. 바람은 상쾌하고 강물은 더없이 잔잔해서, 내일을 계획하기에 이보다 더 소중한 시간은 없을 것 같다. 배는 충분히 여유로워서 가격 협상이 가

베트남 마지막 왕조의 수도답게
고풍스러운 유적들을 많이 볼 수 있는 후에

베트남 전통 악단의 모습

능한데, 보통 1시간에 10만 동(우리 돈으로 5,000원), 2시간에 20만 동이면 작은 배 한 척을 단독으로 빌릴 수 있으니 이보다 더한 호사가 없다. 그렇게 배를 빌려 타고 2시간 정도 깊고 고요한 강물이 들려주는 이야기에 귀 기울여본다. 강변을 거니는 것과, 배를 타고 사람들이 살아가는 모습을 보는 것은 참 많은 차이가 있다. 사람들이 그토록 외적인 고요를 못 참는 이유는 뭘까. 그건 아마도 밖이 조용해지면 상대적으로 시끄럽게 들고일어나는 내면의 소리들을 감당할 수 없기 때문이 아닐까 하는 생각이 들었다. 낯설지만 조금만 참고 있어보면 고요는 나와 세상에 대해 많은 것을 들려준다. 허허당 스님은 "세상이 아무리 아름답다 해도 그대 자신의 아름다움을 발견하는 것만 못하다"라고 말씀하셨던가. 일상으로 돌아간 후에도 가능하면 하루 1~2시간 정도 고요히 나를 지켜보는 시간을 갖는다면 내 안의 아름다움을 더 잘 찾아낼 것 같은 생각이 들었다.

카이딘 황제의 위패가
모셔진 계성전

지금의 나는
내가 되고픈 나였는가를
묻게 하는 여행

　바쁘게만 몰아붙이는 사회에서 휴식은 종종 잃어버린 시간으로 여겨지기 일쑤다. 일중독 사회에서 여행은 한가하고 돈 많은 사람들이나 하는 놀이이고 사치이거나, 사회 부적응자들이 하는 쓸데없는 방황으로 여겨지기도 한다.

　그러나 사실은 그 반대가 아닐까. 늘 똑같이 되풀이되는 일상을 잠시나마 거리를 두고 바라보는 일은 어쩌면 미친 현실에서 미치지 않고 살아갈 수 있도록 해주는 필수 항목인지도 모른다. 사회적으로 성공했을지 모르지만 단 한 번도 자신과 직면할 용기가 없어, 매일매일을 남들의 기준에 맞춰 살다 보니 우울증과 불면증에 시달리는 사람들을 나는 알고 있다.

　만약 살면서 '지금의 나'는 '내가 되고 싶은 나'였는지에 대한 질문을 거의 하지 않은 채 그저 열심히 살고 있다고 생각한다면 그것은 착각일지도 모른다. 엉뚱한 방향으로 혼신을 다해 달리고 있을 수도 있기 때문이다.

　난 어떤 결정을 할 때 고요함 속에서 혼자 한참을 들여다보곤 한다. 뭔가 마음에 미진한 게 있는지 생각하고 또 생각해본다. 남들은 다 눈치 못 채도 내가 미진하면 미진한 거다. 내게 미진하지 않은 것이 제일 중요하니까…….

　비록 시간이 짧아서 아쉽더라도 새로운 세계를 경험하고 안 하고는 천지차이다. 다낭으로 돌아와 다시 들른 미케비치는 쿠바의 말레콘 비치를 연상시켰다. 바다는 인간에게 깊은 상념과 영감을 주는 묘약이라도 있는 걸까?

말레콘을 연상시키는
미케비치

파도에 실려 이런저런 생각과 영감들이 떠오르면서, 다시 한 번 이곳에 오길 참 잘했다는 생각이 들었다. 오토바이를 세워놓고 마주 앉아 사랑을 속삭이는 연인들도 보인다. 상쾌한 바람을 맞으며 오토바이로 달리고, 멈춰 서서 얘기하고, 또 달리는 베트남의 연인들. 바람을 닮은 그들의 데이트가 부러워진다. 우리나라에선 그토록 위험하다고 말리는 오토바이가 이곳 젊은이들에겐 자전거보다 더 쉬운 교통수단이라니……. 어쩌면 엄마 배 속에서부터 오토바이로 이곳저곳을 이동했을 이들은 DNA부터 자유로운 영혼일지도 모르겠다.

한국으로 돌아오는 밤 비행기를 타기 전 다낭에서의 마지막 밤엔 미케 비치에 늘어서 있는 레스토랑에서 맛있는 해산물과 와인으로 근사한 저녁을 먹었다. 소화도 시킬 겸 밤바다를 거닐며 여행을 마무리하노라니, 이토록 짧은 시간에 이처럼 완벽한 리프레시를 할 수 있었다는 것에 감사한 마음이 들었다.

{ Travel Tip }

✔ 찾아가기

인천–다낭 직항 노선이 대한항공과 베트남항공에 있고, 4~5시간 소요된다. 다낭 공항에서 시내까지, 다낭에서 호이안까지 각각 차로 30분 거리다. 다낭에서 후에까지는 차로 2시간 정도 걸리며, 기차도 매일 4편 운행된다.

✔ 기본 여행 정보

베트남은 아열대성 기후이며, 여행하기 좋은 때는 건기인 12~5월이다. 우기인 5~10월에는 비가 많이 내리고, 특히 10월엔 태풍도 있으므로 피하는 것이 좋다. 90일간 무비자이고, 화폐 단위는 동(VND)이고, 100동=5원이다. 언어는 베트남어를 쓰고, 영어가 부분적으로 통용된다.

✔ 추천 액티비티

– 옛 참파 왕국의 흔적이 남아 있는 후에의 흐엉 강에서 전용 배 빌려 타고 명상에 잠기기
– 화려한 연등이 켜진 고풍스러운 호이안의 골목 골목을 시클로 타고 누비기
– 투본 강 옆의 노천 레스토랑에서 베트남 맥주에 해산물 요리 먹기

✔ 추천 숙소

풀만 다낭 비치 리조트(Pullman Danang Beach Resort): 박미안 해변의 아름다운 백사장에 위치한 모던하면서도 친근한 분위기의 리조트는 창만 열면 바다가 만져질 듯 가깝다. 호텔 로비에 들어서면서부터 놀라운 경관이 펼쳐지며, 푸른 잔디와 넓은 야외 수영장에서 달빛 아래 즐기는 수영은 영원한 추억으로 남는다. 호이안 구 시가지까지 무료 셔틀을 운행하고, 공항 서비스도 실시한다. (Truong Sa Street, Khue My Ward, Ngu Hanh Son District, Danang, Tel. +84–511–395–8888, www.pullman–danang.com)

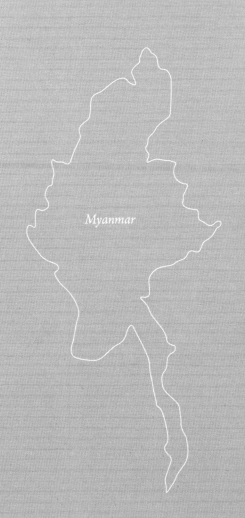

Myanmar

3

신과
인간에 대한
믿음을
회복하라

꽃보다 아름다운
사람들이 있는 곳,
미얀마

"믿음을 가진 1명은
흥미만 가지고 있는 99명과 맞먹는다."

_존 스튜어트 밀

세상에 대해 어느 정도 알고 나면 신도 늘 내 편은 아닌 것
같고, 사람들은 결국은 환멸만 안겨주는 존재라는 생각이 들
때가 있다. 그러면 아무 데도 마음 붙일 곳이 없어져서 마음은
한없이 안으로 안으로만 기어 들어가곤 했다. 이럴 땐 떠나야
한다. 나를 이해해줄 도시로, 슬프도록 순수하고 아름다운
사람들이 사는 곳으로.

불심 가득한 평화의 나라,
미얀마

아름다운 풍경에
성스러움이 묻어나는 땅

오랜 군부 독재, 아웅산 묘지 폭파 사건, 게릴라 부대…….

미얀마 하면 험한 단어들이 먼저 떠올랐다. 단체 관광을 가면 그 돈이 전부 군부 독재를 배 불리는 것에 들어가니 꼭 배낭여행으로 가라는 권고도 들렸다. 동남아시아 중에서 최근까지 육로로 들어가기가 불가능했던 나라. 그 때문에 태국, 베트남, 라오스, 중국, 티베트, 인도, 네팔로 이어지는 장기 배낭 여행의 루트에서도 빠져 있는 미얀마라는 나라는 웬만한 곳을 다 여행해본 고수에게도 발붙이기 쉽지 않은 미지의 땅으로 여겨진다. 그러나 직접 가본 미얀마는 세상 어느 곳보다 평화로운 나라, 선한 미소의 나라, 불심 가득한 정직의 나라였다. 겨우 끼니를 이어가는 가난한 살림에도 매일 아침 부처님 앞에 꽃을 올리는 일을 가장 소중하게 여기는 사람들이 살아가는 땅. 미얀마 는 지구 어느 곳보다 오염되지 않은 순수함이 남아 있는 보석 같은 곳이다.

수려한 자연 경관, 수천 년의 세월을 고스란히 간직한 유적, 맛깔스러운 음식과 저렴한 비용은 동남아 여행이 주는 매력들임에 분명하다. 그러나 다른 면에서 보자면 이런 동남아 국가들은 우리에게 너무 익숙하기 때문에 뭔가 모르게 심심하고 식상한 느낌을 주는 것도 사실이다. 여행지로서 동남아의 장점을 지니고 있되 이색적인 여행지를 찾는 사람에게 미얀마야말로 깊이와 새로움을 선사해줄 가장 적합한 여행지다.

인도차이나 반도와 인도 대륙 사이의 비옥한 지대에 남북으로 뻗어 있는 미얀마는 오랜 역사를 지닌 불교 국가다. 전 국민의 90% 정도가 불교 신자이며, 정치, 경제, 문화 등 모든 것이 불교와 밀착되어 있다. 복잡한 정치, 경제적 상황에도 불구하고 미얀마 전체에 평화로움이 한껏 깃들어 있는 것은 오랜 세월 그들을 지탱해온 불심 덕분일 거라는 확신이 들었다.

미얀마와
버마

떠나기 전 이곳에 대한 자료를 찾다 보니 어떤 이는 미얀마라고 하고 어떤 이는 버마라고 하는 걸 알게 되었다. 미얀마와 버마 중 어떻게 부르는 것이 맞느냐, 혹은 어떻게 부르느냐는 정치에 관련된 문제였다. '버마'라는 이름은 국민의 70%가 넘는 버마족의 이름에서 유래했고, 1948년부터 1974년까지는 버마 연방, 1988년까지는 버마 연방 사회주의 공화국이라고 불리던 것이, 1989년 군사 정권이 들어서면서 미얀마로 변경되었다. 군부 세력이 버마를 미얀마로 바꾸면서 내세운 이유는, 버마는 일부 종족을 나타낸 이름이므로 전체 국민을 나타내려면 미얀마가 더 어울린다는 것.

그러나 이 호칭을 두고 각 나라와 언론사 들은 입장과 판단에 따라 달리 부르고 있어 복잡함이 더해진다. 군사 정권을 인정하는 쪽은 미얀마로, 반대하는 쪽은 버마로 부르는 경향이 있다. 나라로 보면 우리나라와 프랑스, 일본은 미얀마라고 부르고, 유엔과 AP, 「뉴욕타임스」 같은 언론사들도 미얀마라 부르고 있다. 반면 유력 영어권 미디어인 「가디언」, 「워싱턴 포스트」나 주요 인권 단체는 버마라는 국명을 계속 사용하며, 미국과 영국, 오스트레일리

아는 버마로, EU는 버마와 미얀마를 함께 사용한다. 호칭도 중요하지만, 그보다는 그 속에 담긴 내용을 얼마나 더 깊이 이해하느냐가 더 중요할 것 같다. 어쨌든 이 기회에 국가 명칭에 대한 유래를 알고 보니 역시 세계는 복잡하게 돌아간다는 생각이 들었다.

비교 없는 행복!
경쟁을 피해 살다

국민소득 500달러 미만인 미얀마는 우리나라 1960년대 수준의 경제력을 가지고 있다. 빈부 격차가 없으니 비교할 일도 질투할 일도 없이 모두가 있는 것에 만족하며 미소로 하루하루를 살아간다. 비교란 차이가 날 때 생기는 법이니까. 오히려 너도나도 겨우 하루하루 굶지 않을 만큼을 소유한 이들은 차라리 욕심 없이 사이좋게 살아갈 수 있는 건지도 모르겠다.

언젠가 재밌는 신문 기사를 본 적이 있다. 한국인들에게 "80%가 연봉 1억 원을 받고 20%는 8,000만 원을 받는 직장에서 8,000만 원을 받으며 근무하겠는가? 아니면 80%가 3,000만 원을 받고 20%는 5,000만 원을 받는 직장에서 5,000만 원을 받고 근무하겠는가?"라는 문제로 설문 조사를 했는데, 놀랍게도 한국인은 (다른 나라와 달리) 후자를 더 많이 택했다는 것이었다. 이 말은 우리가 절대적 행복보다 상대적 행복에 더 목숨 거는 나라라는 의미도 될 것이다. 사람들을 많이 만나지 않을 때는 평화롭고 행복하다. 그런데 어쩌다 강남의 번지르르한 아파트에 살면서 번지르르한 자가용을 몰고

천연 자외선 차단제
'타나카'를 바른 소녀

나온 친구를 만나고 온 날은 뭔가 불편했다. 그런 것을 좋아하지도 선망하지
도 않을뿐더러 갖고 싶다고 욕망한 적도 없는데도 그날 밤엔 괜히 '지금 내
가 잘 살고 있는 건가', '내 삶의 방향이 맞는 건가' 한 번 더 생각해보며 복
잡한 마음이 들었던 것이다.

　이런 거라 생각한다. 너무 많이 광고를 보고, 너무 많이 사람들을 만나
다 보면 없던 욕심이 새록새록 생겨나는 것이다. 그리고 그들과 맞추려 드는
것이다. 내 스타일이 아닌데도 말이다. 그래서 난 우르르 몰려다니는 걸 싫
어한다. 몰려다닌다는 건 어떤 걸 강요당한다는 것이다. 그들과 같아질 것이
아니라면 거기서 나와야 한다. 그러지 않으면 그들과 섞여 다니며 끝없이 군

중 속의 고독을 느끼는 공허한 상태를 경험하게 된다.

곰곰 생각해보니 난 대학 1학년 무렵 그걸 어렴풋이 느꼈고, 그 이후엔 정말 코드가 맞는 사람들과의 교제를 제외하고는 차라리 혼자가 좋은 사람이 되었다. 낯선 환경에 던져졌던 대학 신입생 시절, 뭔가 친구를 사귀어야 할 것도 같고, 모든 게 혼자 해결해야 하는 대학 생활이 익숙지 않은 탓에 서너 명이 우르르 몰려다녔었다. 같이 수업을 듣고, 같이 도서관에 가고, 같이 밥을 먹고, 차를 마시며 그렇게 온종일을 함께했다. 누가 책을 산다고 하면 다 같이 서점에 갔고, 커피를 마시고 싶다고 하면 다 같이 커피를 마시러 갔다. 누가 은행에 들러야 하면 다 같이 서서 기다렸다. 그러던 어느 날 이게 뭐 하는 짓인가 싶어졌다. 시간도 아까웠다. 하루라는 소중한 시간을 그렇게 몰려다니며 보낸 것이다. 그런 깨달음이 있은 날부터 난 혼자가 되어갔고, 혼자서 밥을 먹고, 혼자서 도서관에 갔다. 친구나 그룹 활동은 석설한 정도만 했다.

이런 습관은 지금도 마찬가지다. 영화도 혼자 보는 게 가장 좋고, 미술관도 그렇다. 나는 영화관이나 미술관 같은 곳을 혼자 가지 못하는 사람이 이해가 안 된다. 영화는 누구랑 토론하는 것도 아니고 스크린을 바라보는 건데 왜 혼자 못 간다는 거지? 미술관도 마찬가지다. 사람마다 좋아하는 그림이 다르고 보는 속도도 다른데, 누구랑 함께 가면 그림 보랴 그 사람과의 템포를 신경 쓰랴, 집중하기가 힘들다. 밥도 혼자 먹는 게 편하다. 메뉴도 내 맘대로, 먹는 시간도 내 맘대로 정할 수 있다. 어쩌면 이건 여행하면서 더욱 강화된 습관 같기도 하다. 어쨌든 모든 불행이 비교에서 온다는 말을 하다가 너무 샛길로 빠져버렸다.

그 나라 사람을
닮은 가이드

여행을 하다 보면 가이드는 그 나라와 참 많이 닮아 있다. 워싱턴에선 정장 차림의 댄디한 가이드가 나와서 정치인 이미지를 풍겼고, 스페인에선 빵모자를 쓴 화가 같은 아저씨가 미술에 관해 풍부한 해설을 해주었다. 모든 직업이 그렇겠지만 가이드 또한 그 나라를 좋아하지 않으면서 그 나라를 안내하긴 힘들기 때문일 것이다.

이번에 만난 미얀마 가이드는 40대 중반의 한국인이었다. 그는 대기업을 다니다 IMF 때 함께 일하던 상사들이 줄줄이 해고당하는 걸 보고 충격을 받아 자기만의 일을 갖고자 회사를 그만두었다고 했다. 그러고 나서 제일 먼저, 회사에 다니는 동안 하지 못했던 세 가지를 했다. 첫째는 원도 한도 없이 잠을 자는 것, 둘째는 머리를 기르는 것, 셋째는 배낭여행을 가는 것. 그렇게 떠난 배낭여행이 결국 가이드라는 생각지도 않은 일로 이끌었다고 했다. 여행 중 머물렀던 앙코르와트에서 어떤 사람과 인연이 되어 가이드를 하게 되었고, 그러던 중 앙코르와트에 직항 노선이 생기고 덤핑 관광객이 들이닥치기 시작하자 일의 성격이 변질되어갔고, 그게 싫어 베트남 하노이로 갔다가, 다시 하노이에 사람들이 몰려오자 결국 아직은 때 묻지 않은 미얀마로 흘러오게 되었다고 했다.

이 사람의 라이프 스토리를 들으면서, 한 사람이 살아오면서 하는 모든 선택과 판단은 그 사람의 가치관을 그대로 드러내 보여준다는 걸 새삼 느꼈다. 그의 라이프 스토리에 의하면, 그는 다른 사람들과 정반대의 선택을 하며 살아온 사람인 것이다. 회사에서 사람을 자르려고 하면 더더욱 붙어 있고 싶은 것이 인지상정인데, 그는 미래가 없다고 보고 회사를 나왔다. 대부분의 가이드들은 자기가 맡은 나라에 관광객이 몰려오면 돈을 벌 기회가 더 많이 생긴 걸 좋아하며 더 오래 머무는 것이 보통인데, 그는 오히려 돈이 되는 덤핑 여행지보다는 돈이 안 되더라도 순수 여행객이 남아 있는 오지를 찾아 미얀마까지 흘러온 것이다. 덕분에 한 달에 많아야 서너 팀이 고작이고, 1년의 반이 넘는 비수기에는 일도 없는 그곳에서 위파사나 명상을 하거나 수영을 하며 지내고 있었다.

여행을 하는 내내 지켜본 바에 의하면, 그는 무엇보다 그곳 사람들을 마음속 깊이 사랑하고 있었다. 가는 곳마다 아이들을 쓰다듬고 안아줬으며, 신발이 없는 아이에겐 자신의 지갑을 열어 신발을 사주기도 했다. NGO 일을 해도 좋겠다고 했더니 NGO냐 아니냐가 뭐가 중요하냐며 반문하는 바람에 나를 살짝 당황시키기까지 했다. 그저 자신의 역량 안에서 아이들을 진심으로 아끼고, 도울 수 있는 걸 자연스레 도우면 그뿐이라고 말이다.

그가 준 충격은 신선했다. 그는 가이드 일에도 정말이지 프로페셔널했고, 자긍심에 가득 차 있었다. 그 당시 난 교수라는 직업에 아무런 자긍심이나 의미도 느끼지 못하면서도 남들이 떠받들어주는 사회적 지위와 안정 때문에 단호히 떠나지도 못하고 어물쩍하고 있었기에, 그에 비추어 본 내 모습이 한없이 부끄럽게 느껴졌다.

어쩌면 내 삶을 내가 아닌 다른 누군가에게 인정받으려는 순간부터 자신이 원하는 삶과는 멀어지게 되는 건지도 모르겠다. 누구나 그 사이의 벌어진 틈을 적당히 메워가며 살아가기 마련이지만, 그 간격이 너무 멀어지게 될 때 자신이 불행하다고 느끼게 되는 것 같다. 이른바 평양 감사도 저 싫으면 못 하는 상태가 되는 것이다. 니코스 카잔차키스는 자기 내부에서 보상을 찾지 못하는 자는 노예라고 했다. 그러니 죽이 되든 밥이 되든 내가 주인공인 삶을 더 늦기 전에 살아보고 싶어졌다.

바간의 일몰을 보기 전엔
일몰을 논하지 말 것

진정 거룩한 종교는 조복을 강요하지 않는다고 했던가. 바간^{Bagan}의 불탑들은 장엄하다기보다는 오히려 소박하고 아기자기해서, 화려하고 거대한 사원을 연상하고 왔다면 조금은 실망할지도 모른다. 그런데 이 소박하고 작은 사원들이 지금까지 보았던 그 어떤 장엄하고 화려한 사원보다 보는 이의 마음을 더 정화해주는 건 왜일까. 모르긴 몰라도 아마 그것은 이 사원들이 어떤 권력자의 명령에 의해 지어진 것이 아니라, 한 사람 한 사람의 자발적인 믿음에 의해 '한 땀 한 땀 정성과 진심으로 지어졌기' 때문일 것이다. 인도의 타지마할도 캄보디아의 앙코르와트도 장엄하고 멋지긴 했지만 내 마음을 정화해주진 못했다.

사람이야말로 종교 이전의 종교이며 종교 이상이라는 걸 바간의 사원들이 말해주고 있었다. 인간의 좌절과 역경을 돌보고 희망을 주는 종교라는 것도 사실은 사원이나 돌탑에 있는 것이 아니라, 그 사원과 돌탑을 짓게 한 인간의 마음속에 있다. 어떤 어려움에도 꺼지거나 흔들리지 않는 인간의 강인

한 믿음과 사랑만이 이토록 거대한 장관을 있게 한 주춧돌이자 디딤돌인 것이다. 이런 종교라면 무신론자인 나조차 감동시킬 수 있겠다.

　일몰 시간이 가까워오니 전 세계에서 온 여행자들이 쉐산도 파고다로 꾸역꾸역 모여든다. 바간에서 일몰을 보기에 가장 좋다는 곳이다. 15미터로 크게 높진 않지만 불탑의 정상으로 올라가는 길은 역시나 가파르다. "그렇지. 신에게 올라가는 길이 쉬우면 안 되지." 끝까지 오르는 건 포기하고 중간쯤 자리를 잡는다. 이미 서둘러 올라온 사람들이 불탑 계단의 곳곳에 흩어져 앉아 카메라에 풍경을 담느라 바쁜 모습이다. 나도 자리를 잡고 앉아 사방

쉐산도 파고다에서
일몰을 기다리며

을 둘러보았다. 온통 황토와 녹음으로 된 땅에 들어서 있는 수천 개의 탑들이 하나씩 하나씩 눈에 들어오기 시작했다. 그렇게 한참 동안 정글 속의 불탑들을 보고 있자니, 이 불탑들의 모습조차 미얀마 사람들을 닮았다는 생각이 들었다. 꾸밈없이 순수하고, 치장이 없어도 아름다운 바간의 불탑들……. 그 안에 담긴 순수한 기운과 영혼이 전해오는 것 같았다.

금이야 옥이야 세상 가장 귀한 것들로 불상을 만들고 사원을 만들어 간절한 세상 기도를 모아 바친다. 세상 소원만큼의 사원들. 지금 이 순간도 지구 곳곳에서는 간절한 소원을 모아 사원이 세워지고 있을 것이다. 난 특별한 종교를 갖고 있지 않지만 세상의 모든 기도를 사랑한다. 인간의 삶이 가져다주는 천박함과 경솔함 같은 치명적인 독에 대항하기 위해서는 기도하는 사람들의 모습이 꼭 필요하니까.

인내가 필요한
인레 호수!

여행지를 선택할 때 기준이 되는 것은 언젠가 본 한 컷의 이미지인 경우가 많다. 나를 미얀마로 이끈 것은 석양 무렵의 우베인^{U Bein} 목교와 인레^{Inle} 호수의 호젓한 뱃사공이었다. 푸른 산과 아름다운 숲이 유리처럼 투명한 물을 끌어안고 있고, 외발로 노를 젓는 독특한 모습의 어부가 그림처럼 떠 있는 곳. 그 속엔 '호수의 아들'이라 불리는 인타족을 비롯한 소수 부족들이 살고 있었다. 200여 채의 수상 가옥과 수상 시장을 볼 수 있는 곳, 물 위의 황금

외발 노 젓기로 고기를 잡는
인레 호수의 어부

Myanmar

목에 쇠목걸이를 한 파다웅족

시장에 팔 물건을 실어 나르는
소수 부족 사람들

사원을 만날 수 있는 곳. 그곳이 헤호Heho다. 수경 재배를 하며 살아가는 이곳 어부들은 노 젓는 방법도 특이하다. 이른바 그 유명한, 한쪽 발로는 노를 젓고 다른 쪽 발과 손으로는 나무를 재배하는 '외발 노 젓기'라는 것이다. 목에 쇠목걸이를 한 파다웅족도 만날 수 있었다. 목긴족이라 불리는 이들은 태국 북부의 카렌족과 같은 부족이다. 이렇게 세계는 이어져 있다. 저 나라의 끝에서 보았던 부족을 이 나라의 시작에서 보기도 하는 것이다. 국경은 단지 편의상으로 그어진 선일 뿐, 사람과 모습, 풍속과 음식은 실처럼 이어져 있음을 다시 한 번 확인할 수 있었다.

3월에서 5월까지 방학을 맞아 집안일을 도우러 나온 아이들은 카누처럼 생긴 배를 타고 은으로 된 장식품이나 직접 짠 비단을 판다. 모든 것이 우리나라 옛날 모습 그대로인 이곳은 아직도 많은 것들을 가내수공업으로 해결한다. 공방에선 오래전 우리 할머니들의 물레질하는 모습을 만날 수도 있다. 아침 식사로 토스트를 구워주겠다던 소년은 숯불 위에다 석쇠를 놓고 빵을 구워낸다. 그 모습이 신기하기도 하고 우습기도 했지만 지금까지 먹어본 토스트 중 가장 맛있었다.

누군가 '편리하다'란 것은 야생 토끼의 발에 신발을 신겨 말랑말랑한 발바닥을 만드는 것과 비슷하다고 했던가. 그랬다. 이곳 인레 호수가 있는 헤호는 모든 것이 소위 가전제품이 개발되기 전의 모습 그대로였다. 우리가 필수품처럼 여기는 가전제품들, 멀쩡하게 작동되는데도 유행 따라 바꾸고 싶어 안달하는 그 가전제품들이 없어도 얼마든지 잘 살 수 있음을 보여주고 있는 듯했다.

인레 호수 주변엔 5일마다 장이 열린다. 장터엔 소수 부족 사람들부터 수상에서 생활하는 인타족까지 자신이 만든 것을 가지고 와서 필요한 것들을 사고판다. 이 시장은 이곳 사람들에겐 필수적인 것으로, 비가 오나 눈이 오나 어김없이 열릴 뿐만 아니라 때로는 물물교환도 이루어진다. 간간이 꼬마 스님들도 눈에 띄는데, 이들은 값을 치르진 않고 필요한 곳에서 장바구니를 열어 보이면 사람들이 기꺼이 공양을 한다.

꽃보다
아름다운 사람들

바간의 장터에서도 그랬지만 인레 5일 장터에서도 큰 비중을 차지하는 건 꽃 시장이었다.

이곳 사람들은 부처님께 바칠 꽃을 의식주보다 더 소중히 여긴다. 오후엔 인근 파고다에서 단기 출가식이 있다고 해서 구경을 갔다. 이곳 아이들은 방학이 되면 짧게는 한 달, 길게는 석 달간의 단기 출가를 한다. 비록 단기 출가라고는 하지만 삭발을 하고 승복도 입으니 제대로 된 출가인 셈이다. 작은 마을의 경우 동네 아이들을 한꺼번에 출가시키곤 하는데, 이날은 당사자인 아이들보다 부모들에게 더 기쁜 날처럼 보였다. 온 동네 사람들은 이날만은 모든 일을 제쳐놓고 사원에 모여 맛있는 것을 함께 해 먹고 노래를 하고 춤도 추며 잔치를 벌인다. 우리도 적당한 나이가 되면 가는 곳이 있다. 군대다. 성인이 되기 전 혹은 사회에 나오기 전 군대에 가는 것과 스님이 되어보는 것은 그 후의 삶에 어떤 차이를 낳게 될까?

단기 출가 과정에 참가한
미얀마의 아이들

아마 라오스나 미얀마 같은 나라 사람들의 삶의 주축이 되어주는 건 어린 시절 받은 수련의 힘일 것이다. 실제로 내가 라오스에서 만났던 한 분은 지금은 여행사를 하면서 가정도 이루셨는데, 힘들고 각박한 비즈니스에 시달릴 때마다 예전의 승려 시절이 너무나 그립다고 했다. 그리고 그때 배운 걸 생각하며 이겨낸다고. 우리는 무엇으로 버텨내고 이겨내는 걸까. 군대에서 받은 훈련의 기억으로? 아니면 순수했던 대학생 때의 기억으로?

우리에겐 저마다 '마음의 힘'이 필요하다. 육체의 근육을 단련하듯 마음의 근육을 단련해야 한다. 세상으로부터 나를 지켜줄 체력을 길러야 한다. 그것이 종교든, 꽃이든, 사람이든, 그 무엇이든 간에.

시장에서 큰 비중을
차지하는 꽃 시장

밥보다 부처님 앞에 바칠
꽃이 먼저인 사람들

Myanmar

비교 없는 행복이
주는 미소

세상에서 가장 긴 나무다리,
우베인 목교

만달레이^{Mandalay}는 미얀마의 중심이 양곤^{Yangon}으로 옮겨지기 전까지 미얀마를 대표하는 도시였다. 많은 유적지와 불탑들을 품고 있는 곳이자 승려들의 탁발 의식을 볼 수 있는 곳이니 반드시 가보아야 한다. 최대 규모의 수도원인 마하간다용 수도원에서는 붉은 옷을 입은 승려들의 아름다운 탁발 의식을 볼 수 있다. 카메라를 든 여행자의 무례한 요구에 기꺼운 마음으로 응해주었던 꼬마 승려의 수줍은 눈망울을 잊을 수가 없다.

탁발 의식과 함께 만달레이에서만 볼 수 있는 최고의 아름다움은 석양을 등지고 아름다운 실루엣을 선사하는 우베인 목교다. 높이 3미터, 폭 2미터, 길이 1,200미터로 세계에서 가장 긴 나무다리로 유명한 우베인 목교는 1851년에 만달레이 아마라푸라 지역의 수장이었던 우베인이라는 사람이 놓았다. 그는 강 건너 마하간다용 수도원에서 공부하는 승려들이 마을을 더 편하게 왕래하도록 이 다리를 만들었다고 한다. 그러니까 이 다리 또한 미얀마의 수많은 사원들처럼 평범한 한 사람의 지극한 불심으로 만들어진 것이다. 군데군데 부러지고 갈라져 세월의 흔적이 고스란히 묻어나는 다리 위를 조심스레 걸어본다. 붉은 옷의 승려와 소박한 차림의 주민들이 뒤섞여 흘러가고, 오래된 풍경 사이로 벽안의 관광객이 신비로움에 취한 듯 서 있다. 걸핏하면 나무다리 같은 것일랑 밀어버리고 아스팔트를 깔고 그 위에 차가 쌩쌩 달리게 하는 이 시대에 우베인 목교야말로 유일하게 남은 낭만이 아닐까 하는 생각이 들었다. 미얀마에는 이렇게 소박하면서도 위대한 인간의 역사를

세계에서 가장 긴 나무다리인
만달레이의 우베인 목교

느낄 곳이 많이 숨어 있다. 세상 어디서도 만나기 힘든 그 장면들은 가슴에 인두 자국 같은 기억으로 남아 있다.

그렇게 풍경에 취해 멍하니 서 있는 내게로 버스에서 내린 일련의 미얀마 아줌마 군단이 달려들더니 함께 사진을 찍자고 한다. 순간 나는 이게 뭔가 싶으면서도 외국인을 처음 봐서 그런가 싶어 즐거운 마음으로 응해주었다. 그동안 많은 여행지에서 현지인을 마구 찍어댔던 보상이라도 해주려는 듯이. 그렇게 한 용감한 아주머니가 테이프를 끊자, 뒤에서 쭈뼛쭈뼛하며 망설이던 다른 아주머니들도 우르르 몰려와 줄을 서더니 끝도 없이 사진 찍기가 이어졌다. 이쯤 되면 외국인에 대한 호기심 이상의 뭔가 있는 것 같다는 생각이 들었다. 알고 보니 이 즐거운 소동은 바로 한류 열풍 때문이었다.

세계와의 소통이 활발하지 않은 이곳 미얀마에도 한국 드라마의 바람이 거세서, 사람들은 저녁 7시와 9시엔 어김없이 텔레비전 앞에 모여 앉아 한국 드라마를 본다. 이건 이란이나 티베트 등에서도 마찬가지였는데, 미국 할리우드 문화와 거리를 둔 나라일수록 한류 열풍이 거셌다. 한국 드라마에 여전히 남아 있는 보수적 정서가 그들에게 많은 공감을 주기 때문인 듯하다. 특히나 〈가을동화〉는 너무도 유명해서 주인공인 은서, 준서는 모르는 사람이 없고, 여학생들이 가장 좋아하는 사람은 구준표와 주몽이라고 했다. 한국에서 왔다는 이유만으로 연예인 대접을 받다니 웃어야 할지 울어야 할지 모를 지경이었지만 특별한 재미를 선사해준 경험이기도 했다. 밍군Mingun에 갔을 때, 자기 이름을 소개하던 아이들이 내 이름을 물어와서 장난삼아 내 이름은 '은서'이고 남편은 '준서'라고 했더니, 아이들은 깔깔대며 그럼 자기는 구준표고 옆의 아이는 주몽이란다. 정말 귀여운 아이들이다.

눈물겹게 진지한
환대를 보여준 밍군!

만달레이에서 배를 타고 이라와디 강을 가로질러 밍군에 내리니 멀리서 부터 아이들이 맨발로 달려 나와 환영해준다. 내가 무슨 대통령도 아니고 총리도 아닌데 언제 이런 환대를 받아본 적이 있었던가 싶어지는 그런 환대였다. 이전에도 없었고, 앞으로도 없을 따스하고도 진심 어린 환대. 배에서 내리니 저마다 담당자라도 정한 듯 고사리 같은 손으로 양손을 잡아끈다. 배에서 내린 여행자들이 유적지를 보기 위해 가는 길 뒤를 아이들이 우르르 행렬을 지어 따라온다. "여긴 밍군 대탑, 여긴 밍군 종, 여긴 신뷰미 파고다"라며 안내도 해주고, 유적지를 둘러보는 동안엔 바깥에서 다소곳이 기다리기도 한다. 신뷰미 파고다의 계단 1,084개를 오를 때는 양손을 꼭 잡아주며 행여 넘어질세라, 고사리 같은 팔에 무슨 힘이 있다고 한껏 힘을 주어 부축을 해주기도 한다. 겨우 세끼 밥 챙겨 먹을 수 있을까 싶은 가난한 마을에 멋진 아트 갤러리가 줄지어 있어 깜짝 놀랐다. 샌프란시스코에서 배를 타고 가보았던 예술가 마을 소살리토Sausalito가 오버랩될 정도로 인상적인 풍경이었다. 뒤로는 산이 병풍을 치고, 앞으로는 강이 흐르는 밍군은 우리네 정서로 볼 때 명당자리에 있었다. 그러나 배를 타고 한참을 와야 하는 이곳은 사람들의 왕래도 수월하지 않은 탓에, 이곳 사람들에겐 명당이라기보다는 단지 고립된 땅이자 사람이 그리운 땅일 뿐이었다. 그래서 이곳 아이들에겐 가끔씩 찾아주는 외지인들을 따라다니는 것이 유일한 놀이이자 약간의 소득원(1달러에 기념품을 파는 일)이다.

수준 높은 그림들로 가득했던
밍군의 갤러리들

오후 한나절 동안 밍군을 둘러보고 다시 배에 오를 무렵 아쉬운 마음으로 안녕을 고하니 주책없이 눈물이 났다. 여행에서 만나는 눈물은 늘 이렇게 느닷없다. 일상에서의 눈물이 뭔가 슬프다거나 억울하다거나 참고 참다가 터지는 것이라면, 여행지에서의 눈물은 나도 모르게 흘러내리는 느닷없는 눈물이었다. 인도 바라나시에서의 눈물이 그랬고, 요르단 와디럼 사막에서 흘린 눈물이 그랬으며, 밍군에서의 눈물이 그랬다. 짠맛이 안 날 것 같은 눈물, 무색무취의 눈물, 순정의 눈물이었다. 사람에겐 그런 눈물도 있다는 것을 여행을 통해 알았다. 그리고 순정의 눈물을 쏟은 후에는 얼마나 개운한지도.

　　유적지에 내릴 때마다 아이들이 달려들어 "원 달러, 원 달러"를 외치기도 하지만 줘도 그만 안 줘도 그만이다. 이들에게 원 달러는 놀이일 뿐, 구걸이 아니다. 가끔은 조금 귀찮다 싶게 부채나 팔찌를 사달라고 애원하는 아이들이 있었다. 그러지 말아야지 하면서도 지속되는 애원에 그만 귀찮아져서 짜증을 부리고 말았다. 이내 미안해져 돌아다보니 그 아이는 언제 그랬느냐는 듯 염화시중의 미소를 짓고 있다. 아, 누군들 이 아이들을 사랑하지 않을 수 있을까.

　　사원에 들어갈 때마다 신발을 벗어야 하는 이 나라에서 단 한 명의 관광객도 신발을 도둑맞은 일이 없다는 사실은 이 나라 사람들이 얼마나 정직한가를 단적으로 증명해준다. 신발 살 돈이 없어 맨발로 다니다가 발을 다치는 이들이 그렇게 많은데도 말이다. 불교에서는 인간의 세 가지 독을 버리라고 가르친다. 탐(貪), 진(嗔), 치(痴). 다른 사람이 가진 것을 탐하는 것, 쓸데없이 화내는 것, 어리석은 것이 그것이다. 이러한 가르침을 몸으로 배워온 이들은 누가 보든 안 보든 마음에 걸리는 일은 절대로 하지 않는다.

가장 인상적인 풍경을 선물해준
양곤 외곽 순환 기차

미얀마의 최대 도시는 양곤이다. 양곤은 2005년 11월 정부가 공식 행정 수도를 네피도로 옮기기 전까지 100여 년에 걸쳐 수도였던 곳이다. 지금도 많은 사람들은 양곤을 미얀마의 수도로 알고 있다. 그러나 어느 날 갑자기 수도가 네피도로 옮겨졌고, 미얀마의 모든 정치 행정이 그러하듯 국민은 이유를 모르고 있다는 사실이 신기하게 여겨졌다. 화폐도 마찬가지라고 한다. 어느 날 예고도 없이 바뀌어버린다니 도대체 알다가도 모를 나라다. 그러나 더 놀라운 것은 정치, 경제야 어찌 되었든 이 나라 국민들의 얼굴엔 시름보다 평화가 가득하다는 사실이었다.

세계적인 불교 유적지인 쉐다곤 파고다는 높이가 100미터, 둘레가 426미터에 달하는 거대한 황금 탑이다. 수십 톤의 황금과 7,000개 이상의 보석이 들어간 탑으로 규모가 크고 화려하다. 내부에는 부처님의 머리카락과 위대한 수행자들의 사리를 안치해놓고 있어 해마다 수많은 순례자들과 여행자들이 찾는다. 왜 믿음을 황금으로 표현하는지 알 수 없지만(아마도 변하지 않는 믿음을 시각적으로 표현하고 싶었던 것이겠지), 이곳만은 바간의 사원이나 만달레이의 우베인 목교에서 느꼈던 소박함과는 다른 화려함을 느낄 수 있었다. 햇빛이 쏟아져 내리는 한낮에도 황금 탑은 빛났지만, 무엇보다 그 빛이 정수를 발하는 시간은 해가 지고 어둠이 내린 후였다. 깊은 불심의 사람들은 저마다 작은 금딱지를 가져와 황금 탑에 붙이며 소원을 빈다.

양곤에서 가장 유명한 쉐다곤 파고다보다 나의 마음을 더욱 사로잡은 것은 사실 따로 있었다. 바로 타임머신이라도 타고 온 듯 아날로그의 정취를 듬뿍 풍기던 양곤 외곽 순환 기차였다. 기차 안엔 먼 곳으로 가는 사람들이 가지고 탄 짐들로 가득했다. 염소나 닭들도 마구 돌아다녔다. 장거리 여행에 지친 사람들은 한쪽 벽에 기대어 잠을 청하거나, 아예 바닥에 자리를 깔고 누워 깊은 잠에 빠져 있었다. 그 기차 안에서 이제 막 단기 출가에 들어가기 위해 길을 나서는 예쁜 동자승을 만날 수 있었다. 영롱하게 빛나던 잊을 수 없는 눈빛도……. 어쩌면 이렇게 예쁜 눈이 있을 수 있을까. 미얀마 말을 한 마디도 못한다는 것이 너무도 안타까웠다. 완전히 반해버린 내 마음을 한 마디라도 꼭 표현하고 싶었기 때문이다. '예쁘다'를 미얀마 말로 뭐라고 하는지 주변 사람들에게 물었다.

"라레!"라고 누군가 알려줬다.

"라레, 꼬마 스님."

스님은 보일 듯 말 듯한 미소를 지어준다. 어린 나이에 믿어지지 않을 만큼 차분하고 의젓한 표정이다.

미얀마는 소승 불교국으로, 출생부터 사망까지 불교가 사람들의 사상과 행동에 미치는 영향은 가히 절대적이라고 한다. 아기가 태어나면 부모는 가장 먼저 사원을 찾아가 작명을 하고, 남자아이의 경우는 성인이 되기 전까지 한 번 이상은 단기 출가를 하는 전통을 가지고 있다. 신쀼^{Shinpyu}라고 부르는 이 통과의례는 미얀마 사람들이 가장 자랑스럽게 여기는 전통으로, 아무리 가난한 집안도 이 의식만큼은 빚을 내서라도 성대하게 치른다.

한참을 꼬마 스님에게 빠져 있다가 나중에서야 옆에 앉아 있던 꼬마 스님의 엄마가 눈에 들어왔다. 엄마는 여행자가 예의 없이 마구 들이대는 사

양곤 외곽 순환 기차에서 만난,
너무 예쁜 꼬마 스님

진기에도 불쾌한 기색 없이 그저 흐뭇한 미소만 지을 뿐이다. 어린 자녀를
출가시키러 가는 엄마의 표정엔 안타까움이나 걱정보다는 대견함과 느긋함
이 넘쳐난다. 달라이 라마는 "출가한다는 것, 즉 세상을 버린다는 것은 스스
로를 세상과 격리한다는 것이 아니라 세상에 대한 집착을 버리는 것"이라고
말한 바 있다. 그러면서 수행의 초반부엔 혼자 있으면서 확신을 얻고 힘을
가지는 시간이 필요하지만, 수행의 마지막 단계는 세상 속에 머물면서 봉사
를 해야 한다고 말한다.

　　몇 개의 역을 지나자 왕년에 한가락 했을 법한 멋쟁이 아저씨가 기차에

젊어 한가락 했을 법한
멋쟁이 아저씨

오른다. 자세히 보니 가슴엔 문신도 있다. 이 아저씨 나를 보더니 미얀마에
선 드물게 영어로 말을 걸어온다. 젊은 시절 세상을 휘돌다가 미얀마의 어느
순박한 시골에 정착했을 거라는 상상을 해보게 하는 모습이다. 세상을 이미
가슴에 품었기에 더 이상의 순례가 필요하지 않은 얼굴 말이다. 문득 나도
저런 얼굴이 되고 싶다는 생각을 해본다. 원 없이 세상을 둘러본 후 고향땅
가장 구석진 곳에 둥지를 틀고 자연을 벗 삼아 사는 순박한 삶. 세상을 이미
가슴에 다 담았기에 더 이상 궁금할 것도 부족할 것도 없는 그런 삶 말이다.

어두운 이미지의 땅,
평화의 땅으로 부활하다!

여행은 어쩌면 우리가 잘못 알고 있는 상식이나 선입견을 바꾸는 과정이 아닐까 생각한다. 어떤 이를 평판만으로 아는 것이 아니라, 직접 사귀어보고 만져도 보면서 진짜 그가 어떤 사람인가를 발견하고 정의하는 것. 그것이 여행이라는 생각.

그래서 직접 만나보지도 않고 섣불리 마음을 닫아버려서는 안 된다고 미얀마 여행은 내게 알려주었다. 우리의 편견은 얼마나 무서운 것인지, 미국과 편하지 않은 관계라는 이유만으로 매스컴은 왜곡된 시선을 보냈으며, 그 창으로 세상을 보는 우리는 딱 그만큼의 지식으로 미얀마를 보고 있었다. 이토록 신성한 땅을 그저 어둡고 불온한 땅으로만 알고 있었던 것이다. 그런 의미에서 미얀마 여행은 오랜 편견을 깨는 여행이었다. 통신 기기의 발달로 세계 어딜 가나 자동 로밍이 가능한 세상에서, 로밍은커녕 전화와 인터넷도 잘 안 되는 땅 미얀마는 세상에 귀 닫고 평화로움에 젖어들기엔 더없이 좋은 땅이다.

쉐다곤 파고다에서 기도하는 사람들

{ Travel Tip }

✔ 찾아가기

인천–양곤 직항 노선은 없고, 보통 태국, 싱가포르, 베트남 등 인근 국가를 경유해 들어간다. 베트남항공의 인천–호치민–양곤 노선은 환승 대기 시간이 2시간 이내로 짧아서 편리하다.

✔ 기본 여행 정보

한국과 미얀마는 아직 비자 상호 협정이 없으므로 사전에 비자를 받아야 한다. 미얀마 대사관에서 발급받을 수 있는데, 외국인 입국이 제한적이라 비자 받기가 다소 까다로운 면이 있다(상용비자 10주, 관광 비자 4주). 여행 적기는 건기인 11~2월이며, 우기인 5~9월은 피하는 것이 좋다. 신용카드 및 ATM의 사용이 거의 불가능하므로 모든 여행 경비를 달러로 환전해 가면 편리하다. 화폐 단위는 차트(Kyat)이고, 100차트=95원이다.

✔ 추천 여행 루트

국토가 한반도의 약 3배로, 넓어서 육로 여행은 어렵고, 순환형 국내선 항공을 이용해서 양곤–바간–헤호(인레 호수)–만달레이–양곤 순으로 이동하며 여행하는 것이 일반적이다.

✔ 추천 액티비티

– 양곤 외곽 순환 기차 타기
– 위파사나 명상센터 프로그램 참가하기
– 만달레이 우베인 목교 건너기
– 인레 호수 5일 장터에서 장보기
– 바간의 쉐산도 파고다에서 일몰 보기

✔ 추천 숙소

– 양곤: 레인보우 호텔(Rainbow Hotel): 한국인이 운영하는 곳으로, 아침으로 한식이 제공되고, 편안한 것이 장점이다. (3, Wingabar Road, Bahan Township, Shwegonetaing, Yangon, Tel. +95-1543681, www.myrainbowhotel.com)
– 헤호: 아쿠아리우스 인(Aquarius Inn): 유럽인들에게 매우 인기 있어서 성수기에는 방이 없을 때가 많으므로 예약 필수. (No.2, Phaung Daw Pyan Road, Nam Pan Quarter, Nyaung Shwe, Southern Shan State, Tel. +95-81209352, aquarius352@gmail.com)

★

Myanmar

4

낯선 도시에서
한 달쯤
살아보라

자유와 낭만이 넘치는
〈첨밀밀〉의 도시,
미국 샌프란시스코

USA

POWELL
AND
MARKET

BAY & TAYLOR
FISHERMANS
WHARF

16

YOU KNOW
WHERE TO GO

내 마음을 두고 온 곳, 샌프란시스코
작은 케이블카가 별을 향해 오르는 곳
바람 일렁이는 푸른 바다가 있는 곳
내 사랑이 있는 곳, 샌프란시스코

_토니 베넷,
《I Left My Heart in San Francisco》 중에서

하루하루를 여행하듯 살고 싶다.
두 번 다시 못 볼 사람처럼
당신과 인사하고 얘기를 나누고
두 번 다시 못 먹어볼 음식처럼
귀하고 맛나게 음식을 먹고
두 번 다시 못 들을 음악처럼
순간순간을 아름다운 선율로 채우고 싶다.

벽화에 새겨져 있던 문구

여행은
연애처럼

이런저런 나라를 여행하다 보면 여행은 연애와 같다는 생각을 하게 될 때가 많다.

어떤 나라는 남성미를 풍기는 반면, 어떤 나라는 여성미를 갖고 있다. 어떤 도시는 세련미가 있으며, 또 어떤 도시는 투박한 아름다움을 발산한다.

그러나 어떤 여행지든 처음 방문했을 땐 처음 이성을 만날 때처럼 설레고, 알아가고, 결국은 어떤 종류의 느낌이든 가지고 돌아오게 된다.

San Francisco

시오노 나나미도 나랑 같은 생각을 한 걸까. 『생각의 궤적』(한길사)이라는 책에 보면 사람들이 외국과 관련 맺는 형태를 네 가지로 분류하고, 이를 남녀관계에 비유하고 있다.

1. 인터넷을 사용한다.
2. 단체 투어든 개별 여행이든 관광객으로 찾는다.
3. 한 달이나 세 달, 길면 1년쯤 단기 체류를 한다.
4. 그곳에서 산다.

이것을 남녀관계로 빗대면
1. 만난 적도 없는데 사랑한다.
2. 만나서 연애에 빠진다.
3. 동거한다.
4. 결혼한다.

그렇다. 낯선 도시에서 한 달쯤 살아보는 건 본격적인 관계가 갖는 부담은 줄이면서, 스쳐 지나가는 것보다 조금은 더 깊이 서로를 탐색해보는 과정인지도 모르겠다. 그래서 지겨워지기 전에, 현실이 낭만을 덮치기 전까지의 시간, 가장 아름다운 시간만을 살아보는 것과 같다. 살아가면서 한 번쯤 이렇게 해볼 도시로는 샌프란시스코San Francisco가 제격이라고 생각한다.

모든 것을 안아주는
관용의 도시

80개국을 여행했다고 하면 사람들이 맨 처음 물어보는 질문이 있다. "어디가 제일 좋았어?"가 그것이다. 가장 흔하지만 가장 대답하기 어려운 질문. 제발 안 해주길 바라는 질문이기도 하다. 물어보는 사람을 아주 잘 안다면 조금은 쉬울 수도 있다. 휴양지를 좋아하는지 오지를 좋아하는지, 걷기를 좋아하는지 머물기를 좋아하는지에 따라 여행지와 방법이 달라지니까 말이다. 미식가에게 경치 좋은 곳을 소개해줬다가는 낭패 보기 십상이며, 사람 냄새를 좋아하는 사람에게 대자연을 소개해줬다가는 볼 게 하나도 없이 삭막하더라는 소리 듣기 십상이다.

모든 장소는 그 나름의 리듬을 갖고, 가사를 갖고, 그곳만이 지닌 노래를 들려준다. 오래된 클래식 같은 도시가 있는가 하면, 그때그때 감성에 따라 유연하게 물결치는 재즈 같은 도시도 있다. 타임머신을 탄 듯 수백 년 전으로 이끌어주는 중세 같은 도시가 있는가 하면, 첨단의 화려함으로 빛나는 도시도 있다. 여행지로 가장 흥미로운 곳을 들라면 모로코의 마라케시나 사하라 사막, 페스의 꼬불꼬불한 골목길과 대서양 변의 작은 포구 에사우이라를 들고 싶다. 그러나 흥미진진하다고 해서 살아보고 싶은 건 아니다. 그저 한여름 강렬한 태양처럼 온몸으로 햇볕을 쪼이는 것으로 족한 곳도 있으니까.

그러나 매일매일 자고 일어나면 새롭고, 자고 일어나면 가고 싶은 곳이 새롭게 나타나는 보물 창고 같은 도시가 있다. 도착한 바로 그날부터 오랫동안 살았던 곳인 양 숨 쉬는 공기가 낯설지 않고 편안했던 곳. 샌프란시스

샌프란시스코의 상징,
유니언 스퀘어의 하트

코는 마음까지 꽁꽁 얼 것 같던 그해 겨울, 자유와 낭만의 기운으로 나를 따뜻하게 감싸주었다. 샌프란시스코 하면 가장 먼저 떠오르는 노래, 〈I Left My Heart in San Francisco〉의 가사처럼 샌프란시스코는 파리도, 로마도, 맨해튼도 가지지 못한 그만의 아름다움으로 빛나고 있었다. 파리의 아름다움이 슬프게 빛나고, 로마의 영광이 과거의 것이 되었으며, 맨해튼의 차가움이 여행자를 외롭게만 한다면 샌프란시스코는 바람 일렁이는 푸른 바다가 있는 곳이다. 작은 케이블카가 별을 향해 오르는 곳이며, 빛나는 금빛 태양이 따스하게 비춰주는 곳이다. 당신이 이곳에 와본다면 토니 베넷이 왜 이토록 절절한 노래를 했는지 알 수 있을 거라 확신한다.

미식가의 천국에서
맛보는 빈티지 여행

우리가 사는 곳에서도 마찬가지지만 새로운 도시를 가장 잘 알 수 있는 방법은, 버스나 지하철을 타고 관광 명소를 찾아다니는 대신 그냥 그곳 사람들이 돌아다니는 일상의 거리를 하루 종일 걸어 다니는 것이다. 관광지에는 외국인들과 상인들만 있다면, 이름도 모르는 일상의 거리에서는 그곳에 살고 있는 진짜 사람들을 만날 수 있기 때문이다.

걷기에 좋은 도시 중 하나가 바로 샌프란시스코다. 샌프란시스코엔 100년 이상 된 명가가 아주 많다. 샌프란시스코의 상징인 올드 전차는 1800년부터 다니기 시작했다니 200년이 넘는 셈이다. 한곳에서만 35년을 일한 바리

스타가 있는 아이리시 커피 바, 부에나비스타The Buena Vista도 있다. 1912년에 문을 열어 지금까지도 싱싱한 굴과 와인을 변함없이 선보이고 있는 스완 오이스터 디팟Swan Oyster Depot도 있고, 피셔먼스 워프Fishermans Wharf의 수많은 게 요릿집들까지……. 낡은 것이 늙은 것이 아닌 곳, 그것이 바로 샌프란시스코만이 갖는 빈티지적 매력이다. 오래되었다고 해서 내팽개쳐지는 것이 아니라 끝없이 재해석되고 끝없이 진보해서, 역사적 의미에 현대의 멋이 덧대어져 반짝반짝 빛나는 곳. 그렇기에 누구도 쉽게 따라 하거나 흉내 낼 수 없는 독특한 향기를 발하는 곳이 바로 샌프란시스코인 것이다.

한 달 동안 빌린 아파트는 깨끗했고, 아침에 눈을 뜨면 현지인들조차 길게 줄을 서는 도티스 트루 블루 카페Dottie's True Blue Cafe에서 라즈베리를 토핑한 두툼한 핫케이크와 풍부한 거품의 카페라테로 하루를 열었다. 아침을 먹은 후엔 천천히 가이드북을 뒤적여 그날그날 끌리는 곳을 정한 다음, 케이블카라고 부르는 올드 전차에 몸을 싣고 40개가 넘는 언덕을 가로지르며 바람처럼 떠다니던 시간들. 날씨가 좋은 날엔 느긋하게 금문교Golden Gate Bridge를 걸어서 건너기도 하고, 해발 270미터의 트윈픽스에 올라 샌프란시스코 도시 전경을 내려다보기도 했다. 피셔먼스 워프에서 명물 던저네스 크랩으로 점심을 먹고, 거리 공연을 감상하며 걷다가 100년 전통의 아이리시 커피 바 부에나비스타에서 풍부한 휘핑크림에 위스키가 들어간 아이리시 커피를 마시기도 했다.

오후엔 저항 정신의 무대였던 시티라이트 서점에 가서 책을 읽기도 하고, 도시 전체에 가득한 미술관들—드영 뮤지엄de Young Memorial Museum, 샌프란시스코 현대미술관SFMOMA, 팰리스 오브 파인아트Palace of Fine Art—을 마음껏 돌

스완 오이스터 디팟의 생굴과,
피셔먼스 워프의 명물 던저네스 크랩

카페 트리에스테의 카푸치노와,
도티스 트루 블루 카페의 팬케이크

아다니기도 했다. 여명과 장만옥이 나온 영화의 배경이었던 예술가 마을 소살리토의 갤러리를 기웃거려보거나, 배를 타고 영화 〈더 록〉의 무대였던 앨커트래즈Alcatraz 섬에 가보기도 했다.

조금 먼 곳을 가고 싶은 날엔 버스를 타고 나파 밸리Napa Valley 와이너리나 스탠퍼드 대학, 버클리 대학에 가봐도 좋다. 좀 더 멀리 가고 싶어지는 날엔 남쪽으로 해안도로를 달려 몬테레이Monterey와 캐멀Carmel에 가거나, 요세미티 국립공원에서 대자연을 만끽할 수도 있다.

주말엔 리틀 이탈리아 거리에 있는 카페 트리에스테Caffe Trieste에서 풍부한 카푸치노 거품 속에 녹아들듯 감미로운 새터데이 콘서트saturday concert를 즐기고, 석양 무렵엔 오랜 역사를 지닌 스완 오이스터 디팟에서 싱싱한 굴과 화이트 와인의 맛에 풍덩 빠져보기도 했다. 1960년대 히피의 메카 헤이트 애시베리Haight-Ashbury엔 자유 정신이 가득하고, 동성애자든 이성애지든 상관하지 않는 곳. 샌프란시스코는 정말이지 마음을 두고 올 수밖에 없는 매력 덩어리 도시임에 틀림없다.

샌프란시스코의 상징,
케이블카와 금문교

케이블카라고 하면 우린 으레 산의 아래와 정상을 연결하는 탈것을 연상하지만, 샌프란시스코에선 도시를 동서로 가로지르는 교통수단을 케이블카라고 부른다. 늘 현지인과 관광객들로 가득한 케이블카는 천천히 달리기 때문에, 자리가 없을 때는 물론 자리가 있을 때도 관광객들은 가장자리에 대롱대롱 매달려 창밖의 풍경과 바람을 즐기는 편을 좋아한다. 파웰-하이드 노선과 파웰-메이슨 노선, 캘리포니아 노선의 3개 노선을 운행하고 있는데 이 중 관광객들에게 가장 인기 있는 노선은 피셔먼스 워프와 롬바드 스트리트에 정차하는 파웰-하이드 노선이다. 이 노선은 낮에는 물론 밤에도 야경을 즐기려는 사람들로 붐빈다. 타는 곳은 다운타운의 핵심인 파웰 스트리트와 마켓 스트리트의 교차점으로, 항상 사람들이 줄지어 서 있기 때문에 누구나 쉽게 찾을 수 있다.

케이블카엔 운전수인 그립맨 외에도 차장이 같이 타는데, 차장은 차비와 안전을 챙기면서 관광객들에게 인사를 하기도 하고, 장난도 치면서 여행의 흥을 돋우어준다. 종점에 도착하면 케이블카를 수동으로 회전시켜야 하므로 손놀림이 바빠지는데, 이 또한 여행자에겐 즐거운 구경거리가 아닐 수 없다. 가파른 언덕을 오르락내리락할 때마다 눈앞에 펼쳐지는 변화무쌍한 경치는 말로 다 표현할 수 없을 만큼 매혹적이다. 매일매일 케이블카만 타도 충분하다고 여겨질 정도다. 케이블카 티켓은 출발역과 종착역에 있는 자동판매기에서 사거나, 일단 타고 나서 차장에게 사도 된다.

도시의 중요 포인트를 가로지르는
샌프란시스코의 명물, 케이블카

케이블카와 함께 샌프란시스코의 대표적인 상징이 바로 금문교다. 이름이 골든 게이트 브리지라서 금색인가 하겠지만 '인터내셔널 오렌지'라 불리는 붉은색으로 칠해져 있다. 샌프란시스코 만과 마린 카운티를 연결하는 금문교는 자동차나 버스로 건널 수도 있지만 제대로 즐기기 위해서는 한 번쯤 걸어서 건너보는 것도 좋다. 40분 정도면 건널 수 있지만 다리 위는 바람이 세차게 불고 때론 예상치 않은 비도 내리므로, 옷을 따뜻하게 입고 우산도 준비하는 것이 좋다.

수많은 미술관과 아름다운 거리 벽화들로 도시 자체가 예술인 곳

미국은 물론 전 세계를 통틀어 가장 관용적인 도시 샌프란시스코는 예술에 대한 태도 역시 더없이 자유롭다. 도시 전체에 산재한 미술관들은 내부의 작품도 훌륭하지만 미술관을 둘러싼 환경이나 미술관 자체의 건축미만으로도 커다란 즐거움을 주기에 부족함이 없다. 그림을 잘 모르는 사람이라 할지라도 소풍 삼아 가봐도 전혀 지루하지 않은 곳이 바로 샌프란시스코의 미술관들이다.

더없이 좋은 날씨 탓일까. 샌프란시스코의 미술은 실내에만 갇혀 있지 못하고 거리로 뛰쳐나온 듯 보인다. '벽화의 도시'라고 불릴 만큼 도시 전체를 덮고 있는 세련되고 수준 높은 그라피티는 도시 자체를 살아 있는 미술관

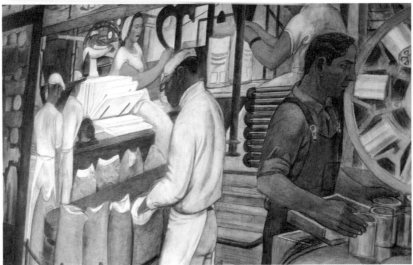

도시 전체가 거대한 미술관인 샌프란시스코

으로 바꿔놓았다. 구석구석 알아가면 알아갈수록 건축가 프랭크 로이드 라이트가 왜 "샌프란시스코에서 가장 좋아하는 것은 바로 샌프란시스코 자체"라고 말했는지 이해가 된다. 근엄함을 벗어던진 도시, 그러나 난잡하기보다는 모든 걸 열어놓아도 이토록 조화롭고 완벽하게 살아갈 수 있다고 말해주는 도시, 자꾸만 사람의 마음을 열어젖히는 도시가 샌프란시스코다. 자칫 삭막해질 수 있는 도시의 콘크리트 벽은 재치 있는 그라피티로 옷을 차려입고 저마다의 개성을 뽐내기에 여념이 없다. 건물들이 "나는 이런 사람이오, 샌프란시스코는 이런 곳이오"라고 얘기하고 있는 것 같다.

히스패닉이 모여 사는 미션 지구는 멕시코 벽화 운동의 영향으로 훌륭한 벽화가 80점 이상 있어서, 벽화만 둘러보는 여행 상품이 생겨날 정도다. 샌프란시스코 아트 인스티튜트에는 프리다 칼로의 남편인 디에고 리베라가 직접 그린 걸작들이 있으며, 관광 명소인 코이트 타워에는 1933년 타워가 설립될 당시 정부가 공공근로사업의 일환으로 26명의 화가를 고용해서 '디에고 리베라 스타일'로 그린 벽화도 있다. 혼자서 돌아보아도 좋겠지만, 좋은 작품을 빠뜨릴 수도 있고 의미를 제대로 이해하기 힘들 수도 있으니, 반나절짜리 벽화 투어를 추천한다.

카페 트리에스테의
새터데이 콘서트

무라카미 하루키는 낯선 도시에 갔을 때 사람마다 하는 것이 다르다고 했다. 어떤 이는 그 나라 술집에 가고, 어떤 이는 그 나라 여자와 자듯이 자신은 마라톤을 한다는 것이다. 생각해본다. 그렇다면 난 어떤 유의 사람인 거지? 난 카페에 가는 사람이다. 카페 피플인 것이다. 그 나라의 카페에서만 느껴지는 것을 통해 난 그곳을 가장 잘 이해할 수 있다. 알프레드 델보는 『파리의 즐거움』이라는 책에서 우리가 카페에 가는 이유에 대해 이렇게 말한다.

"내 집에서 살고, 내 집에서 사색하며, 내 집에서 먹고 마시는 것. 내 집에서 고통을 견디며 내 집에서 죽는 것. 우리는 이런 삶을 지루하고 심지어 불편한 것이라 여긴다. 내가 누구인지 보여주기 위해서, 누군가와 이야기를 나누기 위해서, 행복이 무엇이고 불행이 무엇인지 알기 위해서, 내 꿈을 충족시키기 위해서, 웃고 울기 위해서 화창한 날과 길이 필요하고, 카페와 카바레와 레스토랑이 필요하다. 우리는 주인공이 되고, 목격자가 되기를 좋아한다. 함께 어울릴 사람들, 우리 삶을 지켜봐줄 증인을 갖고 싶어 한다"라고.

내가 샌프란시스코에서 가장 많이 갔던 카페는 리틀 이탈리아 거리에 있는 카페 트리에스테다. 첫 번째 이유는 다른 어떤 곳에서도 흉내 낼 수 없는 풍부한 거품의 카푸치노를 마실 수 있기 때문이고, 두 번째 이유는 매주 토요일 열리는 새터데이 콘서트 때문이었다. 버트 랭카스터의 생일 파티부터 루치아노 파바로티가 노래하는 사진까지, 카페의 안쪽 벽을 가득 채우고 있는 사진들은 이 카페가 얼마나 오래되었는지, 또 얼마나 유명한지를 잘 말

카페 트리에스테의 새터데이 콘서트

친절하게 설명해주시던 톰 할아버지

해주고 있었다.

"안녕하슈, 주인장."

"오셨어요, 톰?"

이곳을 단골 삼은 지 수십 년이 되었다는 톰 할아버지는 우연히 옆자리에 앉은 나에게 너무도 친절하게 카페 트리에스테에 대해 하나하나 설명해주셨다. "저 사람이 오너야. 그 옆에 있는 사람이 와이프지. 저기 노래를 하는 사람이 아들이고, 저기 서빙하는 사람이 딸이야. 또 한 명 있었는데 죽었지." 그가 가리키는 손가락을 따라 한 사람 한 사람 오너 가족들을 살펴본다. 아빠랑 엄마는 영화 〈대부〉의 주인공처럼 생겼고, 아들은 알렉 볼드윈을 닮았다. 카페의 오너와 아내, 아들과 딸까지, 그야말로 이탤리언 패밀리 비즈니스다.

"드영 뮤지엄 가봤어? 꼭 가봐. 샌프란시스코에 와서 피셔먼스 워프만 보고 가는 사람들. 쯧쯧."

"100% 공감해요, 톰 할아버지."

현지인에게 듣는 여행 가이드가 생생하게 와 박힌다. 마침 내가 간 날은 특별히 밸런타인데이 콘서트가 열렸다. 1시부터 5시까지 열리는 이 콘서트를 위해 각지에서 온 뮤지션들이 콘서트 직전에 만나 곡을 정하고 튜닝을 한다. 테이블을 밀어 무대를 만들고, 꽃을 가져다 놓고, 풍선으로 러브 마크도 만들었다. 연주가 시작되자 리허설을 하는 동안 와인에 취한 뮤지션들의 볼이 붉게 타오른다. 음악에 취한 손님들의 가슴도 붉게 타오른다. 그렇게 주말의 밤이 다가오고 있었다.

히피 문화의 메카,
헤이트 애시베리

다운타운에서 뮤니버스^{Muni Bus}를 타고 20분 정도 가면 골든 게이트 파크 서북쪽에 헤이트 애시베리 지역이 있다. 과거에서 오늘에 이르기까지 샌프란시스코의 모든 것을 지배해온 정신적 토대는 바로 1960년대 히피 문화다. 미국과 소련의 냉전 시작, 중국 마오쩌둥의 문화혁명, 체코 프라하의 봄, 베트남 반전 운동과 마틴 루터 킹 목사의 인종 차별 반대 운동, 체 게바라 암살, 존 F. 케네디 암살에 이르는 이 역사적 사건들의 공통점은 놀랍게도 모두가 1960년대에 일어났다는 것이다. 이 시기에 등장한 사람들이 바로 비틀스와 존 레논, 지미 헨드릭스, 재니스 조플린이다.

1966년에서 1967년 사이 베트남 반전 운동이 한창일 때, 샌프란시스코의 헤이트 애시베리와 버클리 대학은 반전 운동과 인종 차별 반대 운동의 무대가 된다. 이렇게 시작된 평화 운동이 파리와 프라하, 베이징, 도쿄 등 전 세계에 걸쳐 반전 평화 운동과 신좌파 운동으로 번지면서, 샌프란시스코는 세계 평화와 자유의 상징이 된다. 이것이 바로 공항에서부터 사람을 심하게 불편하고 불쾌하게 만들기로 유명한 미국이라는 나라에 속해 있는 도시임에도 불구하고, 이 도시에 처음 내린 사람도 전혀 불편함을 느끼지 않게 하는 이유라는 생각이 들었다. 다른 도시들에선 결코 맡을 수 없는 자유의 공기가 샌프란시스코엔 흐르고 있는 것이다.

도시 전체가 그렇지만, 특히 헤이트 애시베리 지역은 히피의 다양한 흔적들이 남아 있어, 거리를 걷다 보면 히피의 영혼이 스물스물 온몸으로 스며

히피 문화의 메카, 헤이트 애시베리

드는 듯했다. 헤이트 거리와 애시베리 거리의 교차점에 뮤니버스가 서고 사람들을 내려놓는다. 양쪽 거리를 따라 히피 문화를 상징하는 음반 가게와 기념 티셔츠 가게, 타투(문신) 숍, 세계의 다양한 음식을 파는 레스토랑이 있으며, 개성 있는 소품들을 판매하는 가게들이 즐비하다. 해가 저물기 시작하고 어둑어둑해질 무렵 숙소로 돌아오는 뮤니버스를 타러 가는 길, 어디선가 익숙한 노래가 흘러나온다. 스코트 매킨지의 〈샌프란시스코〉다. 너무나 많이 들어 익숙한 노래지만 이 노래의 부제가 '샌프란시스코에 가면 꽃을 꽂으세요'라는 것과, 여기서 말하는 꽃이 자유와 사랑, 평화를 상징한다는 것은 이곳에 와서야 알았다. 머리에 꽃을 꽂으라는 것은 히피 문화에 동참하라는 의미이고, 이 노래는 히피 문화의 찬가라고 불린다는 것도.

동성애자의 천국,
카스트로!

자유와 사랑, 평등의 히피 정신은 당연히 소수인 동성애자의 권리에도 눈뜨게 했을 것이다. 헤이트 애시베리에서 얼마 떨어지지 않은 디비사데로 가와 월러 가의 교차로에서 시작해서 남쪽으로 노 밸리를 지나 글렌파크 구역에 이르는 카스트로 지구는 동성애자의 천국과도 같은 곳이다. 1910년대부터 스칸디나비아계, 독일계, 아일랜드계 이민자가 이주해 오면서 주민 거주 지역으로 성장한 이곳은 2차 세계대전 이후엔 동성애자들이 집단 거주촌을 형성하게 된다.

카스트로 지역 옷 가게의 디스플레이

1970년대에 카스트로 카메라 가게 주인이었던 하비 밀크가 주도한 동성애 지지 운동은 전국의 동성애자들 사이에 큰 반향을 일으켰고, 그로 인해 지금도 샌프란시스코 국제동성연애영화제San Francisco International LGBT Film Festival 와 핑크 새터데이Pink Saturday 축제가 열리는 곳이기도 하다. 거리의 옷 가게들에서 남남 커플의 옷을 디스플레이한 것을 볼 수 있고, 이들의 섬세한 취향을 반영한 듯 맛있는 음식점들도 많이 있다.

영화 〈첨밀밀〉의 배경지,
소살리토

오래전에 여명과 장만옥이 나오는 영화 〈첨밀밀〉을 보면서, 영화를 보는 내내 나의 관심을 끈 것은 영화 줄거리보다 그 배경이 된 도시의 아름다움이었다. 화면 가득 쏟아지던 아름다운 햇살과 싱그러운 공기, 넘실대는 파도와 예술적 감각이 넘치는 골목들을 보면서 미국에도 저토록 낭만적이고 아름다운 마을이 있구나 하고 생각했었다. 그곳이 바로 샌프란시스코의 맞은편 마을, 금문교 건너 북쪽에 있는 예술가들의 아지트 소살리토다. 샌프란시스코가 안개에 싸이거나 비가 주룩주룩 내릴 때도, 강 건너 마을 소살리토는 사계절 부드러운 햇살과 산들산들 부는 바람이 기분 좋게 만들어준다. 차로 가면 다운타운에서 30분 정도 걸리지만, 배를 타고도 갈 수 있으므로 이왕이면 배를 타고 가보기로 했다. 왠지 그편이 더 낭만적일 것 같았기에.

하얀색 요트가 그림처럼 떠 있는 소살리토에 정박해서 메인 거리로 들어가다 보면 바닷가를 따라 있는 자갈밭에서 돌을 쌓고 있는 아저씨를 만날 수 있다. 왠지 익숙하다 싶었는데, 그가 언젠가 해외 토픽에 나온 적이 있었다고 말한다. 그랬다. 뉴스에서 본 기억이 나는 이 아저씨는 기묘한 기술로 돌을 쌓고 무너뜨리고, 또 쌓고 무너뜨리기를 계속하고 있었다. 그렇게 힘들게 쌓은 걸 다 무너뜨리고는 해가 질 무렵 집으로 돌아가는 것이다. 관심을 보이는 사람들에게 아저씨는 자신이 나온 신문 기사 스크랩을 보여주기도 하고 이런저런 이야기를 해주기도 한다. 그렇게 힘들게 쌓은 걸 무너뜨리면 아깝지 않으냐고 물어봤다. 아저씨는 웃으면서 이렇게 답했다. 그냥 쌓는 동

영화 〈첨밀밀〉의 무대이기도 한
예술가 마을 소살리토

기묘한 기술로 돌을 쌓고 허무는
아저씨

안 즐거웠으니 됐지 않으냐고 말이다. 그렇구나. 하긴 사람이 태어나서 죽을
때까지 어찌 매일 매 순간을 생산적인 일만 하다가 갈 수 있을까. 때로는 순
간의 전율에 온몸을 맡겨보는 것, 우리에겐 가끔 그런 순간이 필요한 건지도
모르겠다. 그런 순간들이 쿠션이 되어 삶의 뾰족한 자극에 상처받는 걸 막아
주고 다독여주는 것일지도 모른다.

　　소살리토를 걸어서 돌아보는 데는 2~3 시간 정도면 충분하다. 메인 거
리에는 예쁜 사탕 가게와 아이스크림 가게, 카페가 줄지어 있고, 언덕길로

접어드니 작고 아름다운 교회와 예술가들의 작업실들이 보물처럼 숨어 있다. 이곳의 예술가들은 우리가 흔히 생각하는 예술가들의 괴팍하거나 기괴한 이미지 대신 여유와 풍요로움이 넘친다. 아마도 가장 큰 이유는 캘리포니아의 햇살인 것 같다는 생각이 들었다. 이토록 아름다운 햇살이 내리는 곳에서 어찌 심술궂은 표정을 지을 수 있겠는가.

피셔먼스 워프와
영화 〈더 록〉의 배경지, 앨커트래즈

피셔먼스 워프에서 내다보면 희미하게 보이는 바다 한가운데 있는 섬이 앨커드래즈 감옥이다. 앨커트래즈는 스페인어로 펠리컨이라는 뜻으로, 1775년 스페인 탐험가가 붙인 이름이라고 한다. 1853년에 미 육군이 세운 요새가 군 형무소, 연방 형무소로 사용되면서 30년에 걸쳐 가장 악명 높은 범죄자를 수감한 곳으로 유명하다. 마피아의 제왕 알 카포네를 비롯해 유괴범 머신건 등 수많은 흉악범들을 수용했던 이곳에는 영화의 흔적을 찾아서 오는 관광객들과, 감옥에 갇힌 '죄수의 기분'을 느껴보기 위해 오는 관광객들로 사시사철 북적인다. 과거 30년간 많은 죄수들이 탈출을 감행했지만, 조류가 급하고 수온이 낮아 공식적으로는 성공한 사람이 한 명도 없다고 한다. 이곳을 가는 투어도 있는데, 피어 41에서 매일 45분 간격으로 페리가 출발하므로 당일에 가더라도 별 무리 없이 투어에 참가할 수 있다. 배를 타는 시간은 15분 정도이고, 섬이 작아 1시간 정도면 돌아볼 수 있다.

100년 전통의 아이리시 커피 바
부에나비스타

San Francisco

피셔먼스 워프는 샌프란시스코 최고의 관광지로, 아무리 짧은 일정으로 방문한 여행자라도 금문교 다음으로 많이 찾아오는 곳이기도 하다. 거리 예술가들이 공연을 하고 작품을 판매하는 모습들이 즐거움을 더해주고, 명물인 던저네스 크랩이나 해산물 칵테일로 저녁을 먹고 거리 공연을 감상하노라면 마음이 푸근해지면서 모든 긴장이 녹아내리는 듯한 기분이 든다. 이곳에 온 김에 근처에 있는 100년 전통의 부에나비스타에서 풍부한 휘핑크림에 위스키가 들어간 아이리시 커피를 마셔본다. 하루 일정을 마무리하고 케이블카로 숙소로 돌아오는 길, 완벽한 하루에 저절로 미소가 떠오른다.

몬테레이행 17마일 드라이브 코스와 나파 밸리 와인 투어

샌프란시스코에서 당일치기로 갈 만한 두 군데를 추천하라면 몬테레이&캐멀 코스와 나파 밸리 와인 투어를 꼽고 싶다. 샌프란시스코에서 남쪽으로 17마일 드라이브 코스로 달리다 보면, 미국 서해안에서 가장 오랜 역사를 지닌 몬테레이와 유럽의 분위기가 풍기는 예술가 마을 캐멀이 있다. 몬테레이에서는 거대한 수족관과 바다 생물들을 볼 수 있으며, 캐멀에서는 예술가의 안식처답게 수많은 갤러리와 레스토랑, 아기자기한 예술 상점들을 만날 수 있다.

와인을 좋아하는 사람이라면 나파 밸리 와인 투어를 가보는 것도 좋을 것이다. 나파 밸리, 소노마 카운티 등 미국 최대의 와인 생산지인 이곳은 다

나파 밸리 와인 트레인   와인 트레인에서 만난 친구

운타운에서 동쪽으로 1시간 30분 정도 가야 되는데, 차가 없다면 일일 투어에 참가하는 것이 가장 편리하다. 내가 갔던 날은 포도 수확이 끝나 휑하니 가지만 남아 있었고, 프랑스 영화에서 보던 탐스러운 포도 열매는 구경도 할 수 없었다.

그래도 이곳의 명물인 와인 트레인^{wine train}은 낭만으로 가득해서 전 세계에서 날아온 허니문 커플과, 은혼식이라도 하고 온 듯한 은발의 우아한 커플들이 쌍을 이루고 있었다. 혼자 갔던 난 잠시 어디에 앉을까 망설이다가 다행히 창밖을 볼 수 있게 바^{bar}처럼 되어 있는 좌석을 발견하고는 얼른 자리를 잡았다. 와인 트레인을 타면 근사한 식사와 함께 다양한 종류의 와인을 시음할 수 있게 되어 있다.

평소엔 혼자 밥 먹는 일이 편하다고 여기는 쪽이지만, 커플투성이인 와인 트레인에서 혼자 고기를 썰기는 조금 망설여지던 참이었다. 마침 그때 까무잡잡한 피부의 흑인 여성이 옆에 앉아도 되느냐고 말을 걸어왔다. 너무 반가워하는 티가 나지 않게 적당한 미소로 좌석을 권했고, 왕복 3시간이 걸리는 와인 트레인에서 우린 둘도 없는 친구가 되었다. 놀랍게도 그녀는 나파 밸리 출신이었다. 그곳이 고향이었던 거다. 고등학교를 졸업하고, 뉴욕에 있는 대학에 진학한 후 잠시 휴가차 왔고, 자신도 와인 트레인은 처음 타본다고 했다. 어느 나라나 그런가 보다. 막상 서울에 살고 있는 사람은 외지에서 온 사람들이 누구나 한 번씩 다 가보는 63빌딩 수족관이나 한강 유람선을 경험하지 못하는 경우가 많은 법이니까 말이다. 심리학자라는 그녀는 행복에 관한 책을 쓰고 있는데, 원고를 탈고한 뒤 쉬러 왔다고 했다.

　그녀와 헤어져 몇 군데 와이너리를 둘러보고 시음을 하는 시간, 이번엔 영국에서 온 멋진 노부부를 만났다. 혼자 여행을 하면 가끔은 외로울 수도 있지만, 혼자이기에 얻는 최대의 이점은 많은 친구들을 만날 수 있다는 점이다. 그들과 새로운 이야기를 하고, 새로운 문화적 충돌을 겪으면서 마모되고 다듬어지면서 여행은 완성되어간다. 그것이 여행에서 얻는 최대의 희열이기도 하다.

바트 타고
버클리 대학 가보기

샌프란시스코엔 케이블카와 뮤니버스, 페리, 전철 등 다양한 교통수단이 있다. 다운타운 내에서는 걸어 다녀도 좋고, 조금 먼 곳은 케이블카로 충분하지만, 외곽 지역을 갈 땐 뮤니버스를 타기도 한다.

그라피티로 유명한 미션 지구에 가기 위해 뮤니버스를 탔을 때였다. 좀 외곽이라 그런지 이민자들이나 서민들이 많이 있었다. 버스에 장애인을 위한 배려가 정말 잘되어 있는 게 놀라웠다. 버스 내에 휠체어를 위한 공간이 따로 마련되어 있는 것은 물론이거니와, 휠체어를 탄 사람이 혼자서 충분히 타고 내릴 수 있도록 시설이 잘 갖춰져 있었다. 버스가 선 어느 정류장에서 행색이 초라한 장애인이 탄 휠체어를 올리느라 시간이 많이 지체되고 있었다. 노숙자처럼 보이는 그에게선 고약한 냄새도 났다. 그러나 샌프란시스코 사람들은 아무리 시간이 오래 걸리고 냄새가 나도 짜증스러워하거나 독촉하는 느낌이 전혀 없었다. 그런 모습을 보면서 스스로 참 많이 반성하고 부러워했다. 샌프란시스코가 진정한 자유와 평화의 도시인 것은 전시적인 캐치프레이즈가 아니라 모든 이의 삶 속에 이렇게 체화된 것이라는 생각이 들었다.

배를 타고 소살리토, 앨커트래즈까지 가봤으니 버클리를 갈 땐 도시 근교의 고속 철도인 바트^{Bay Area Rapid Transit}를 타보기로 했다. 새로운 교통수단을 타보는 것도 재미있는 경험이니까. 파웰 스트리트 역에서 타면 버클리까지 30분 정도밖에 안 걸린다. 스탠퍼드와 함께 미 서부의 대표적 명문으로 불리는 버클리 대학에 내리니 과연 이곳이 미국인지 의심스러워졌다. 한국의 대학을 연상시킬 정도로 동양인 천지였기 때문이다. 또 한 명의 동양인이 신입생인 듯 트렁크를 끌고 버클리 대학 안내 지도를 눈이 빠지게 보고 있다. 반가웠다. 공부도 공부지만 이곳의 자유와 평화의 정신을 잊지 말고 배워 오길 바란다.

버클리 대학 입구

{ Travel Tip }

✔ 찾아가기

인천–샌프란시스코 직항 노선이 다수 있으며, 10시간이 걸린다.

✔ 추천 숙소

머무는 여행에는 호텔보다는 장기 아파트를 예약하는 것이 저렴하다.

장기 아파트 예약하는 법: 웬만한 호텔 예약 사이트(www.hotels.com, www.agoda.co.kr, www.expedia.com)에 장기 체류를 위한 아파트나 리젠시 정보가 나와 있으므로, 자신의 취향과 가격에 맞는 곳을 고르면 된다. 나는 어딜 가든 시설이 조금 낡아도 도심에 묵기를 고집하는 편이다. 그래야 장단거리 이동이 자유롭고, 낯선 도시에서 늦은 시간에 귀가하더라도 더욱 안전하며 교통편도 많기 때문이다. 여행사들과 편의 시설이 밀집한 곳, 우범 지대가 아닌 곳을 1차적으로 고려해서 선정하는 게 좋다.

✔ 추천 액티비티

– 도티스 트루 블루 카페에서 블루베리 팬케이크와 커피로 아침 식사 하기(Dottie's True Blue Cafe: 522 Jones Street, 415–885–2767)

– 케이블카 타고 도시 가로지르기

–카페 트리에스테의 새터데이 콘서트 가기 (Caffe Trieste: 601 Vallejo Street(North Beach), 415–982–2605, www.caffetrieste. com)

– 금문교 걸어서 건너기

– 예술가 마을 소살리토 가기

– 시티라이트 서점에서 책 읽기(City Lights: 261 Columbia Avenue(at Broadway), 415–362–8193, www.citylights.com)

– 스완 오이스터 디팟에서 생굴과 화이트와인 즐기기(Swan Oyster Depot: 1517 Polk Street(at California), 415–673–1101, www.sfswanoyster depot.com)

– 부에나비스타 카페에서 아이리시 커피 마시기 (The Buena Vista: 2765 Hyde Street(at Beach), 415–474–5044, www.thebuenavista.com)

✔ 한 곳만으로 심심할 때 원데이 투어로 가면 좋은 곳들

몬테레이와 캐멀/나파 밸리/요세미티 국립공원/버클리, 스탠퍼드 대학

San Francisco

5

평생에 단 한 번,
딴 세상 같은
풍경과 만나라

오로라 여행,
캐나다 옐로나이프

Canada

우리는 모두 시궁창에 있지.
하지만 누군가는 별들을 보고 있다네.

_오스카 와일드

당신이 알고 싶어 한다면,
살아 있다는 증거!

오르한 파묵은 우리가 항상 같은 집과 거리, 풍경, 도시에 매여 사는 것은 우리 자신을 나타낸다고 말한다. 자신이 사는 곳에 대한 예속감과 도시의 운명이 그곳에 사는 사람의 성격이 되기도 한다는 것이다.

나는 여행이 '이 세상에 살면서 다른 세상을 경험할 수 있는 최고의 방법'이라 생각해왔다. 그래서 이왕이면 평소 사는 곳과 다른 곳일수록, 새로운 경험을 할 수 있는 곳일수록 내겐 더없이 완벽한 여행지가 되는 것이다.

살면서 언젠가 한 번은 밤하늘에 펼쳐지는 신비로운 빛의 커튼 아래 몇 시간이고 서 있고 싶었다. 그 황홀한 광경을 보고 나면 우주는 더욱 위대해 보일 것이고, 우리 삶도 조금은 숭고하게 느껴질 것만 같았기 때문이다. 온통 비루한 삶의 사실들뿐이고 신비로움이라고는 털끝만큼도 찾아지지 않을 때일수록 오로라에 대한 갈망은 커져갔다. 단 한 번만이라도 오로라를 본다면 잃어버렸던 삶의 신비와 의미가 찾아질 것처럼 생각되었다.

신문을 뒤적이다가 그해는 오로라 활동이 가장 활발해지는 태양 활동 극대기로, 오로라를 관측하기에는 더할 나위 없이 좋은 조건이라는 기사가 눈에 와 꽂혔다.

그렇게 오로라행이 감행되었다. 그렇다. 이런 유의 여행에는 감행한다는 표현이 맞다. 날씨는 상상할 수 없을 만큼 추울 것이고, 시설은 열악하고 모든 것이 안락함과는 거리가 멀 것이다. 그러나 대신 세상 어디서도 볼 수 없는 특별한 장면을 목격하게 될 것이다. 많은 사람들이 그러한 이유로 오로라를 보러 가는 게 꿈이라고 말하지만 막상 그런 선택을 하는 이는 많지 않다. 그보다는 조금 더 편한 곳, 조금 더 시설이 좋은 곳으로 방향을 트는 것이 일반적이기 때문이다.

캐나다 옐로나이프Yellowknife로 떠나는 아침, 라디오에서 유키 구라모토의 〈레이크 루이스〉가 흘러나왔다. 자주 들었던 음악이지만 그날따라 더 특별하게 다가왔다. 드디어 오랫동안 꿈꾸어온 신의 영혼, 신의 빛, 오로라를 만나러 떠나는 것이다.

한국에서 밴쿠버, 밴쿠버에서 캘거리, 캘거리에서 옐로나이프까지 비행기를 무려 세 번 타야 하는 고된 여정이다. 아프리카도 아니고 남미도 아닌데 거의 24시간이 걸려서야 목적지에 닿는 여정인 것이다. 고생스럽겠다 싶다가도 마음을 고쳐먹는다. 쉽게 신의 빛을 보려 한다면 그게 더 어불성설일지도 모를 일이기 때문이다.

왜 하필
옐로나이프?

캐나다 노스웨스트 준주의 옐로나이프는 매년 황홀한 오로라를 볼 수 있는 최고의 관측 장소로서, 나사NASA가 세계에서 가장 오로라를 잘 관찰할 수 있는 지역으로 선정한 곳이다. 한 해에 240번 이상 오로라가 관측된다고 하니 명실상부한 '오로라의 수도'로 인정할 만하다.

그렇다면 오로라는 왜 생기는 걸까? 궁금해진다. 책을 펴고 오로라에 대한 설명을 읽는다. "오로라는 북광northern light 혹은 극광이라고도 불리는 것으로, 라틴어로는 '새벽'을 뜻하는 말이다. 어슴푸레 밝아지는 새벽처럼 극지방의 밤을 밝히는 빛으로 오로라가 나타나는 것은 태양 때문이다. 태양에서 방출된 플라스마 입자가 자석 성질을 가진 지구의 극지방 주변을 둘러싸면서 붉은색이나 녹색의 자기 에너지 띠로 나타나는 것이다. 입자가 극지 상공의 대기를 이온화하여 일어나는 현상으로 빨강, 파랑, 노랑, 연두, 분홍……" 어쩌고저쩌고하면서 오로라에 대한 설명을 읽다 보니, 이러는 동안 오로라가 내 입속으로 사라져버릴지도 모른다는 생각이 들었다.

오로라, 그것은 뭐랄까, 돌고래를 보는 것과도 같았다. 돌고래다, 라고 소리치는 순간 사라져버리는 신기루 같은. 별이 빛나는 하늘에 연기처럼 나타나 꿈틀대면서 커지기도 하고 작아지기도 하다가 어느샌가 사라져버리고 마는 '하늘의 돌고래'……

LET IT GO,
LET IT GO

밴쿠버 공항에 앉아 그해 대유행한 디즈니 애니메이션 영화 〈겨울왕국〉의 주제가를 듣고 있자니, 갑자기 나를 위한 노래처럼 들렸다.

이제 북극권으로의 두 번의 비행이 더 남아 있다.

렛 잇 고, 렛 잇 고~^^

캘거리에서 옐로나이프로 향하는 프로펠러 비행기 안. 일본인들과 중국인들, 영국 등지에서 온 유럽인들, 그리고 캐나다의 다른 지역에서 온 것처럼 보이는 커다란 덩치의 가족이 보인다.

일본은 오로라 여행이 꽤 대중화되어 일반인들도 많이 보러 오며, 특히 신혼여행객들 사이에 인기가 높다. 오로라가 뜰 때 아기를 가시면 그 아기가 천재일 확률이 높다는 믿음 때문이라나? 꼭 천재가 아니라 하더라도 이런 혹한과 어둠을 뚫고 세상에서 가장 보기 어려운 신비로운 빛을 함께 경험하는 일은 두 사람에게 잊지 못할 기념비적인 순간을 선사할 것임은 두말할 필요가 없겠다.

이런저런 생각을 하며 3시간 남짓한 비행시간을 보내노라니 갑자기 비행기 안에 엷은 환호가 퍼져나간다. "저기, 저기, 오로라다!" 반대편에 앉은 승객이 창가 쪽을 손가락으로 가리키며 소리를 지른다. 순간 기내 모든 사람들의 시선이 창밖으로 향하고, 나도 벌떡 일어나 그가 가리키는 곳을 바라보았다. 창밖으로 깜깜한 하늘에 두 줄기 오로라가 어른댄다.

"아~ 저것이 말로만 듣던 오로라구나……."

혹한도 두려움도, 오로라를 보겠다는
꿈 앞에선 아무것도 아닌 것

　　순간 가슴이 콩닥콩닥, 콩닥콩닥 두방망이질하기 시작한다.

　　세상엔 두 종류의 사람이 있다. '혹독한 어둠과 두려움을 뚫고 오로라를
직접 보기 위해 멀고 험한 길을 달려오는 사람'과, '사진으로 보면 될걸 뭐
하러 고생스럽게 그런 곳까지 가느냐고 묻는 사람'. 실제로 몇 년 전 오빠가
살고 있는 토론토에 갔을 때 오로라를 보러 화이트호스에 가보고 싶다고 하
자, 오빠는 도저히 이해 못 하겠다는 얼굴로 도대체 영하 40도나 되는 곳에
왜 가느냐며, 얼어 죽는다고 말렸더랬다. 옐로나이프에서 고작 3시간 거리
인 캘거리에 살고 있는 친구도, 내가 옐로나이프에 간다고 했더니 자기는 길

고 긴 겨울을 피해 캘리포니아의 바닷가에서 몸을 녹이고 있다고 했다. 그의 반응도 오빠와 다르지 않았다. "그거 하나 보러 그 추운 델?"

그런 일들을 겪으면서 난 내가 조금은 별스러운 인물임을 인정해야 했다. 그런데 이게 웬일? 옐로나이프행 비행기에 오르고 보니 세상엔 나 같은 사람도 꽤 많다는 생각에 마음이 놓였다. 세상에 모든 아름다운 풍경을 직접 자신의 발로, 자신의 눈으로 확인하지 않고서는 못 배기는 종류의 사람들 말이다. 그래서 때로 피곤하고 힘들지만 이 세상에 살며 다른 세상을 경험하는 놀라운 순간들마다 진정 살아 있음을 느끼는 사람, 그게 나라는 사람이었다. 그리고 더 이상은 그런 사실을 부인하지 않게 되었다. 한 해 한 해 나이 들수록 좋은 점은 바로 이런 것이다. 좋든 싫든 있는 그대로의 자신을 받아들이게 되는 것.

뭘 사진으로 보면 될 걸 거기까지 가느냐고?

그건 말이지, 사진엔 소리가 안 나기 때문이지.

콩닥콩닥~ 콩다닥 콩딱~ 가슴이 뛰는 이 소리 말이다.

문득 내가 좋아하는 내셔널 지오그래픽의 광고가 생각난다.

"당신이 더 알고 싶어 한다면
 당신은 살아 있는 것입니다.
Live curious!★"

옐로나이프,
얼음왕국으로의 입국

비행기가 드디어 옐로나이프 공항에 착륙했다. 비행기 안에서 호기심 가득한 마음으로 바라보는 창밖은 그야말로 동토의 왕국이다. 추운 날 사람 입에서 하얀 입김이 나오듯, 비행기도, 자동차도, 심지어 공항 건물에서도 온통 하얀 입김이 후후 나오고 있다. 공항 바닥은 아이스링크를 방불할 만큼 꽁꽁 얼어붙어 있다. 공항에 들어서자 박제된 북극곰이 북극에 온 걸 환영한다는 듯이 발을 들고 우리를 반겨준다.

짐이 나오는 동안 작고 아담한 공항을 이리저리 둘러본다. 공항은 작은 박물관 같다. 옐로나이프는 1771년 영국의 탐험가가 처음 발견했다고 전해지는데, 공항 안엔 처음 이곳에 착륙한 탐험가들이 타고 왔다는 비행기 모형과 나침반, 각종 장비와 사진 들이 전시되어 있다. 이곳 공항에 착륙한 것만으로도 탐험가가 된 기분이 들었다.

짐을 찾고 나서 오로라 빌리지Aurora Village에서 마중 나온 픽업트럭을 타고 숙소로 향했다. 오로라를 보고 싶어 옐로나이프에 온다면 오로라 빌리지를 통해 모든 걸 편리하게 예약할 수 있도록 시스템이 잘 갖춰져 있다. 그러므로 개별 여행자라도 별다른 어려움이 없다. 숙소에 도착한 시각이 이미 밤 10시 반이었지만, 오로라를 하루라도 더 보기 위해 방한복으로 갈아입고 오로라 빌리지로 향했다.

한국에서 비싸기로 유명한 캐나다구스는 추울 땐 영하 50도까지 내려간다는 이곳 옐로나이프에서 진가를 발휘하는 것 같았다. 이렇게 추운 기온에

북극곰이 환영하는 공항과 오로라 빌리지 셔틀버스

맞는 옷은 평소엔 입을 일이 없기에 오로라 빌리지에선 방한복을 대여해주고 있다. 캐나다구스 방한 점퍼와 바지, 마스크, 두꺼운 방한 신발과 장갑까지 착용하고 나니 너무나 두꺼워서 우주복을 입은 듯한 기분이 들었다. 걸어 다니는 게 아니라 우주를 유영하는 것처럼 느껴지는 것이다. 하긴 그럴지도 모른다. 이곳은 지구라기보다는 생경한 별나라에 가까운 곳일지도 모르니까. 피부가 조금이라도 노출되면 바로 동상에 걸리니 눈만 빼곤 꽁꽁 잘 여민 채 셔틀에 올랐다. 캄캄한 어둠 속을 약 30분 달려 드디어 오로라를 잘 볼 수 있도록 마련된 오로라 빌리지에 도착했다.

여름보다
더 핫한 겨울

안내자를 따라 걷다 보니 사진에서 보던 원주민 스타일의 예쁜 집들이 10여 채 옹기종기 모여 있는 오로라 빌리지가 눈에 들어오기 시작했다. 오로라는 거의 1년 내내 나타나지만 가장 자주 나타나는 것은 11월에서 4월까지라고 한다. 그래서 오로라를 보기 위한 캐나다 여행의 적기는 여름이 아니라 겨울인 셈이다. 추위를 너무 두려워할 필요는 없다. 오로라 사진의 아름다운 배경이 되어주는 예쁘고 특이한 삼각 집은 '티피teepee'라고 불린다. 티피 안에는 가운데에 화로가 놓여 있고, 간단한 수프와 빵, 따뜻한 차와 커피, 코코아 등이 준비되어 있어, 밖에서 장시간 오로라 사진을 찍거나 오로라를 관측하다가 꽁꽁 언 몸을 녹일 수 있도록 해준다. 그러나 혹독한 추위도 아랑곳없이 사람들의 관심은 온통 오로라를 볼 수 있을 것인가에 집중되어 있다. 티피에 대한 설명이 끝나기 무섭게 카메라와 삼각대를 든 사람들이 일제히 밖으로 쏟아져 나갔다. 그리고 고개를 들어 깜깜한 밤하늘을 두리번거리기 시작했다.

10분 정도 지났을까? 이쪽저쪽에서 "스고이"라는 일본 말과 이런저런 나라 말로 환호성이 들리기 시작했다. 나도 고개를 들어 열심히 오로라 있는 곳을 찾았다. 과연 지상에서 보는 오로라는 어떤 모습일까? 정말 사진에서처럼 그렇게 환상적인 모습일까? 마침내 깜깜한 밤하늘에서 처음엔 희미한 듯하더니 점점 더 강렬하게 변하면서 하얀 빛줄기가 내려오기 시작했다. 삼각대 위에 카메라를 놓고 20초. 그렇게 신의 영혼인 듯, 신의 빛인 듯, 신의 손길이 느껴지는 영험한 기운이 나에게도 내려오기 시작했다. 그렇게 그렇게 잊지 못할 오로라 마을에서의 하루가 시작되고 있었다.

오로라는
하늘의 돌고래다

　오로라는 끝없이 생겼다 사라지고 모양도 계속해서 달라진다. 한마디로 살아 꿈틀대며 끝없이 사라져서 더욱더 아쉬움을 자아내는지도 모르겠다. 돌고래 같다는 생각이 들었다. 망망대해를 바라보다가 예상치 못한 순간에 돌고래가 불쑥 뛰어오르면 모두가 탄성을 지르는 것처럼 오로라도 그랬다. 그리고 큰 축복과 행운의 기운을 느끼게 된다. 오로라는 하늘의 돌고래다.

　숙소로 돌아와 잠자리에 들었다. 태어나 처음 본 오로라에 대한 흥분이 쉬이 가시지 않았다. 포스터에서 보던 뽀샵 사진보단 미약했지만, 첫날 이 정도의 오로라를 만난 것만으로도 감사한 마음이 들었다. 그리고 내일, 모레, 글피, 이곳에 있는 동안 점점 더 크고 확실한 '신의 영혼'을 만날 수 있길 기도하며 단잠에 빠져들었다.

원주민 스타일의 집 '티피'와
신의 영혼인 듯 신비한 오로라의 기운

겨울왕국에서
맞는 아침

　전날 밤 오로라를 보고 숙소에 돌아온 시각이 새벽 3시. 이곳에서의 일정은 모두가 밤에 오로라를 보기 위한 기다림으로 채워진다. 바쁠 것 없는 아침. 늦잠을 자고 일어나니 현지 시각 오전 9시 54분. 커튼을 젖히고 보는 호텔의 창밖 풍경은 더도 말고 덜도 말고 영화 속 엘사가 살던 겨울왕국 자체였다.

　국내에서 판매되는 오로라 여행 상품은 대부분 오로라 빌리지 프로그램이다. 옐로나이프 시내에 있는 호텔에 묵으며 밤에 버스로 오로라 빌리지로 이동해 새벽까지 오로라를 관측한다. 보통 밤 9시에서 새벽 1시까지 관측하며, 더 보고 싶은 사람은 연장해서 새벽 3시까지 관측이 가능하다. 숙소에 돌아와서 늦잠을 자고 오전엔 휴식을 취한다. 점심 식사 후 오후 2시 정도부터 두어 시간은 시내 구경 같은 걸 하며 휴식을 취하고, 다시 밤 9시가 되면 오로라를 보러 나가는 스케줄이다. 대개 4박 6일 일정으로 4일 밤 동안 오로라를 보고, 낮에는 시내 관광이나 개썰매 체험을 한다. 렌터카를 빌려 혼자 다닐 수도 있겠지만 이곳에서는 말리고 싶다. 특히 겨울철에는 너무 추워서, 시동을 끄고 차를 세워두면 엔진이 얼어붙는 사고가 발생하기 때문이다. 이로 인해 이곳의 차들은 독특한 엔진 히터 시스템을 갖추어서, 차를 세워놓아도 히터가 켜져 있으니 몹시 신기했다.

　얼핏 보면 굉장히 여유 있고 느슨하지만 날씨가 추워서인지 몸을 조금만 움직여도 피로감이 몰려온다. 한낮에 최고로 기온이 올라도 영하 20도 정

잠에서 깨어 숙소에서 내려다본
얼음왕국의 모습

도착하면 호텔 방으로 배달되어 오는 캐나다구스 방한복

도이므로 야외에서 오랜 시간 보내는 건 생각보다 힘든 일이었다. 얼어붙은 호수와 구 시가지를 둘러본 후 숙소에 들어와 쉬기로 한다. 오로라 여행은 기다림이다. 낮에도 활동이 없는 건 아니지만, 해도 그만 안 해도 그만인 것이고, 사람들은 오직 밤을 위해 에너지를 비축해둔다. 그리고 마음을 모아본다. 오늘 더 멋진 오로라를 보게 해달라고 말이다.

　시내 구경을 하고 들어오는 길, 호텔 입구에 들어서니 로비엔 오로라 빌리지에서 각 호텔로 배달되는 방한 장비들이 깨끗이 세탁된 채 새로운 손님을 기다리고 있다. 오늘도 세계의 이곳저곳에서 많은 사람들이 오로라의 기운을 받으러 오고 있다.

오로라 일기예보,
9점 만점에 몇 점?

평생을 벼르고 별러 멀고 먼 겨울왕국까지 찾아온 사람들에게 그날 밤 오로라를 보느냐 마느냐는 정말이지 중요한 문제가 아닐 수 없다. 로또에 비견될 만큼 운이 따라줘야 하는 일인 것이다. 그래서인지 '오로라 일기예보'라는 게 있다. 오로라의 활동량이 0부터 9까지 중 어느 정도인지 예측해 보여주는 표다. 오로라 빌리지로 나가기 전 체크해본 그날의 점수는 4점. 전날이 2점이었으니 오늘은 훨씬 더 멋진 걸 볼 수 있을지도 모른다는 기대에 가슴이 두근댔다.

그런데 이게 웬일. 둘째 날은 날씨가 완전히 흐렸다. 하늘엔 별조차 보이지 않는다. 날씨가 맑을수록 오로라가 잘 보이므로, 하늘에 별이 얼마나 많은가는 그날 오로라를 볼 수 있나를 알 수 있는 중요한 예측 방법이 된다. 그런데 말 그대로 칠흑 같은 어둠뿐이다. 덕분에 티피 안은 붐빈다. 사람들은 다른 나라에서 온 친구들과 이야기를 나누기도 하고, 커피나 코코아를 마시면서 이제나저제나 밖에서 환성이 터져 나오길 기다린다. 이곳 원주민들이 즐겨 먹었다는 전통 보리빵 바녹bannok은 화로에 얹어 따뜻하게 데워서 메이플 버터에 찍어 먹으면 맛이 가히 환상적이다. 버팔로 고기가 들어간 전통 스튜도 맛있다.

결국 둘째 날은 오로라를 못 보고 말았다. 오로라 예보고 뭐고 하나도 안 맞는다. 오로라는 역시 사람이 감히 예측할 수 있도록 허락된 것이 아니라는 생각이 들었다. 오직 신만이 아는 예측 불가 복불복 게임인 것이다. 잠자리에 들면서 내일은 멋진 오로라를 꼭 보게 해달라고, 낮에 구 시가지 기념품 가게에서 산 드림캐처에 빌면서 잠을 청했다. 드림캐처는 이곳 원주민인 이누이트^{Inuit} 인디언 전통의 부적 같은 것으로, 그물을 통해 좋은 꿈은 통과하고 나쁜 꿈은 걸러진다고 전해진다. 이곳에 와서 새롭게 안 사실인데, 흔히 이들을 부르는 '에스키모'는 '날것을 먹는 사람들'이라는 뜻으로 차별적 뉘앙스가 담겨 있어 사용하지 않는다. 대신 '사람들'이라는 뜻의 원주민 말인 '이누이트'를 쓰는 것이 바람직하다고 한다. 낮에 옐로나이프에서 유명하다는 햄버거 집에 갔다가 이누이트들을 만났는데 표정이 어두웠다. 어디나 그렇듯 이곳 원주민들도 정복자들에게 밀려난 채 변방의 존재로 살아가는 모습이 마음 한구석을 싸하게 했다.

낮 동안의
북극 어드벤처

둘째 날 오로라를 못 봤으니 셋째 날에는 데이 어드벤처^{day adventure}나 하면서 실컷 즐기기로 했다. 이곳에서는 낮 동안 즐길 수 있는 북극 어드벤처가 몇 가지 마련되어 있다. 그중에서 얼어붙은 그레이트슬레이브 호수를 걸어보는 아이스로드 체험, 시베리안 허스키가 끄는 썰매를 타고 숲을 달리는 개썰매 체험, 이누이트 사람들이 신었던 스키처럼 생긴 신발을 신고 눈 쌓인 산속을 트레킹하는 스노 슈잉^{snow shoeing}이 대표적이다. 여기가 아니고서는 해볼 수 없는 이색적인 체험들이다.

밤엔 오로라를,
낮엔 북극 어드벤처를~

개썰매 체험은 특히 재미있었는데, 춥긴 엄청 추웠다. 그렇지 않아도 추운 날씨에 칼바람을 가르며 덜컹거리는 썰매에 앉아 숲 사이를 달리자니 귓불이 떨어져 나갈 듯했다. 그래도 그 짧은 순간 동안 영화 속의 주인공이라도 된 듯한 근사한 경험을 안겨주었다.

옐로나이프 시내 관광도 재미있다. 북부 문화 센터, 노스웨스트 주 의사당, 다운타운, 하우스 보트 및 경비행기 탑승지가 있는 구 시가지를 돌아보며 옐로나이프의 역사와 원주민의 전설에 대해 듣고 경험할 수 있다. 서양 탐험가들이 이곳을 발견했을 때, 원주민들이 구리 성분이 많아 노란색을 띠는 칼을 지니고 있어서 이들을 '옐로 나이프족'이라 부른 데서 지명이 유래했다고 한다. 박물관은 지구 상에서 가장 혹독한 추위를 이겨내고 번영을 이루어낸 옐로나이프 주민의 삶과 애환, 개척 역사의 기록을 보존하고 있다. 극지방 사람들의 삶의 모습을 살펴볼 수 있어 흥미진진하므로 꼭 한 번 들러볼 만하다. 마을 가운데 있는 노던 이미지Nothern image에서는 이누이트족을 그린 다양한 그림을 전시해놓고 있어 예술적 감성을 충족시킬 수 있으며, 드림캐처를 비롯한 독특한 기념품들도 살 수 있다. 저녁엔 이곳에서만 맛볼 수 있는 순록 스테이크에 와인 한잔 기울이노라면 세상 어디서도 맛볼 수 없는 북극의 정서에 빠져들 것이다.

마지막 오로라
보러 가는 길

드디어 떠나기 전날 마지막으로 오로라를 보러 가는 길, 호텔 로비의 컴퓨터 화면에 나타난 밤 9시의 기온은 영하 33도, 체감온도는 영하 40도다! 아~ 정말 실제로 체험해보기 전엔 상상조차 되지 않을 만큼 낮은 기온이다. 그러나 언제나 상상이 더 무서운 법. 막상 가보면 견딜 만하다. 견딜 만하니까 이런 프로그램이 있는 것이다. 다만 야외에서 너무 오랜 시간을 보내지 않는 것이 좋다.

단단히 마음을 무장하고 오로라 빌리지로 가는 셔틀 버스에 올랐다. 그래, 아무리 추워도 좋다. 더도 말고 덜도 말고 영원히 잊지 못할 강렬한 오로라만 볼 수 있게 해달라고 기도하고 또 기도했다. 오로라 빌리지에 내리니 역시 어제처럼 오늘도 별이 총총했다. 너무나 추워 티피 안에서 코코아를 마시고 있을 때 밖에서 환호가 들려왔다. 그렇게 운 좋게도 마지막 날까지 아름다운 오로라를 만날 수 있었다.

마씨초 갓Mahsi-cho, god! '마씨'는 이곳 선주민인 데네족의 언어로 '감사합니다', '초'는 '크다'는 뜻이다. 신이시여, 감사합니다. 영하 40도의 혹한과 어두움을 뚫고 마지막 날도 '신의 영혼'을 만날 수 있었던 것은 말 그대로 신의 뜻이었던 것 같다. 이날은 그 보기 힘들다는 핑크 오로라도 나타나주었다. 오로라의 아우라. 사진 속에서만 보던 오로라의 아우라를 실제 눈으로 체험하고 나니 오랫동안 꿈꾸어오던 소원 하나를 이룬 느낌이 들었다.

모든 여행은 눈을 뜨고 꾸는 꿈이라 했지만 오로라 여행에서 돌아온 다

Yellowknife

T.G.I.A. ······ Thanks, God,
It's AURORA!

음 날 아침, 난 진정 꿈을 꾼 듯했다. 지구별이 아닌 다른 행성으로 다녀온 꿈 말이다. 핑크색과 녹색이 어우러져 환상적인 모습을 연출하는 오로라를 보면서, 단 한순간도 같은 모습으로 멈추지 않는 오로라처럼 나도 늘 살아 꿈틀대는 삶을 살겠다고 다짐해본다.

늘 살아 꿈틀대는 오로라,
늘 살아 꿈틀대는 삶

{ *Info*: 옐로나이프에서 꼭 해야 할 8가지 }

1. 옐로나이프 곳곳에 있는 원주민 예술품 감상하기
서양 탐험가들이 이곳을 발견했을 때, 원주민들이 구리 성분이 많아 노란색을 띠는 칼을 지니고 있어서 이들을 '옐로 나이프족'이라 부른 데서 지명이 유래했다. 마을 가운데 있는 노던 이미지에는 이누이트족을 그린 다양한 그림을 전시해놓고 있어 예술적 감성을 충족시켜준다. 여기서는 이곳 원주민들의 오랜 전통인 액운을 쫓아주는 부적 '드림캐처'와, 코요테 털로 만든 방한모도 살 수 있다.

2. 노스웨스트 의회 청사 가보기
노스웨스트 준주는 정당이 없는 합의제 형태의 정부를 갖고 있으며, 의회는 19명의 의원으로 구성되어 있다. 의회 청사 안은 사진 촬영이 불가능하지만 로비는 사진 촬영이 가능하며, 이 지역의 문화 및 역사에 관한 전시를 볼 수 있다. 눈 덮인 창밖을 바라보며 차를 마실 수 있는 카페도 있으므로 들러볼 만하다. (개장 시간: 평일 09:00~18:00/토일 12:00~18:00)

3. 박물관 가보기
지구 상에서 가장 혹독한 추위를 이겨내고 번영을 이루어낸 옐로나이프 주민의 삶과 애환, 개척 역사의 기록을 보존하고 있으며, 극지방 사람들의 삶을 살펴볼 수 있다. 2층에 위치한 카페테리아에선 간단한 식사와 케이크, 커피를 판매한다. (개장 시간: 평일 09:00~17:00/토일 12:00~16:00)

4. 옐로나이프 센터 온도계 앞에서 기념 촬영하기
시내 한가운데 있는 옐로나이프 센터 앞에는 실시간 온도계가 있다. 여기서 영하 20도를 넘는 강추위를 증명하는 사진을 기록으로 남기면 좋은 추억거리가 된다.

5. 순록 스테이크, 버팔로 고기, A&W 버거 먹어보기
익스플로러 호텔 1층에 있는 트레이더스 그릴에서는 극지방에서 잡아 올린 신선한 해산물과, 원주민 전통 요리인 순록 스테이크를 맛볼 수 있으며, 오로라 빌리지에서는 버팔로 고기가 들어간 수프를 맛볼 수 있다. 시내 중심에 있는 A&W 버거는 이곳에서 아주 유명한 곳으로, 저렴한 가격에 맛있는 햄버거를 즐길 수 있어 여행자는 물론 원주민들의 사랑을 받고 있다.

6. 아이스로드로 변한 호수 위 걸어보기
겨울에는 호수가 꽁꽁 얼어서 그 위로 차가 건너다닌다. 중간엔 호수 바닥이 보이는 곳이 있어 얼음 결정체와 호수 깊이를 확인할 수 있으니, 정말 추운 곳에 와 있다는 실감을 하기에 충분하다.

7. 기념품으로 드림캐처나 차량 번호판 사기
북극곰 모양에 스펙타큘라(spectacular)라는 슬로건이 붙어 있는 노스웨스트 준주의 차량 번호판과 드림캐처는 몹시 특이해서, 이곳을 방문한 여행자들에게 기념품으로 인기가 높다.

8. 관광안내소에서 북구탐험인증서 받기(3캐나다달러)
관광안내소에 가면 옐로나이프 여행에 대한 프로그램과 숙소 정보, 투어 등 모든 광범위한 자료들을 얻을 수 있다. 한편에서는 옐로나이프의 유래가 된 광산의 모습과 오로라, 다이아몬드에 관한 DVD나 비디오, 전시물 등을 무료로 관람할 수 있다. 이곳은 원주민들의 사진과 예술 작품 전시도 겸하고 있으므로, 따뜻한 실내에서 이런저런 정보를 얻거나 자료를 보며 시간을 보내기에 좋다. '북위 60도를 넘었다는 증명서'도 발급해주니 소중한 기념이 될 것이다.

{ Travel Tip }

✔ 찾아가기

인천-밴쿠버-캘거리-옐로나이프로 연결된다. 밴쿠버에서 옐로나이프로 바로 가는 게 없고 캘거리를 거쳐야 하므로, 비행기를 최소한 두 번 갈아타야 하는 불편함이 있다. 가는 데만 하루가 소요되는 힘든 길이지만 그만한 가치가 있다.

✔ 기본 여행 정보

여름에도 오로라를 볼 수는 있지만, 밤이 긴 겨울이 오로라를 볼 확률이 더 높다. 오로라 빌리지의 오로라 체험 시즌은 겨울 시즌 11월 말~4월 초, 여름 시즌 8월 말~10월 초로 이때 오로라를 가장 잘 볼 수 있다. 평균 강설량은 135센티미터이며, 겨울 평균 기온 -28.8도, 여름 평균 기온 14도다. 화폐 단위는 캐나다달러(CAD)이고, 1캐나다달러는 888원이다.

오로라 빌리지 예약 시스템: 옐로나이프 여행의 핵심은 오로라 빌리지로, 모든 여행 시스템이 오로라 빌리지를 중심으로 매우 긴밀하게 연계되어 있다. 개별 여행자도 오로라 빌리지를 통해 방한복 대여 및 오로라 관측에 대한 모든 서비스를 제공받을 수 있다. (4720 Northwest Territories Ltd. Yellowknife, NT, CANADA, Tel. 867-669-0006, www.auroravillage.com)

✔ 추천 숙소

옐로나이프엔 혹한과 어둠을 피해 안락한 휴식을 취할 수 있는 숙소가 호텔 급부터 인, B&B, 게스트하우스, 로지, 콘도 스타일까지 다양하다. 나는 더운 나라에서는 저렴한 게스트하우스 등을 이용하는 편이지만, 이곳은 혹한의 환경이라 가장 좋은 익스플러러 호텔을 선택했다. 숙소에 대한 더 많은 정보는 시내 중심에서 관광 정보를 제공하는 비즈니스 센터에서 얻을 수 있다.

– 익스플러러 호텔(Explorer Hotel): 엘리자베스 여왕도 묵고 갔다고 해서 로비에 사진이 걸려 있는, 옐로나이프에서 가장 럭셔리한 호텔. 그날그날의 일기예보는 물론 친절하고 품격 높은 서비스를 제공하며, 시내에 위치하고 있어서 시내 유명 장소와 연결이 가능하다. 로비는 물론 방에서도 무료 인터넷 사용 가능.(P.O.Box 7000, Yellowknife, NT, Tel. 867-873-3531, www.explorerhotel.ca)

✔ 추천 레스토랑

익스플러러 호텔 1층에 있는 트레이더스 그릴 레스토랑에서는 극지방에서 잡아 올린 신선한 해산물과, 원주민 전통 요리인 순록 스테이크 등을 맛볼 수 있을 뿐만 아니라 아늑하고 낭만적인 분위기를 만끽할 수 있다. (Trader's Grill: 4823-49th Avenue, Yellowknife, NT, Tel. 867-873-3531)

6

어릴 적 꿈과
조우하라

어린 왕자를 찾아 떠난
바오바브나무의 고향,
마다가스카르

Madagascar

높이 날려는 자는 깊게 뿌리내려야 하고,
별을 동경하는 자는 가슴에
혼란을 간직할 수밖에 없다.

_니체

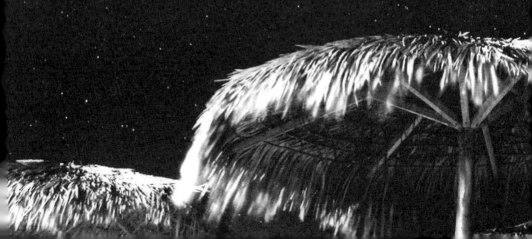

잃어버린 꿈을
충전해줄 곳으로

인생은 예술 작품이 아니고 영원히 계속될 수도 없다. "우리에게 낚시는 종교와 같았다"로 시작되는 영화 〈흐르는 강물처럼〉을 보고 있자니, '브래드 피트가 정말 젊었군' 하는 생각이 든다. 이거 요즘 예전 내 사진을 볼 때 드는 생각과 같다. 미야자키 하야오는 "어른이 된다는 건 시시해진다는 것"이라고 일갈한다. 그래서일까. 그는 어른이 되기 전의 아이들, 시시해지기 전의 아이들을 등장시켜 어른이 망쳐놓은 세계를 회복시키는 작품들을 많이 만들었다.

왜 여행하느냐에 대해서는 사람 수만큼 다양한 정의와 이유가 있지만, 아마도 그중 하나는 일상의 삶 속에서 탕진해버린 꿈과 환상을 충전하기 위해서가 아닐까 생각해보곤 한다. 마흔쯤 되면 어쩔 수 없이 꿈이 있어야 할 자리에 후회가 조금씩 자리 잡기 시작하고, 이럴 땐 다시 한 번 꿈을 충전하기 위해 무언가라도 하고 싶어지는 것이다.

그러나 모든 게 그렇듯 꿈을 충전하는 과정도 쉽지만은 않다. 『사람은 왜 늙는가』의 저자이자 의학박사인 디팩 초프라는 젊음과 노화도 선택하는 것이라고 말한다. 젊음에 관한 정보를 많이 입력하면 젊어지고, 노화에 대한 정보를 많이 입력하면 늙어가게 된다는 것이다. 내가 아는 젊음을 충전하는 가장 효과적인 방법은 피부과 시술도 아니고, 젊은이들의 노래나 패션을 따라 하는 것도 아니었다. 내게는 여행이야말로 진정 젊음을 충전하는 가장 효과적인 방법이다. 여행은 열정이다. 열정passion이라는 단어는 '기꺼이 고통받다^{passin'}라는 단어에서 나왔다고 한다. 그러니 여행은 일상에서 누리지 못하는 호화로움을 누려보기 위해 가는 것이 아니라, 반대로 기꺼이 고통받으러 가는 일에 다름 아니다.

집에서 나와 먼 여행을 나서는 길, 여행이 늘 설레는 것은 아니다. 그보단 오히려 복잡 미묘한 마음이 될 때도 많다. 마음 한구석에서 난 또 왜 이 험한 길을 나서나 하는 경우도 많기 때문이다. 눈을 지긋이 감고 공항 리무진에 몸을 맡겨본다. 좀 있으면 꺼야 할 휴대폰 진동이 울렸다. 멀리 있는 친구에게서 노래 선물이 도착했다.

콜드 플레이의 〈A Sky Full of Stars〉. '넌 하늘이니까, 별이 가득한 하늘이니까, 넌 길을 비춰주니까'라는 노랫말이 가슴에 와 박힌다. 내가 떠나는 날짜를 기억해주고 때맞춰 노래 선물을 해주는 친구가 참으로 고맙다. 그리고 그 노래는 내가 향하는 여행지를 참 많이 닮아 있었다.

한국과의 거리
2만 마일

아프리카와 인도 사이 인도양에 떠 있는 마다가스카르는 그린란드와 뉴기니, 보르네오에 이어 세계에서 네 번째로 큰 섬이다. 이 섬을 실제로 가본 사람이 많지 않지만 이름은 의외로 널리 알려져 있다. 이곳은 『어린 왕자』에 나오는 바오바브나무와 보아뱀이 있는 곳이기도 하고, 월트 디즈니 애니메이션 영화의 제목이기도 하다.

우리나라에서 마다가스카르로 가는 직항은 없고 방콕을 경유해야 한다. 방콕까지 타이항공으로 5시간, 거기서 4시간을 기다렸다가 에어마다가스카르로 9시간을 날아가서야 마다가스카르의 수도인 안타나나리보(Antananarivo, 이곳 주민들은 줄여서 '타나'라 부른다)에 도착했다. 비행시간만 14시간, 대기 시간까지 합치면 18시간이 걸리는 먼 거리다. 사실상 모든 여행은 비행기에 오르면서 시작된다. 특히 목적지 나라의 국적 비행기를 타는 경우 여행 기분은 배가된다. 에어마다가스카르는 프랑스 것이라더니, 모든 안내 방송이 프랑스어가 먼저 나오고 그다음이 영어, 그다음이 마다가스카르 언어인 말라가시Malagacy어 순이다. '말라가시'는 마다가스카르의 옛 이름이다.

　가장 먼저 만나게 되는 마다가스카르인은 승무원이다. 마다가스카르는 아프리카와 아시아 사이에 위치하고 있어 18개에 이르는 다양한 부족이 모여 살고, 그만큼 외모가 아시아인에서 아프리카인에 이르기까지 다양하다고 가이드북에 나와 있었는데, 그 말이 무슨 뜻인지 승무원들의 외모만 봐도 실감이 났다. 딱 인도네시아 사람처럼 보이는 승무원부터 검은 피부의 토종 아프리카인처럼 보이는 승무원까지, 같은 마다가스카르 사람인데도 외모는 정말이지 천차만별이라 우리처럼 단일 민족국가 사람의 눈엔 신기하게 느껴졌다. 마다가스카르는 아프리카와 동남아시아의 만남에 중동의 아랍과 프랑스가 뒤섞인 느낌인데, 그 이유는 역사적 배경에서 찾아볼 수 있다. 2,000년 전 동남아시아의 인도네시아인들이 배를 타고 건너와 살기 시작한 뒤, 아랍의 상인들과 아프리카의 노예, 유럽의 제국주의가 밀려왔기 때문이다.

　비행기는 예상대로 영화도 제대로 나오지 않고, 좌석 팔걸이도 젖혀지지 않는 구식이었다. 의자는 물론 화장실 안에 재떨이가 부착되어 있는 걸 보니 정말 오래된 비행기가 틀림없었다. 그런데 놀라운 점은 비행기 안에 널찍한 장애인 화장실이 있다는 점이었다. 그동안 수많은 비행기를 타봤지만 아무리 최첨단을 자랑하는 비행기에서도 장애인 화장실이 따로 있는 걸 보지 못했다. 최신 영화가 상영되지 않아도 장애인 화장실이 있는 이 비행기가 훨씬 더 근사하게 느껴졌다. 더욱 놀라운 건 맛있는 기내식이었다. 생선이든 육류든 할 것 없이 아주 그럴듯하며, 맥주나 와인은 물론 다른 항공에서도 주지 않는 마티니 로소^{red} 같은 칵테일까지 나왔다(내가 좋아하는 거라 특히 감동적이었는지도). 게다가 기내식으로 나온 하얀 쌀밥은 우리가 늘 먹는 것보다 더 차지고 맛있었다. 나중에 안 사실이지만 마다가스카르는 80%가 농사를 짓는 농업 국가로서 국토의 많은 부분이 논이고, 이곳 사람들은 아시아 사람들처럼 하루 세 끼 쌀밥을 먹는다. 아프리카 사람들이 하루 세 끼 흰쌀밥을 먹는 건 참 신기한 일이었다.

흰쌀밥을 한입 먹으니 갑자기 안심이 되면서 마음까지 푸근해지는 것 같다. 음식이란 그런 것이다. 사람을 안심시키기도 하고, 불안하게도 하는.

오지 여행을 할 땐 가기 직전에 뭔가 열심히 먹게 된다. 행여 여행 중에 마음껏 먹지 못하게 될 걸 대비해서 막연히 자꾸만 뭔가를 입에 넣게 되는 것이다. 비행기를 바꿔 타기 위해 4시간여 방콕 공항에 머무는 동안—게다가 그곳은 맛의 천국인 방콕이므로—스프링롤에 팟타이, 딤섬에 싱아 맥주까지 잔뜩 먹어둔 참이었다. 이처럼 근사한 기내식이 나올 줄 알았다면 그리하지 않아도 되었는데 말이다.

에어마다가스카르의 특징 또 하나는 기내식을 주는 것 외에는 음료 서비스가 일절 없다는 것이다. 목마르다고 물을 좀 가져다 달라고 하니, 승무원은 한편에 마련된 음료대를 턱으로 가리키며 알아서 갖다 먹으라고 한다. 승무원 콜 버튼을 아무리 눌러도 오지 않는다. 어떤 이는 어딜 가나 우리나라 항공사가 최고로 친절하다고 침이 마르도록 칭찬하지만, 내 경우엔 과잉 친절이 피곤한 경우가 많아서, 꼭 필요한 서비스 외에는 고객을 그냥 냅두는 게 더 나았다.

장시간에 걸쳐 수속을 마치고 시골 대합실 같은 공항을 빠져나오니 깜깜한 하늘엔 별이 가득했다. 인도양 한가운데 떠 있다는 느낌이 확 오는 순간이다. 아마도 이번 여행에서 다른 건 몰라도 제대로 된 은하수는 꼭 보게 되겠다고 기대하며 숙소로 향했다. 숙소인 삼성 급 타나 호텔은 훌륭했다. 룸도 깨끗했지만 무엇보다 아침 식사로 나온 바게트가 둘이 먹다 하나 죽어도 모를 만큼 맛있었다. 베트남이 그랬고 라오스도 그랬듯이, 160여 년 동안 프랑스 식민지였던 이곳 마다가스카르 또한 먹을 것 걱정은 안 해도 될 듯했다.

바오바브나무의 고향을 가기 위해
모론다바로 향하다

간단히 수도 안타나나리보의 시내 구경을 마치고 섬의 서쪽 끝에 있는 모론다바Morondava로 이동하기 위해 국내선을 타러 갔다. 마다가스카르 섬 동쪽의 안타나나리보에서 서쪽 해안가에 있는 마다가스카르 제2의 도시 모론다바로 가는 비행기는 내가 지금껏 타본 것들 중에서 경비행기를 제외하

고 가장 작은 19인승 프로펠러 비행기였다. 이 비행기는 손님의 숫자에 따라 제멋대로 출발 시간을 변경해버리기도 해서 고객을 당황시키는 걸로 유명하다. 탑승 수속 땐 짐의 무게뿐만 아니라 사람의 몸무게도 재는 것이 정말 재미있었다. 비행기가 워낙 작아 무게를 초과하면 큰일 나기 때문일 것으로 추정된다. 그러니 뚱뚱한 손님이 오면 두어 명은 못 타게 되는 사태가 생기기도 할 것 같다.

갑자기 안타나나리보 가이드가 비행기 시간이 당겨졌다며 바로 공항으로 가자고 한다. 아니, 수백 번 비행기를 타면서 출발 시간이 늦춰지는 건 봤어도 당겨졌다는 말은 처음 들어봤다. 어쨌든 현지인이 그렇다고 하니 어쩔

수도 안타나나리보의 가장 큰
재래시장 쯔마 마켓

수 없이 공항으로 향했다. 그런데 공항에 가니 다시 원래대로란다. 정확성이
라곤 찾아볼 수 없는 이들의 일 처리에 화를 내는 우리에게 가이드는 자기
도 어쩔 수 없다는 듯 양팔을 펼쳐 보이며, "모라모라, 찌마니노나"라는 말만
반복한다. 대체 뭐라는 거니? 알고 보니 '모라모라mora mora'는 '슬로슬로', 즉
'천천히 천천히'라는 뜻이었다. '찌마니노나tsy mani-nona'는 'no problem', 문
제없다는 말이다. 동아프리카를 여행할 때 가장 많이 들었던 말이 인사말인
'잠보(안녕)'와 '뽈레뽈레(천천히 천천히)'였는데 이곳에서도 가장 먼저 배
우는 현지 언어가 '모라모라'였던 것이다. 세계 어느 오지를 가든 가장 먼저
배우게 되는 두 단어가 '천천히'와 '문제없다'라는 말이다.

멋쟁이 모자를 쓴
마다가스카르 사람들

　어쨌든 우여곡절을 거쳐 다시 안타나나리보 구 시가지로 돌아왔다. 대
통령궁과 부자들이 산다는 달동네를 구경하고, 가장 큰 재래시장인 조마 마
켓에 갔다. 시장은 안타나나리보 사람들이 다 몰려나온 듯 인파로 북적였다.
작은 물 한 병이 1,000아리아리(500원)로 맥주값과 맞먹으니, 정말 이곳은 물
값이 제일 비싼 나라였다. 아침에 먹은 바게트의 여운이 남아 이번엔 시장표
바게트를 사 먹어보기로 했다. 긴 바게트 하나에 겨우 500아리아리(250원)
였지만 정말 맛있었다. 우리나라에서는 왜 이런 걸 못 만드는 걸까? 이곳에
살아도 좋겠다 싶어질 만큼 훌륭한 맛이다. 샐러드도 팔고 과일도 많다. 인
근 강에서 잡은 개구리와 생선, 민물새우 들도 있다. 풍성한 먹을거리와 상

Madagascar

품들도 인상적이었지만, 가장 인상적이었던 건 알록달록 원색의 멋쟁이 모자를 쓴 원주민들이었다. 그 모자만 쓰면 어디서 무얼 하든 멋쟁이 신사 숙녀로 보이게 만드는 마법의 모자다.

안타나나리보에서 모론다바까지 비행시간은 1시간 정도로 동쪽에서 서쪽 끝을 향해 가로지른다. 마다가스카르의 최대 볼거리로 꼽히는 바오바브나무 군락지와 칭기Tsingy 국립공원의 입구 역할을 하는 모론다바는 이름부터가 '긴 해안'이라는 뜻으로 바닷가에 면해 있다. 한적한 바닷가 마을 특유의 여유와 낭만이 넘실대는 것이 안타나나리보와는 전혀 다른 모습이다.

살갗을 태울 듯 작열하는 태양 아래 사람도 개도 늘어져 있는 이곳에서는 휴양 모드의 유럽 여행자를 쉽게 만날 수 있다. 동네 소녀들은 그늘에 앉아 머리를 땋으며 놀기도 하고, 소년들은 태양에 아랑곳없이 자전거를 즐기

모론다바 비치

인도에서 보던 것과 유사한
인력거

미얀마 타나카와
유사한 진흙 팩을
한 여인과, 머리를
땋으며 놀고 있는
아이들

는 모습이 이국적이면서도 아련한 향수를 불러일으켰다.

　인도에서 보던 인력거와 툭툭이 해변 옆으로 난 골목들 사이로 사람들을 실어 나르고, 얼굴에 흙으로 된 팩을 두껍게 바른 여인들이 인상적이다. 이 나라 말로 '미수주아니'라고 하는 이 팩은 미얀마에서 보던 타나카를 연상시켰다. 바닷가에 왔으니 해산물과 현지 맥주로 기분 좀 내보기로 했다. 물 좋은 곳이라 그런지 맥주도 맛있다.

　점심을 먹고 여유 있게 일몰 시간에 맞춰 바오바브나무 군락지로 향했다. 해안가를 벗어나 바오바브 애비뉴로 들어서자 바오바브나무처럼 생긴 나무들이 쭈뼛쭈뼛하며 하나둘씩 눈에 들어오기 시작했다.

　아, 드디어 바오바브나무를 보게 되는구나! 가슴이 두근대기 시작한다. 그리고 마침내 눈앞에 짠하고 나타난 바오바브나무 군락지. 1년에 고작 3밀리미터씩 자란다는 거대한 나무들이 눈앞에 펼쳐진다.

　아, 이것 하나만 보고 간다 해도 마다가스카르 여행은 충분할 것 같다.

　바오바브나무는 세계적으로 8종이 있다고 알려져 있다. 마다가스카르와 아프리카에 7종이 흩어져 있고, 나머지 1종은 호주에 있다고 한다. 돌이켜 생각해보니 나미비아 어느 캠핑장 옆에서 땅딸한 바오바브나무를 본 것도 같다. 언젠가 사진에서 본 호주의 바오바브나무도 비슷했다. 그러나 그런 것들과 어찌 비교할 수 있을까. 마다가스카르의 바오바브나무는 속이 뻥 뚫릴 만큼 하늘을 향해 길쭉길쭉 늘씬늘씬 시원하게 뻗어 있다. 이들은 내게 나무처럼 살라고 말하는 듯했다. 현실이라는 대지에 굳건히 발을 딛고서도, 끝없이 천상을 향해 뻗어나가라고…….

바오바브나무 군락지

Madagascar

1,000년의 지혜가
들려주는 말들

마다가스카르에 온 지 며칠 안 되었지만 그래도 묘사할 게 몇 개 있었다. 예를 들면 온종일 먹어도 좋을 것 같은 끝내주는 바게트 맛이라든지, 타나 재래시장의 생동하는 모습들 말이다. 그런데 모론다바에 와서 바오바브나무를 보고 나니 다 부질없어진다.

세상엔 이처럼 모든 걸 부질없게 하는 장면이 있나 보다. 살면서 감탄사가 터지는 순간을 많이 만나는 일, 그게 바로 행복해지는 일이다.

니코스 카잔차키스는 "짐승들은 신의 안장을 인간보다 충실하게 간직하면서 그 신비를 천천히 드러낸다. 짐승들은 놀고 성장하고 전쟁을 치르고, 불가항력의 충동으로 짝짓기를 하고, 자신의 종족이 영원히 죽지 않도록 보살핀 다음, 품위 있게 죽어간다. 이에 비해 대부분의 인간들은 증오와 불모와 부조리의 지옥에 빠져 있다. 글도 잘 읽을 줄 모르고 겨우 철자 몇 개나 쓰는 주제에 〈신의 노래〉를 해독하려고 애쓰는 자들이다. 그들은 몇 개의 철자를 뒤섞어 자신들의 비천한 욕망을 표현하는 음식, 여자, 부(富), 엉성한 논리 등의 단어나 어구들을 만들어낸다. 그들이 하는 짓이란 졸음 가득한 눈으로 세계 명작을 읽으려는 것과 마찬가지다. 군데군데 단어가 하나씩 눈에 들어오지만 금세 잠에 빠져들고 만다"라고 말한 적이 있다.

생텍쥐페리는 『어린 왕자』에서 "소혹성 B612를 온통 엉망으로 만드는 무서운 식물이 있다"라며 바오바브나무를 안 좋게(?) 묘사하고 있지만, 난 1,000년이나 되었다는 신비한 바오바브나무를 보면서 식물이야말로 신의 안장을 충실하게 드러내는 것이 아닐까 하는 생각이 들었다.

그렇게 거대한 바오바브나무를 바라보며 한없이 걷고 또 걷는데, 저 멀리 바오바브나무에 뭔가 자그마한 것이 붙어 있는 게 보였다. 벌레라기엔 좀 크다 싶은 그것은 가까이 가보니 다름 아닌 사람이었다. 그 꼬마는 바오바브나무와 인간을 대조라도 해서 보여주려는 듯 나무에 붙어 서 있었다. 그리고 그 장면은 내게 잊지 못할 어떤 메시지를 던져주는 것 같았다.

오지로의 여행은 다른 어디서도 만날 수 없는 한 컷의 장면을 통해 나를 겸손하게 해주고는 했다. 그랬던 것 같다. 바로 그 점이 내가 오지 여행을 좋아하는 이유 중 하나다. 1,000년 된 바오바브나무와 대조되는 작은 인간의 모습은 문명국가에서 온 우리가 좀 산다고 오만해봤자 '고작 요만한 것'일 뿐이라고 말해주는 것 같았다.

바오바브나무와 대조라도 해서 보여주려는 듯
나무에 붙어 서 있는 꼬마

바오바브나무가 이렇게 말하는 듯하다.
1,000년도 못 살면서 뭘 그리 아웅다웅하냐고……

칭기 국립공원을 향해
오프로드를 달리다

칭기 국립공원이 있는 마다가스카르 서쪽은 어드벤처 구역으로 불린다.

모론다바에서 칭기 국립공원이 있는 베코파카로 가는 길. 200킬로미터가 넘는 거리를 10시간 넘게 오프로드로 달려간다. 달리고 달려서 치리비히나 강과 이름 모를 작은 강을 건너서야 겨우 숙소에 도착했다. 달리는 내내 차창 밖으로 보이는 풍경이라곤 사바나뿐이고, 가끔씩 길옆으로 걸어가는 사람들만이 주의를 끌었다. 그야말로 고생길이다.

전기 사정이 나빠서 저녁 6시쯤 해가 지면 잠자리에 들고 새벽 4시쯤 해가 뜨면 일어나는 사람들이 사는 곳이다. 그 동네에서 가장 호화로운 숙소(?)에 둥지를 틀고, 졸졸졸 흘러나오는 물이지만 그나마 먼지를 씻어낼 수 있음에 감사하며 샤워를 한 다음 컵라면까지 먹고 그대로 꿈나라로 직행했다.

초저녁에 잠이 든 탓에 눈을 뜨니 새벽 2시다. 어젯밤에 본 별들이 뭐 하고 있나 창을 열고 나가보고는 그만 탄성을 내뱉고 말았다. 24시간 영업하는 빌딩 숲 사이에서 한 번도 보지 못했던 '별'이라는 존재가 내게 달려들었다. 쏟아지는 별들과, 그 사이에 우유를 쏟은 듯 흩뿌려진 은하수.

어느 천문학자가 "별은 엄격한 천문학적 정의로 묶어두기에는 너무나 아깝고 아름다운 단어"라고 말했던 기억이 난다. 마다가스카르 섬 위에 뜬 별엔 정말이지 어린 왕자가 살고 있을 것만 같다. 쏟아지는 별빛 아래서 내일은 얼마나 멋질까 꿈을 꾸어본다.

꿈을 찾아가는 멀고 험한 길

진정한 어드벤처라
할 만한 칭기 트레킹

칭기 국립공원 트레킹은 그야말로 진정한 어드벤처라 할 만하다. 칭기는 말라가시어로 '발끝으로 걷다'라는 뜻이라니, 이름부터가 그곳이 얼마나 뾰족한 암석과 절벽으로 되어 있는지를 가늠하게 해준다. 오래전에 바다였던 곳이 솟아올랐다는 이곳은 무려 800만 년에 걸쳐 만들어졌다고 한다. 독특한 카르스트 지형과 잘 보존된 열대림, 희귀한 야생동물로 인해 1990년 유네스코 세계자연유산으로 지정된 곳이기도 하다. 등반 시간은 겨우 4시간 정도였지만 자칫 실수해서 미끄러지기라도 하면 대참사가 예상되는 코스인지라 등줄기에선 식은땀이 주르륵 흘러내렸다. 차에서 내리자마자 칭기 트레킹 가이드가 등산용 자일을 준다. 바위를 오르내리는 내내 밧줄을 걸고 이동해야 하며, 긴장을 놓으면 큰일 난다고 주의를 준다. 생전 처음 해보는 자일이 신기하기도 했지만, 자일을 매고 나니 암벽 전문가라도 된 듯한 터프한 기분이 들었다. 동굴 탐사를 위한 헤드랜턴과, 뾰족한 바위를 계속 잡기 위한 등산 장갑이 필수다.

현지인들에게는 조상의 혼령이 거주한다는 신령한 바늘바위산!

마다가스카르의 칭기 국립공원은 베트남의 하롱베이, 중국의 석림과 함께 빗물과 바닷물, 지표에 흐르는 물이 만든 세계 3대 신기한 지형으로 꼽히는 곳으로 유네스코 세계자연유산에 선정되기도 했다. 억겁의 세월 속에 비와 바람이 조각한 아름다움을 다른 어느 곳보다 스릴 넘치게 경험할 수 있는 곳이다.

이곳은 텔레비전 프로그램 〈정글의 법칙〉에도 나온 적이 있다. 자일을 두르고 산을 향해 걸어가는 동안 그때 출연했던 연예인들이 공포스러워하던 표정이 떠올랐다. 이런 유의 방송을 볼 때마다 좀 지나치게 과장한다고 여겼었는데, 다른 데는 몰라도 이곳 칭기만은 그들의 표정이 절대로 과장이 아니었음을 알게 해주었다. 이곳엔 여우원숭이와 11종의 박쥐, 조류, 파충류와 양서류 등 다양한 동식물이 서식한다고 알려져 있지만, 트레킹 내내 본 것은 점심 도시락 먹을 때 다가왔던 몽구스와 식물 몇 가지가 전부였다. 어쨌든 다행스럽게도 다치는 이 하나 없이 트레킹을 끝낼 수 있었다. 자일을 풀자 비로소 긴장도 풀렸다. 정말 두 번 다시 없을 멋진 경험을 했다는 생각이 들었지만, 내가 아는 누군가가 이곳에 가겠다고 하면 왠지 말리고 싶은 생각도 들었다. 정말이지 자칫하면 대형 참사가 나는 곳이기 때문이다.

난 이 여행을 한 여행사의 여행 개척단으로 갔었는데, 숙소로 돌아와 이 프로그램을 평가할 때 사람들의 반응이 나 달랐다. 이 드레킹을 반드시 프로그램에 넣어야 한다는 쪽과, 너무 위험하니 빼야 한다는 쪽으로 극명하게 나눠졌다. 프로그램을 짜야 하는 여행사 대표는 쉽게 결정하지 못하겠다는 듯이 난감한 표정만 짓고 있었다.

칭기 국립공원의 아찔한 모습

면도칼 날처럼 날카로운
기암괴석들

여행을 간 김에
그곳 사람들을 돕는다는 것

트레킹을 마치고 숙소로 오는 길에 인근에 있는 작은 마을에 들러 마을 구경을 하고, 미리 준비해 온 학용품들을 나눠주기로 했다. 여행사 측에서 박스 몇 개를 준비했고, 일행 중에서도 회사 이니셜이 박힌 천 가방이나 티셔츠, 풍선과 펜, 공책 등을 준비해 와서 함께 나누어주었다. 자리를 잡고 짐을 풀자마자 순식간에 사람들이 몰려들었고, 소문을 들었는지 저 멀리서 아이를 업은 엄마들도 한걸음에 달려와 학용품을 받아 갔다. 그들의 표정에 미소와 행복이 넘쳐난다. 정말 아름다운 순간이다.

오지 여행을 할 때마다 여행과 사회사업은 참 긴밀한 관련이 있다는 생각을 하곤 한다. 그들에게 필요한 물품을 전달하려면 길고 긴 비행을 해야 하고, 내려서도 한참을 찾아 들어가야 한다. 많은 구호 단체들이 그들을 돕기 위해 긴 여행을 하는데, 이왕 여행 온 김에 그들을 돕는다면 순서는 좀 다르지만 얼마나 효율적인 일일까 하는 생각 말이다. 그래서 오지 여행자들은 누가 시키지 않아도 자신의 옷가지 하나를 빼는 대신 그들에게 줄 옷을 챙겨 넣게 되는 것 같다. 자신의 화장품을 빼는 대신 그 자리에 아이들을 위한 펜과 노트를 집어넣게 되는 것이다. 이건 무슨 큰 사명이 필요한 일이라기보다는 그저 자연스러운 행위일 뿐이다. 먼지 풀풀 뒤집어쓰는 그곳에서 멋지고 비싼 옷이 무슨 소용이며, 비싼 화장품이 무슨 소용이겠는가. 대신 그곳 사람들의 행복한 미소를 보는 것이야말로 진정 내 영혼을 정화시켜주고 피부를 맑게 해주는 이너 뷰티inner beauty 비법일 테니 말이다.

가난하면 어때? 이토록 행복한
웃음을 가졌는데~

이곳 아이들은 수십 년 전 우리가 그랬듯, 커다란 마을에 사는 아이들을 제외하고는 학교 한 번 가기도 힘든 환경에서 살고 있다. 일단 학교가 많지 않아 학교에 가려면 작열하는 땡볕 아래 먼 길을 걸어가야 한다. 학교에 도착하면 배가 고프고 힘이 들어 쓰러져 자기가 일쑤라고 한다. 공부를 하려고 해도 연필과 공책이 없다.

그러니 이곳에선 정말이지 주는 기쁨과 행복을 마음껏 누릴 수 있다. 난 살면서 누군가에게 어떤 선물을 줬을 때 멀뚱멀뚱 좋아하지도 않는 표정에 실망한 적이 몇 번 있었다. 내 나름대로 성의를 다해 고르고 골라서 가져간 선물임에도 받는 사람은 심드렁한 표정 말이다. 그런 걸 많이 받아봤거나 별로 귀하지 않아서였을 것이다. 좀 잘나간다는 선배는 심지어 내가 준 선물을 깜박 잊고 놓고 가기도 했다. 거기에 비하면 작은 볼펜 한 자루에도 뛸 듯이 기뻐하는 이들을 보는 일은 얼마나 즐거운가. 경험해보기 전엔 그 행복을 다 알지 못할 것이다.

이래서 나눔을 행복이라고 하는가 보다. 그들에게, 그리고 무엇보다 내 자신에게 말이다.

평화롭고 밝은 표정의
말라가시 사람들

마다가스카르는 옛 이름인 말라가시라고도 부르는데, 말라가시 사람들은 참으로 평화롭고 밝다. 마을 사이사이를 자유롭게 걸어 다니며 그들과 미소를 나눠본다. 아이들과 장난도 치고 눈빛으로 인사를 나누기도 한다. 아프리카의 여러 나라 중에 밤낮 구분 없이 거리를 편안한 마음으로 걸어 다니며 주민들과 서슴없이 얘기를 나눌 수 있는 나라는 사실 그리 많지 않다. 거리에서 파는 오렌지를 몇 개 사서 까먹으며 찬찬히 마을 구경을 한다. 이곳 시장에서 가장 많이 눈에 들어오는 것은 놀랍게도 '흰쌀'이다. "앗, 아프리카에 흰쌀?" 잠시 잊고 있었지만 여긴 하루 세끼 흰쌀이 주식인 나라였다. 고구마, 감자, 야채도 눈에 띈다. 근처 강에서 잡아 온 생선도 보인다. 노천카페 겸 바에는 중년의 아저씨가 폼 나게 커피 한잔하며 휴식을 취하고 있다. 바닥에 천 한 장 달랑 깔아놓고 직접 따 온 야채 몇 개를 꺼내둔 채, 손님을 기다리는 건지 소풍을 나온 건지 구분이 안 되는 모녀도 있다. 엄마는 딸의 머리에서 이를 잡아주기도 하고 머리를 땋아주기도 한다. 참으로 정겨운 모습이다. 개구쟁이들이 몰려와 자신의 얼굴을 가리키며 사진을 찍어달라 조른다. 여행자에겐 고맙고도 빈가운 일이 아닐 수 없다. 정신없이 셔터를 눌러본다. 그런데 이것도 너무 많으면 좀 피곤해진다. 아이들은 새로운 놀잇감이라도 생긴 양 자꾸만 친구들을 데려와 사진을 찍어달라고 조른다.

어디선가 음악이 요란스레 울리고 사람들이 잔뜩 모여 있어 아이들과 함께 가보았다. 가운데 회전목마 같은 놀이 기구가 돌아가고, 입구엔 줄이 길게 서 있다. 회전목마를 타려는 줄이다. 프랑스로부터의 독립을 기념하는 주간이라 어딜 가든 축제 분위기다. 흥이 많은 사람들은 음악에 맞춰 자연스레 몸을 흔든다.

"꺄르르 꺄르르~ 꺄르르 꺄르르~"

이들의 표정 어디서도 삶의 고된 흔적을 발견하기가 어렵다는 게 아이러니하게 느껴졌다. 축제 기간에 맞춰 여행을 할 수도 있겠지만 그건 시간이 아무리 자유로운 사람이라 해도 쉽지 않은 일이다. 그러니 우연히 그곳에 갔을 때 마침 축제 기간이라 현지인들의 흥겨운 분위기를 함께 누릴 수 있다는 건 여행자에겐 참으로 큰 행운이다.

숙소로 돌아와 저녁을 먹기 위해 식당에 갔다. 메뉴엔 스파게티 같은 국제 통용 음식도 있었지만, 이런 곳에서라면 뻔한 스파게티 같은 음식보다는 위험부담이 다소 있더라도 가급적 그 나라 음식을 먹어보려 한다. 물도 한 병 시킨다. 물값이 비싸서 작은 병 하나에 4,000아리아리(2,000원)나 한다. 이곳 물가를 생각해봤을 때 정말 비싼 가격이다.

식사를 주문하고 레스토랑 안을 둘러보는데 어제부터 레스토랑에 갈 때마다 보이던 바오바브 과일주 병이 눈에 들어왔다. 호기심에 매니저에게 과일주의 맛에 대해 물어봤다. 친절한 매니저는 한 숟가락을 떠주면서, 일단 맛을 보고 맘에 들면 주문하라고 한다. 한 모금 맛을 보니 우리나라 과일주처럼 독하긴 한데 사탕수수를 너무 많이 넣어서 지나치게 달다. 단맛 때문에 무슨 맛인지도 모르겠다. 맛본 걸로 만족하고 이번엔 말라가시 화이트 와인을 시켜본다. 이번엔 또 드라이한데 싱거운 맛이다. 한 병에 3만 아리아리(15,000원)이니 뭐 크게 억울한 마음은 들지 않았다. 내가 시킨 현지 가정식 백반은 소고기 시금치국과 흰쌀밥이었는데, 우리네와 비슷한 맛이라 또 한 번 놀랐다. 아프리카 섬나라에서 한국과 비슷한 소고기국 백반을 먹는 일이 신기하게만 느껴지는 그런 밤이었다.

마을 장터의 정겨운 풍경들

쌀을 주식으로 하는
마다가스카르

동네 카페에서 커피를 마시는
멋쟁이 신사

선한 미소 가득한
말라가시 사람들

다음 날 아침에 칭기 국립공원이 있는 숙소를 출발해서 강을 다시 건넌 다음, 오후 3시쯤 어촌 마을 벨로에 도착했다. 한 번 지나갔던 곳이라 특별히 할 일도 없고 몸도 조금 피곤하고, 이럴 땐 숙소에서 빈둥거리는 게 제격이다. 마을로 들어오는 길은 온통 마다가스카르 국기가 나부끼고 있었다. 마다가스카르의 국기는 빨간색, 녹색, 흰색의 세 가지 색으로 되어 있는데, 붉은색은 프랑스와의 피의 싸움을, 녹색은 희망을, 흰색은 순수를 상징한다.

6월 26일은 마다가스카르가 프랑스로부터 독립한 날이다. 이날뿐만 아니라 그 주간은 안타나나리보는 말할 것도 없고 시골까지 축제의 열기로 가득하다. 제대로 먹을 것도 입을 것도 없지만, 야광 리본과 야광 장난감으로 치장한 아이들과 손에 등불을 든 부모들이 폭죽을 터뜨리며 일제히 대로를 행진한다. 선생님들은 아이들이 행여 관광객들에게 '봉봉(초콜릿이나 사탕 등 단 것)'을 구걸하지 못하게 단속을 나오셨다. 밤늦도록 거리엔 흥겨운 음악이 흘러넘치고 아프리카 특유의 음악은 이방인의 엉덩이마저 씰룩이게 만들었다.

마다가스카르는 오지 중의 오지로 교통이나 거리 면에서 여행 조건이 결코 좋은 편이 아니지만, 이곳 사람들의 환한 웃음만큼은 누구나 이곳을 사랑하지 않고는 못 배기게 만드는 것 같다. 어딜 가나 "살람마(안녕)"라고 손 흔들며 인사하는 사람들. 160년이 넘는 오랜 프랑스 식민지 생활과 끝도 없이 지속되는 가난도 이들에게서 선한 미소를 앗아가진 못했다. 그들의 행복한 기운을 나눠 가질 수 있었음에 감사한다.

키린디 국립공원을 지나
다시 바오바브나무의 고향으로

아침을 먹은 후 치리비히나 강을 건너고 먼지 풀풀 나는 비포장도로를 달려 키린디^{Kirindy} 국립공원으로 향했다. 마다가스카르에서의 창밖 풍경은 오직 사바나, 사바나 혹은 논, 논이다. 사바나 초원 사이를 끝도 없이 달리고 또 달린다. 차 한 대만 지나가면 온통 먼지가 일어나는 건조한 황톳길을 에어컨도 없는 지프차를 타고 자연 바람에만 의존해서 달린다. 다행히 건조한 날씨 덕에 창문만 열어놓으면 더위는 참을 만했다.

가끔씩 맞은편에서 걸어오는 현지인들의 삶의 모습들만이 특별한 반가움이다. 얼굴에 장식을 한 현지인이 손을 흔들며 지나간다. 이곳에서 운반책으로 정말 유용한 역할을 하는 씨부 마차도 자주 볼 수 있다. 씨부는 눌소의 일종으로 뿔이 있는 것이 특징이다. 마다가스카르에서 씨부는 우리네 농사에서 소가 큰 역할을 했던 것처럼, 농사와 이동에 없어서는 안 될, 참으로 소중한 존재다. 죽어서는 맛있는 식재료가 되기까지 하니 정말 인간을 위해 살다가 가는 한평생이다.

지나가는 씨부 마차를 보고 운전기사가 서툰 영어로 농을 건네온다.

"저기, 저기 봐, 8륜구동 차가 지나가. 내가 모는 4륜구동 지프차보다 훨씬 힘이 세지? 저 많은 사람과 물건을 실어 나르니 말이야."

두 마리의 소가 이끄는 마차니 8륜구동이란 말이 딱 맞다.

차 안에 있는 우리는 호기심으로 밖의 사람들을, 밖의 현지인들은 수줍지만 호기심 가득한 눈으로 차 안을 들여다본다. 걷다가 지친 사람들은 여린

현지인의 교통수단, 씨부 마차

손짓을 보내지도 못한 채 그저 한쪽으로 물러선다. 미안한 마음이 든다. 물통을 이고, 뭔가를 들고 어딘가를 다녀오거나 가고 있는 사람들. 그들은 원래 그렇게 살아왔을 것이다. 그들의 삶이 얼마나 고달플지 여행자는 가늠이 되지 않는다. 어쩌면 그들은 늘 그렇게 살아왔으니, 얼마나 더울까 고될까 안타까워하는 건 여행자들의 우려일 뿐인지도 모르겠다.

키린디 국립공원에 도착하니 입구부터 나무 위에서 흰색 여우원숭이가 인사를 한다. 그런데 너무 조그만 것이 너무 높은 곳에 있으니 제대로 보이지도 않는다. 가이드를 만나 두어 시간 동안 국립공원 내를 돌아보았다. 아프리카지만 아프리카라 하기에는 몹시 이색적인 나라 마다가스카르엔 코끼리니 사자니 하는 사파리 동물은 없다. 대신 세상 어디에도 없는 희귀한 이름의 동물들이 산다. 관여우원숭이, 방사상거북, 목도리여우원숭이, 아이아이원숭이, 왕카멜레온, 초록굴개구리, 코쿠렐시파카, 토마토개구리, 호랑이꼬리여우원숭이 등등. 잔뜩 기대를 안은 채 현지 가이드의 뒤를 따라 걷는다.

그런데 키린디에서 본 것은 커다란 바오바브나무 두 그루와 카멜레온 한 마리, 부엉이인지 올빼미인지 모를 것 한 마리가 전부였다. 온갖 잡풀을 헤치며 본 것치고는 솔직히 실망스러웠다. 언젠가 텔레비전에선 여우원숭이 떼가 사람들 주변을 와글와글 다니며 어깨에도 앉고 장난을 치던 것을 보았던 터라 국립공원 가이드에게 물어봤다. 그랬더니 그런 건 안타나나리보에 있는 동물원에서나 볼 수 있는 광경이라고 한다. 자연 그대로의 이곳에서는 아무리 운이 좋다 해도 한두 마리 볼 수 있을 뿐이라는 것이다. 유럽인들은 안타나나리보에 있는 동물원보다 자연 그대로의 생태계를 간직한 이곳을 더 좋아해서 많이들 찾아온다고 했지만, 난 솔직히 더 많은 동물을 보지 못한 것이 아쉽기만 했다.

키린디 국립공원을 나와 간단히 점심을 먹은 후 모론다바로 돌아오는 길에 다시 한 번 바오바브 애비뉴로 향했다. 원도 한도 없이 바오바브나무를 보기 위해서…….

애비뉴로 오는 길엔 독특한 바오바브나무도 두어 개 둘러보기로 했는데 '러브 바오바브나무love baobab'와 '성스러운 바오바브나무holy baobab'가 그것이다. 러브 바오바브나무는 다른 나무와 달리 두 그루의 줄기가 엉켜 있기 때문에 붙여진 이름이다. 그 특이한 모양 때문에 신혼여행객들이나 연인들이 많이 찾아온다고 한다. 성스러운 바오바브나무도 있다. 우리네 성황당처럼 마을 입구에 떡하니 자리 잡고 있는 이 나무 주변엔 울타리가 쳐져 있고 마을 주민이 보호하고 있었다. 실제로 주민들은 이 나무를 몹시 영험한 것으로 여겨 아침저녁으로 이곳에 가서 소원을 빈다고 한다.

그렇게 러브 바오바브나무와 성스러운 바오바브나무를 거쳐 이윽고 다시 돌아온 바오바브 애비뉴. 역시 마다가스카르는 바오바브나무 하나만 실컷 봐도 그만인 곳이었다.

짧은 여행에서 어떤 곳을 두 번 간다는 건 행운이다. 모든 두 번째는 첫번째가 줄 수 없는 여유로움을 준다. 이미 웬만큼 사진도 찍었겠다, 더 찍을 욕심을 부리지 않고, 노을 속의 바오바브 애비뉴를 하염없이 걸어볼 수 있는 것이다. 거리 끝자락 호숫가에 마련되어 있는 카페 겸 바에서 시원한 맥주 한 잔을 마시며 바오바브나무를 감상해본다. 이 순간을 위해 먼 길을 날아온 것이 하나도 후회스럽지 않다. 여행의 행복은 이런 방식으로 경험되곤 했다. 이 마법 같은 순간을 위해 고생스러운 시간들도 기꺼이 감수하게 되는 것이다.

신혼부부들에게 인기 있는
러브 바오바브나무

그런데 그렇게 도취되어 있는 내 곁을 소리 없이 따라다니는 소녀가 있었다. 양 갈래로 묶은 머리에 눈매가 깊은 그 소녀는 오랜 시간을 안고 있기엔 무거워 보이는 동생을 안은 채 엷은 미소만 띄우며 조용히 내 곁을 따라다녔다. 다른 아이들처럼 봉봉이나 펜, 옷을 달라고 조르지도 않았다. 그래서 난 그냥 외국인에 대한 호기심이구나 생각되어 그 아이와 눈이 마주칠 때마다 미소만 지어주곤 했다. 그런데 카페에서 맥주 한잔으로 목을 축이는 내게 그 아이가 다가와서는 입구에서 모기만 한 목소리로 "모네, 모네"라고 했다.

　난 무슨 말인지 모르지만 뭔가를 달라는 것 같다고 여겨, 가방을 뒤져 하나 남은 펜을 꺼내어 줬다. 그러나 그 아이는 펜은 받지 않고 다시 "모네, 모네"라고 했다. 어리둥절해 있는 내게 옆에 있던 이탈리아 친구가 '모네'는 '머니'이니, 돈을 달라는 거라며 고개를 가로젓는다. 잠시 고민하던 난 왠지 돈을 주는 건 아닌 것 같아 그냥 외면하기로 했다. 잘못된 호의는 그들의 자립을 해칠 수 있다는 글을 본 것이 생각났기 때문이다. 그런데 한국에 오고서도 이 아이가 머리 한구석에 계속 남아 나를 한동안 괴롭혔다. 돈이 얼마나 필요했으면 그랬을까……. 그깟 돈, 자립이고 뭐고 줄 걸 그랬나 하는 생각.

바오바브 열매를 파는 여인

세상엔 지금까지 본 것들을
부질없게 하는 그런 풍경이 있다

Madagascar

돌아온 후에도 내내
마음 쓰이게 한 소녀

모론다바 비치 최고의 바닷가재 만찬

모론다바 비치에서의
잊을 수 없는 바닷가재 만찬

마다가스카르를 떠나기 전 마지막 날 만찬은 모론다바 비치에 있는 블루 소레일 식당에서 하기로 했다. 메뉴는 바닷가재. 오랜만에 호화로운 식사를 하게 된 우린 너무나 배가 고파 속으로 '모라모라(슬로슬로)'를 암송하며 참고 또 참았다. 그런데 아무리 기다려도 나오지 않는다. 급기야 부엌으로 쫓아가 바닷가재 잡으러 갔느냐고 소리치고 말았다. 주인은 숯불 위에서 익어가는 바닷가재를 보여주며, 불이 몇 개 안 되어 오래 걸린다며 미안해했다. 일단 요기나 하면서 조금만 기다려달라며 사모사를 내왔다. 사모사는 이곳 사람들이 주로 먹는 간식으로 튀긴만두 같은 것이다. 길거리 포장마차에서 흔히 볼 수 있다. 눈 깜짝할 사이 사모사를 해치우고 또 목을 빼고 기다리다가 차라리 밤바다를 산책하기로 했다. 옆에 있는 레게 바에선 말라가시 가수가 자기 나라 말로 부르는 레게 음악이 울려 퍼지고 있었고, 하늘엔 은하수가 쏟아지고 있었다. 레게 바에 가서 밥 말리 사진 앞에서 주인과 인사도 나누고 별짓 다 하다가 돌아와 봐도 여전히 음식이 나오지 않았다. 그리고 드디어 두두둥~ 마침내 나온 바닷가재의 맛이란…….

"차라 빅!(말라가시어로 very good이라는 뜻이다.)" 태어나서 그렇게 맛있는 바닷가재는 처음 먹어봤다. 가격은 2만 아리아리(우리 돈으로 만 원)이니 한 마리 더 먹고 싶었지만 이미 그날분은 다 팔리고 없었다. 여행자가 많지 않은 그곳에선 몇 마리 가져다 놓지 않기 때문이다.

어린 왕자와 공주가
살고 있는 마다가스카르

그렇게 마다가스카르에서의 마지막 밤이 깊어가고 있었다.

바오바브나무도 좋았고, 칭기 국립공원도 좋았지만 언제나 마음에 남는 건 사람이었다. 언제 어디서나 눈만 마주치면 수줍게 "살람마"라고 인사하는 사람들. 마다가스카르엔 정말 너무나 예쁜 어린 왕자와 공주가 살고 있었다. 이들 덕분에 지구별이 조금은 더 빛나리라고 굳게 믿게 되는 얼굴과 표정들이다.

저 유명한 마르쿠스 아우렐리우스는 "내 영혼아. 죄를 범하라. 스스로에게 죄를 범하고 폭력을 가하라. 그러나 네가 그렇게 행동한다면 나중에 너 자신을 존중하고 존경할 시간은 없을 것이다. 누구에게나 인생은 한 번, 단 한 번뿐이므로. 네 인생은 이제 거의 끝나가는데 너는 살면서 스스로를 돌아보지 않았고, 행복할 때도 마치 다른 사람의 영혼인 듯 취급했다"라고 했다.

그가 한 말이 가슴에 와 박히며, 더 늦기 전에 마다가스카르에 오길 정말 잘했다는 생각이 들었다.

"자기 영혼의 떨림을 따르지 않는 사람은 불행할 수밖에 없다."

_마르쿠스 아우렐리우스, 『명상록』 중에서

Madagascar

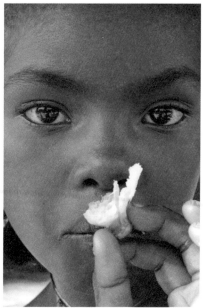

마다가스카르에 살고 있는 어린 왕자와 공주

{ Travel Tip }

✔ 찾아가기

한국에서 마다가스카르의 수도 안타나나리보까지는 직항 노선이 없어서 방콕이나 남아공을 경유해야 하며, 방콕에서 에어마다가스카르(화요일과 토요일만 운항)를 이용하는 것이 가장 효율적이다. 인천–방콕은 타이항공(5시간 소요), 방콕–마다가스카르는 에어마다가스카르(9시간 소요).

✔ 기본 여행 정보

세계에서 4번째로 큰 섬나라인 마다가스카르는 대륙과 단절되어 개발이 덜 되고 자연이 잘 보존되어 있다. 한반도의 2.6배 크기이고, 인구는 2,200만, 수도는 안타나나리보다. 비자는 마다가스카르 공항에서 발급하는데, 30일 이내 관광 비자는 무료이며, 최대 3개월까지 연장할 수 있다. 건조하고 서늘한 날씨가 특징이며, 6월이 가장 비가 적다. 12~3월은 우기이므로 길이 일부 소실될 수 있다. 치안은 비교적 좋은 편이지만 비상 상황에 대비할 필요가 있다.

오랫동안 프랑스 식민지였던 관계로 현재까지도 프랑스어가 널리 통용되며, 마다가스카르어(말라가시어)가 공용어다. 화폐 단위는 아리아리(Ariary)로, 100아리아리=36원이다. 커피와 사탕수수, 쌀이 주 농작물이다.

추천 여행 루트: 수도 안타나나리보에서 시내와 재래시장, 유적지를 본 후, 국내선으로 모론다바로 이동해서 바오바브나무 군락지, 칭기 국립공원을 보는 것이 핵심 코스다.

오프로드에 가까운 비포장도로를 장시간 달려야 하니 앉아 있기 편한 차림을 하는 것이 좋으며, 오지마을을 지나는 경우가 많으므로 연필이나 공책, 천으로 된 가방, 의류, 풍선, 사탕 등을 준비해 가면 현지인들을 위한 소중한 나눔이 될 수 있다.

✔ 추천 액티비티

– 칭기 국립공원 트레킹하기
– 안타나나리보 재래시장에서 바게트와 현지 커피 맛보기
– 바오바브 애브뉴에서 현지 아이들과 풍선 불며 놀기

✔ 추천 숙소

– 안타나나리보: 타나 호텔(Tana Hotel: 4 rue Rabehevitra Immeuble Fumarolli, Antananarivo, Analamanga 0101, tanahotel@moov.mg)
– 모론다바: 키모니 리조트(Kimony Resort: Rue de la Plage–BP 393 619, Morondava, Tel. +261–34–07–890–05, www. kimonyresort–morondava.com)

7

와인이 주는
위안에
취해보라

풍요로운 삶이 있는 곳,
조지아

Georgia

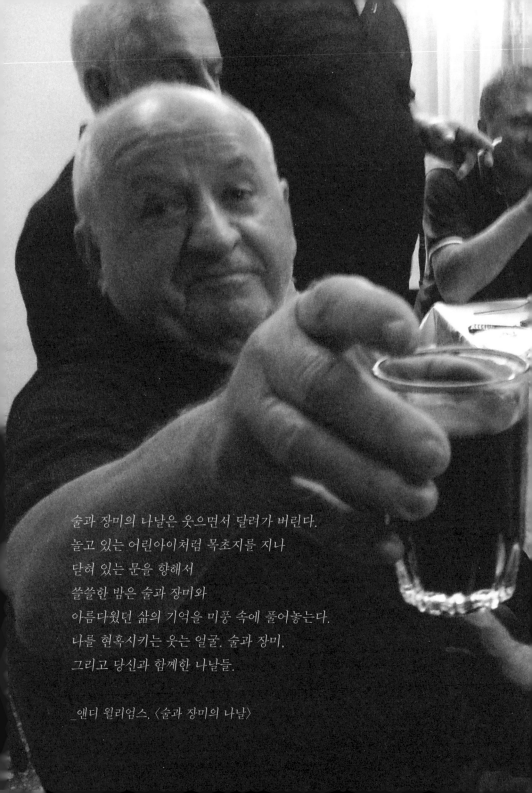

술과 장미의 나날은 웃으면서 달려가 버린다.
놀고 있는 어린아이처럼 목초지를 지나
닫혀 있는 문을 향해서
쓸쓸한 밤은 술과 장미와
아름다웠던 삶의 기억을 미풍 속에 풀어놓는다.
나를 현혹시키는 웃는 얼굴, 술과 장미,
그리고 당신과 함께한 나날들.

_앤디 윌리엄스, 〈술과 장미의 나날〉

와인 문화의 탄생지,
조지아

　우리는 흔히 와인 하면 프랑스나 이탈리아, 칠레나 아르헨티나를 떠올리지만, 조지아야말로 진정한 '와인 문화의 탄생지'라 할 수 있다. 이곳에서 포도씨가 발견된 건 기원전 6000년경까지 거슬러 올라가며, 수많은 시인과 작가, 여행가 들의 작품 속엔 오래전부터 조지아가 와인의 원산지라고 나와 있다.

　와인의 발상지답게 제조 방법 또한 우리가 아는 것과는 전혀 다르다. 유네스코 세계문화유산에 등재되기도 한 조지아 와인은 '크베브리^{Qvevri} 와인 제조법'이라고 불리는 방법으로 만들어진다. 크베브리는 전통적으로 와인을 제조하고 숙성시키고 저장하기 위해 만든 계란형 토기 항아리를 말하며, 우리나라 김칫독처럼 생겼다. 조지아에서는 이 항아리를 와인 저장고 안의 땅에 묻고, 그해에 수확한 포도를 송이째 즙을 내어 항아리 안에 넣은 다음 5~6개월 정도 숙성시켜 와인을 만든다. 우리가 매년 김장을 담그듯 이 지역에서는 와인 제조가 전통이자 삶 자체다. 실제로 이곳을 여행하다 보면 집집마다 포도가 영글고, 수도원이든 일반 가정집이든 마당에 크고 작은 항아리들이 뒹구는 것을 볼 수 있다. 조지아 와인은 단맛이 덜하고 발효된 시큼한 맛이 강한 것이 특징이다. 주로 음식과 같이 먹기 때문인지 단맛보다는 드라이한 맛이 많다.

　"좋은 술이 없는 곳에 좋은 삶이란 없다"고 했던가. 조지아로의 여행은 그동안 세속적 경쟁 속에 빠져 있던 사람들에게 잠시 동안만이라도 모든 걸 내려놓고 술과 놀이가 주는 느긋함에 빠져보라고, 그래도 괜찮다고 말해주는 것 같다. 특히 와인 마니아에겐 천국과 다름없을 여행지, 그곳이 바로 조지아다.

수도원 앞뜰에서 익어가는
포도 열매

코카서스의 영혼,
조지아

'코카서스의 영혼'이라 불리는 조지아는 우리나라 3분의 2 정도 크기로 작지만, 세상에서 이곳만큼 여행자가 원하는 모든 것을 품은 나라가 또 있을까 싶은 생각이 드는 곳이다. 파리보다 아름다운 수도 트빌리시^{Tbilisi}를 비롯해서 해발 5,000미터가 넘는 만년설로 덮인 산악 지형 카즈베기, 흑해 연안의 휴양 도시 바투미에 이르기까지 한 나라 안에 이토록 아름다운 모든 것을 숨겨놓을 수 있다는 것이 놀랍기만 하다.

미국의 조지아와 혼동할 수 있어서 여행자들은 러시아어 명칭인 '그루지야'를 더 선호하는 경향이 있긴 하지만, 어쨌든 우리나라에서 부르는 공식 명칭은 '조지아'다. 북쪽으로는 러시아, 남쪽으로는 터키와 아제르바이잔, 남동쪽으로 아르메니아와 국경을 접하고 있으며, 러시아의 오랜 지배로 많은 수난을 겪었다.

조지아의 매력은 셀 수 없이 많지만, 정이 넘치는 사람들을 이곳의 첫 번째 매력으로 꼽을 수밖에 없을 듯하다. 그토록 험난하고 고된 역사 속에서도 이 나라 사람들의 타고난 친절함은 세계 최고인 듯했다. 그 반전 매력이 너무나 의아스러우면서도 존경스러웠다. 이들은 세상이 아무리 혹독하게 자신들을 괴롭힌다 해도 삶에 대한 느긋하고 풍요로운 마음만은 결코 빼앗을 수 없다는 것을 보여주는 증인들 같았다. 그것이 와인 때문인지 타고난 본성 때문인지는 나도 모르겠다. 특히 조지아에서 처음 들른 도시 텔라비^{Telavi}의 할아버지들이 보여준 푸근한 미소와 정은 그곳을 방문한 여행자의 가슴을 영원히 따

내가 지금껏 본 것 중
가장 아름답고 성스러웠던
조지아의 교회들

스하게 데워주고도 남을 것 같았다.

두 번째 매력은 와인과 맥주를 포함해 맛있고 다양한 전통 음식들이다. 힝깔리와 오르차니, 오스트리와 돼지 바비큐는 평소 고기와 맥주를 그리 즐기는 편이 아닌 나조차 매일 먹게 만들 정도였으니, 고기와 술을(50도의 증류주 차차도 있다) 좋아하는 이라면 정말 '술과 장미의 나날'을 보내기에 더없이 좋은 곳이다.

세 번째는 종교다. 조지아 국민의 83.9%가 믿는 조지아(그루지야) 정교는 세계에서 가장 오래된 그리스도교 교단 중 하나다. AD 330년경 니노라는 이름의 성녀가 전파한 이래 러시아 정교회와 교리상의 차이를 유지하며 강한 전통을 고수해오고 있는 것으로 유명하다. 소비에트 통치 시절 민족적 저항 세력의 구심점이 된 것도 바로 이 정교회였다고 한다. 세상의 많은 교회를 봤지만 이곳처럼 아름다운 수도원과 교회, 기도하는 모습이 아름답고 성스러운 곳을 보지 못했다.

자연이 주는 풍요로움과
조지아식 느긋함

보통 조지아를 여행할 때는 코카서스 3국이라 불리는 아제르바이잔, 아르메니아와 함께 3개국을 같이 여행하는 것이 일반적이며, 아제르바이잔의 세키에서 국경을 넘는 버스를 타고 손쉽게 텔라비에 닿을 수 있다. 조지아로 바로 들어갈 때는 수도 트빌리시를 거쳐 버스나 기차로 손쉽게 이동이 가능하다.

아제르바이잔 여행을 마치고 국경을 넘으니 비옥한 땅이 펼쳐지고 마음마저 덩달아 풍요로워진다. 쭉 뻗은 길을 달리던 중 갑자기 버스가 섰다. '차가 고장 난 거야?' 하고 일어나 보니 운전기사 아저씨가 차를 손보고 있다. 장거리 노선에 늘 같이 타는 조수 아저씨는 보이질 않는다. 주변을 둘러보니 조수 아저씨는 옆에 있는 나무에서 뭔가 열심히 열매를 따고 계신다. 산딸기였다. 짜증을 내던 사람들의 표정이 밝게 변하더니, 조수 아저씨가 차에 올라와 나눠주는 토실토실하고 달콤한 산딸기를 한입 먹어보고는 행복의 미소가 하나둘 번져가기 시작했다. 조금 더 있으니 차야 고장 났거나 말거나 너도나도 차에서 내려 산딸기를 따 먹기에 바빴다. 산딸기는 너무나 많이 열려 있어 경쟁할 필요도 없었다. 아, 이런 풍경……. 도시에만 살던 내겐 너무 낯선 풍경이었다. 배차 시간이 깐깐하게 정해져 있어, 차가 조금만 밀릴라치면 버스 기사는 신경이 있는 대로 곤두서서 난폭한 운전을 하기 일쑤였고, 그렇게 마구 내달리는 버스 안에서 행여 사고라도 날까 공포에 떠는 데 익숙한 나였다. 그런 내게 아무 데나 차를 세워놓고 차야 고장 났든 말든 세월아 네월아 산딸기를 따 먹고 놀다가 쉬어가다 하는 이런 광경은 생경스럽기 짝이 없는 것이었다.

차를 고쳐서 다시 출발했지만, 얼마 안 가서 차가 또 섰다. 뭐야, 또 고장난 거야? 의아한 표정의 사람들. 이번엔 기사 아저씨가, 길가에 늘어놓고 팔고 있는 수박과, 멜론의 일종인 하미과를 사서 칼로 스윽스윽 자르더니 차에 있는 손님들에게 내접하는 것이었다.

국경을 넘어 도시와 도시를 이동하는 버스가 단체 소풍을 온 듯 여유롭기 짝이 없다. 잠깐의 휴식이 너무나 달콤했기에 일행 중 한 명이 얼마의 돈을 꺼내어 사례를 하려고 했다. 기브 앤 테이크에 익숙한 우리로서는 당연히 치러야 할 예절이었다.

그런데 이 아저씨, 수박 자르다 말고 큰 칼을 손에 든 채 엄청나게 화를 내신다. 말은 안 통해도 자기가 사주는 건데 무슨 사례를 하느냐는 표정이시다. 사람들은 속으로 '에잇, 뭐 또 저런 제스처를……' 하는 것 같았지만, 난 그분이 정말 화를 내고 있다는 걸 알 수 있었다. 그분의 호의를 값싼 것으로 취급해버린 것 같아 마음이 안 좋았다.

이윽고 목적지인 텔라비에 도착하자 운전기사 아저씨는 아까 사례비를 준 사람에게, '그 과일들은 자신이 조지아에 온 것을 환영하는 뜻으로 산 것'이라며 끝끝내 돈을 돌려주셨다. 그 모습을 보면서 난 조지아라는 나라를 여행하는 동안 내가 아주아주 많이 행복하리란 것, 조지아라는 나라를 아주 많이 좋아하게 될 거라는 확신이 들었다. 국민소득 좀 낮으면 어떤가? 이토록 넉넉한 마음이 있는데…….

행복은 티가 난다.

불행도, 불행히도, 티가, 난다.

왕꿈틀이를 닮은
조지아 문자

세계에서 고유 문자를 가진 나라는 몇 개나 될까? 조지아 여행을 통해 처음 알게 된 사실이지만, 지구 상에 고유 문자를 가진 나라는 15개국에 불과하다고 한다. 물론 한글도 여기 포함되며, 그중에서도 가장 우수한 문자로 꼽히고 있다. 코카서스 3국이라 불리는 조지아와 아제르바이잔, 아르메니아는 지리적으로는 인접해 있지만 세 나라 모두 각자 독자적 언어를 가지고 있다는 사실이 놀라웠다.

국경을 넘으니 왕꿈틀이 젤리를 닮은 희한한 글자들이 보이기 시작한다. 태어나서 처음 보는 희한한 글자다. 조지아 어디에서도 영어 표기를 거의 볼 수 없었기에, 이런 낯선 글자들 사이에서 열흘을 무사히 보낼 수 있을까 걱정이 되기 시작했다. 조지아 여행을 간다는 내게 "언어는 어떻게 해결하느냐"고

누군가 물었었다. 혹시 러시아어를 잘하느냐고 묻는 사람도 있었다. 이곳에서
널리 통용되는 언어는 영어가 아니라 러시아어이기 때문이다. 전혀 아니다. 내
가 할 줄 아는 건 약간의 서바이벌 영어survival english와 보디랭귀지, 그리고 눈빛
과 미소가 전부다. 아무리 그렇다 해도 이렇게까지 영어가 안 통하게 생긴 나
라는 사실 걱정이 좀 된다. 그래도 큰 걱정은 안 되는 것이, 경험에 비춰 볼 때
어디나 변통할 방법은 있는 법이기 때문이다. 수도인 트빌리시 시내엔 아르바
이트로 통역 서비스를 해주는 곳들도 있고 영어도 가끔은 통했다.

카헤티아 와인 지방의
최대 도시, 텔라비

텔라비는 조지아의 주요 포도 재배지인 카헤티아 지방에서도 가장 큰 도시다. 비옥하고 넓은 땅에 인구는 고작 2만 8,000명 정도이니, 공기가 얼마나 쾌적할지는 짐작이 되고도 남을 것이다. 이 지역은 11세기와 17~18세기의 2번에 걸쳐 카헤티아 왕국의 성이 있었지만, 후에 카르토리와 통합되어 성은 트빌리시로 옮겨졌다고 한다. 텔라비는 첫인상부터 아주 많이 푸근하고 시골스럽다. 숙소에 짐을 풀고 창문을 여니 바로 눈앞에 길고 긴 코카서스 산맥이 들어온다. 이 산맥은 흑해와 카스피 해 사이에 있는 산맥으로 아시아와 유럽의 경계를 이루며, 그 아래의 대표적인 나라가 코카서스 3국인 조지아, 아제르바이잔, 아르메니아다.

우선 환전을 하고 시장기도 달래야겠기에 숙소 문을 나섰다. 마을의 중심은 다비스플레아 광장으로, 이 광장을 중심으로 시장, 버스터미널 등이 있다. 시내라고 해봤자 읍내 수준이지만, 글자를 전혀 알아볼 수 없는 탓에 환전소를 찾기가 쉽지 않았다. 어렵게 환전소를 찾아 조지아 돈으로 바꿨다. 화폐 단위는 라리.

돈도 생겼겠다, 점심 겸 저녁을 먹을 식당을 찾아보기로 했다. 빵집은 글자를 몰라도 빵이 밖에서도 잘 보여서 알아볼 수가 있는데, 식당은 도무지 찾을 수가 없다. 결국 사람들에게 물어물어 숙소 근처에 있는 식당에 들어갔다. 간판도 제대로 달려 있지 않아 일단 문을 빼꼼 열고 보니 제대로 찾은 것 같았다. 벽 쪽으로 테이블이 몇 개 보이고, 한쪽 벽면엔 스탈린 석고상이 놓여 있

텔라비의 식당에
있던 스탈린
석고상과 전통
음식 므츠바디,
증류주 차차

다. 이방인이 관심을 보이니 주인인 듯한 아저씨가 석고상을 가리키며, "차이나 마오쩌둥. 나찌스트"라고 스탈린을 설명하신다. 저렇게 손가락질하면서도 석고상을 가져다 놓은 걸 보면 스탈린에 대한 이 나라 사람들의 감정을 알 수 있을 것 같았다. 그것은 말하자면 애증이 뒤섞인 복잡한 것이다. 세계적으로 유명한 인물이 조지아 사람인 것에 대한 자랑과 동시에, 악명만 드날렸을 뿐 조국에 전혀 도움이 안 된 인물에 대한 증오 말이다.

어쨌든 금강산도 식후경이라고 주린 배를 움켜쥐고 메뉴판을 보니 도대체 뭘 시켜야 할지 감도 잡히지 않는다. 이럴 때 내가 잘 쓰는 방법은 주인장에게 맡기는 것이다. "이 집에서 가장 맛있는 걸로 주세요." 만약 이때 주인장이 '맛있는 음식'이 아니라 단지 비싸다는 이유만으로 고가의 음식만 추천한다면 그 식당은 그것으로 끝이다. 두 번 다시 갈 일이 없어지는 거다. 식당 주인은 자기네 나라에서 가장 대중적인 음식을 추천해주었다, 그래서 나온 음식은 양고기 스튜와 햄버그스테이크 비슷한 것, 매시트포테이토, 토마토와 양파, 오이를 섞은 샐러드였다.

양고기 스튜는 '오스트리'라 부르며, 조지아의 대표 음식 중 하나다. 비슷한 이름의 음식으로 '오자꾸리'가 있는데, 이것은 돼지 바비큐와 감자를 섞은 음식이다. 이 두 가지 음식은 증류주인 차차와 같이 먹으면 삼겹살에 소주를 먹는 것과 비슷한 맛을 낸다. 이 말은 곧 이곳에 삼겹살에 소주가 있으니 어딜 가도 음식 걱정이 없다는 뜻이기도 하다. 이 나라 사람들은 고기를 참 좋아해서 돼지고기, 소고기, 양고기, 닭고기 등이 풍부하고 저렴하여, 마음만 먹으면 매끼 고기를 먹을 수도 있다.

음식을 막 먹기 시작하려는데 주인아저씨가 주방에 가더니 커다란 페트

병을 들고 나오신다. 자신이 직접 만든 와인인데 맛이 끝내준다며 잔이 넘치게 따라주신다. 술을 주문한 적 없다고 아무리 말해도 막무가내로 따르신다. 그러고는 옆에 붙어 서서 얼른 마시라고 재촉까지 하신다. 한 모금 마시고 나니 빨리 잔을 비우고 또 한 잔 받으라고 또 재촉하신다. 그렇게 우린 첫날부터 낮술을 펑펑 마시고 있었다. 와인의 본고장 텔라비에 오면 당신은 음식만 시켜도 될지도 모른다. 굳이 술을 주문하지 않아도 주인이 자기 집에서 직접 담근 와인을 페트병째 들고 나와서는 마구 부어주며 자랑하기에 여념이 없을 테니까. 그때 당신은 엄지손가락을 치켜들고 이 집 와인이 최고라는 표정만 지으면 된다. 그러면 그들은 최고로 행복한 미소를 돌려줄 것이다. 그렇게 훈훈한 식사를 마치고 나오는데, 아저씨가 저녁에 가게 문 닫은 후엔 본격적으로 와인을 마실 예정이니 꼭 놀러 오라고 몇 번이고 당부하신다. 점심을 먹고 나오는 길, 벌써 조지아라는 나라에 취하는 것 같았다.

이곳 텔라비에서 와인은 우리네 김치처럼 누구나 집에서 담그고, 자기 것이 가장 맛있다는 말을 듣고 싶어 하는 그런 것이다. 점심을 너무 배불리 먹은 까닭에 저녁은 안 먹어야지 하면서 물이나 사려고 숙소 레스토랑에 갔다. 혼자 와인을 마시고 있던 주인이 나를 보더니 자리를 권한다. 배는 불렀지만 주인장 앞에 놓인 '호박 색깔의 와인'에 대한 호기심 때문에 슬쩍 자리를 잡고 앉았다. 포도 가지로 만든 숯으로 구운 돼지 바비큐인 '므츠바디'와 함께 먹는 호박색 와인의 맛은 정말이지 독특했다. 태어나 처음 먹어보는, 뭐라 설명할 수 없는 독창적인 맛이었다. 와인이라기보다는 차라리 보드카에 가까울 만큼 드라이한 맛이다. 그런데 이 호박색 와인이 마시면 마실수록 중독성이 있다. 조지아에 있는 동안 실컷 먹겠지만 그 후로도 이 호박색 와

페트병째 와인을 부어주던 식당 주인아저씨와,
처음 맛본 독특한 맛의 호박색 와인

인을 많이 그리워하게 될 것 같은 생각이 들었다.

　이렇게 낮부터 밤까지 온갖 와인과 맛있는 음식에 취하다 보니 텔라비에선 마냥 느긋해지고 싶어졌다. 술과 장미의 나날이 될 것 같은 예감이 드는 것이다. 살짝 풀린 동공에 마냥 행복한 게으름뱅이가 되어 코카서스 산자락에 몸을 뉘어본다. 그리고 알게 되었다. 아~ 이래서 조지아를 여행자의 천국이라고 하는 건가 보다…….

TIP 와인에 대한 고급 정보

"심플한 와인은 복잡한 음식과, 복잡한 와인은 심플한 음식과!"
우린 흔히 화이트 와인은 생선 요리와 어울리고 레드 와인은 육류 요리와 어울린다고 배웠다.
앞으로 누가 그런 낡은 원칙을 고수한다면 티 안 나게 사알짝 비웃어줘도 좋다.
와인 문화의 탄생지 조지아엔 그런 규칙 따윈 없었다.
다만 "심플한 와인은 복잡한 음식과, 복잡한 와인은 심플한 음식과!"라는 말만 있었다.
(Simple wines with complex foods, complex wines with simple foods.)

유서 깊은 수도원 뜰마다
와인 항아리가 뒹굴고

둘째 날은 느긋하게 일어나 이 지역의 이름난 수도원과 교회, 와이너리를 순례했다. 텔라비엔 그레미 교회Gremi church, 알라베르디 대수도원Alaverdi cathedral, 이칼토 수도원Ikalto monastery 같은 오래되고 아름다운 건축물이 많다. 이 수도원들의 고색창연한 아름다움은 비현실적으로 느껴질 정도다. 뭐랄까, 그냥 명화 속을 거닐고 있는 것 같은 기분이 들게 해주는 그런 풍경이다.

옛 소비에트령이었던 이유로 러시아어를 사용하고, 러시아 정교를 믿을 줄 알았는데, 자신만의 고유 문자를 갖고 있을 뿐만 아니라 러시아보다 600년이나 먼저 기독교를 받아들인 나라로서 자신의 문화를 철저히 지켜가고 있다는 점이 놀라웠다. 그런 이유로 러시아의 통치를 받은 70년 동안에도 조지아(그루지야) 정교에 대한 자치권과 독립성을 부여받아 자신들만의 전통을 유지할 수 있었다고 하니, 정말 자존심 강한 민족이다. 끝도 없이 계속되는 전쟁의 상처를 다독일 무언가가 절실히 필요했던 조지아 사람들에게 종교는 스스로의 영혼을 구하기 위한 노력이었을 거란 생각이 들었다.

아침을 먹고 제일 먼저 간 곳은 이칼토 수도원이었는데, 아침 9시가 넘었지만 수도원의 문은 굳게 닫혀 있었다. 기다릴까 돌아갈까 망설이고 있는데, 공사장에서 일하시던 아저씨들이 조금만 기다리면 문 열어줄 사람이 올 거라고 한다. 조급증이 났지만 30분만 기다려보기로 했다. 조금 있으니 초등학생쯤으로 보이는 꼬마가 열쇠를 들고 걸어온다. 우리를 보고서도 급할 것 없다는 듯 느긋한 걸음걸이다.

유서 깊은 수도원 뜰마다 와인 항아리가 뒹굴고~

그랬다. 여행할 땐 늘 속도, 속도가 문제였다. 내가 살던 나라의 빠른 속도를 맞춰줄 나라는 세상에 없다는 것도 여행을 하면서 깨닫게 되었었다. 그러나 습성이란 게 그렇듯 우린 어딜 가든 속도에 대한 강박을 벗어던지지 못한 채 어딜 가든 빨리빨리를 외치고 있었던 것이다. 따지고 보면 하나도 바쁠 것 없는 여행지에서조차도 말이다. 그 꼬마의 걸음걸이를 보면서 다시 한 번 깨닫는다. 여행은 내 삶의 속도에 그 나라를 맞추는 것이 아니라 그 나라의 속도에 나를 맞추는 것임을……

텔라비에 있는 오래된 수도원들의 공통점은 교회 앞마당에 자체 포도밭을 가지고 있을 뿐 아니라 와인프레스와 저장고까지 갖추고 있다는 점이다. 가톨릭 종교 의식에서 포도주가 큰 역할을 한다는 건 알고 있었지만, 교회와 수도원 안에서 직접 와인을 만들고 저장하는 항아리들이 나뒹구는 모습은 정말 이곳에서만 볼 수 있는 근사한 풍경이었다.

두 번째로 간 알라베르디 수도원은 규모와 아름다움 면에서 압도적이었다. 복장 규정도 엄격해서 민소매나 반바지 차림으로는 입장할 수 없다. 긴바지를 입은 여자라 할지라도 입구에 마련된 긴치마를 둘러야 비로소 입장이 가능하다. 많은 나라를 여행했지만 이슬람 사원이 아닌 기독교 국가에서 복장 규제를 받은 것은 처음이었다. 그래선지 그만큼 엄격하고 성스럽게 다가왔다. 수백 년의 역사를 말해주는 청회색의 빛바랜 입구가 그 자체로 예술 작품처럼 아름다웠다. 인위적인 물감으로 어떤 수단과 방법을 동원한다 해도 결코 표현해낼 수 없는, 세월만이 빚어낼 수 있는 색이 있는 법이다.

이렇게 한나절을 보내고 나니 카페인이 필요했다. 커피가 그리워졌다. 코카서스 국가를 여행하면서 제일 힘들었던 점은, 수도 트빌리시를 제외하고는 커피를 파는 곳이 거의 없다는 점이었다. 그렇게 목말라 있을 때 세 번째로 그레미 교회로 가는 길에 카페 표지판을 보고 말았다. 모두가 언덕 위에 있는 교회로 발걸음을 옮길 때 난 무엇에 홀리기라도 한 듯이 카페 표지를 따라 갔다. 카페 안엔 핸섬한 젊은이가 에스프레소를 내리고 있었고, 난 오랜만의 카페인 보충에 감격하며 에스프레소를 세 잔이나 연거푸 마신 뒤에야 교회를 볼 수 있었다.

술은 남자의 몫,
기도는 여자의 몫?

그레미 교회로 올라가는 길에 너무나 귀여운 가족을 만났다. 이들은 방금 앞마당에서 딴 것으로 보이는 산딸기와 견과류를 작은 컵에 담아 팔고 있었다. 할아버지, 할머니, 엄마까지 이건 도무지 소풍을 나온 건지 물건을 팔러 나온 건지 구분이 안 될 정도의 평화로운 모습이었다. 이들이 차려놓은 엉성한 가게 앞에 있는 나뭇가지엔 소시지처럼 생긴 것이 대롱대롱 매달려 있었다. 이 신기한 게 뭔가 하고 살펴보고 있으려니 꼬마가 "추르셀라, 추르셀라"라고 한다. 아~ 이것이 바로 여행 책자에서 봤던 '추르셀라'라는 것이구나. 추르셀라는 우리나라의 강정 비슷한 것이다. 포도 주스에 밀가루를 넣고 달여서 끈적끈적하게 만든 후 호두 같은 견과류를 길게 배열하여 싸서 말린 것으로 조지아의 대표적인 영양 간식이다. 호기심에 사 먹어봤다. 그리 맛있다고는 말 못하겠지만, 버스를 오래 타고 가거나 식사 때를 놓치게 될 경우를 대비해서 하나쯤 사 갖고 다니면 출출함을 달래기에 안성맞춤일 것 같았다.

그레미 교회 건물로 들어서자 중앙의 돔 한편에서 은은한 빛이 새어 들어오고 그 빛이 사방에 걸린 벽의 성화를 비추는 모습은 성스럽다 못해 신비롭기까지 했다. 술은 남자의 몫이고 기도는 여자의 몫이기라도 한 걸까. 교회 안엔 남자는 드물고 아리따운 여성들이 기도에 열중해 있었다. 이곳의 기도 방식은 일반적인 기독교 의식과는 다르다. 각자 자기가 신봉하는 아이콘 앞에 촛불을 밝히고 성호를 그으며 서서 기도를 드리는 모습은 참으로 아름다웠다.

자신이 신봉하는 아이콘 앞에서
기도를 드리는 조지아 여인들

술과
장미의 나날

수도원 기행을 끝내고 점심을 먹기 위해 근처 식당에 들어갔다. 식당 안에 들어서니 커다란 테이블에 중년의 아저씨들이 모여 흥겹게 식사를 하고 계신다. 자세히 보니 주 메뉴는 와인이고, 식사라기보다는 안주를 곁들인 술판이다. 식당을 들어서는 내게 맘씨 좋게 생기신 아저씨가 다짜고짜로 유리잔에 든 와인을 내미신다. 그러고는 건배를 청하고 마시라고 재촉하신다. 당황한 기색을 감추며 한 잔을 마시고 잔을 내려놓으니 또 가득 부어주신다. 그러고는 또 마시라고 열심히 손을 아래위로 휘저으신다. 이것 참~ 수도원 순례 중간에 생각지 않은 와인 파티가 벌어지고 말았다. 그랬다. 또 낮술이다. 그렇게 이곳에서의 하루하루는 술과 장미의 나날이 되어가고 있었다.

조지아의 식탁엔 '수프라supra'라는 전통 풍습이 있다. 그 방식은 대체로 이렇다. 주인 격인 '타마다tamada'를 정하고, 그의 주도 아래 참석한 모든 사람이 돌아가며 덕담을 나누고, 한 사람이 덕담을 할 때마다 다 같이 술을 마시는 것이다. 서로에게 덕담하며 마시는 술이 어찌 달콤하지 않을 수 있을까. 정말 지혜로운 풍습이 아닐 수 없다.

와인 마니아라면 프랑스나 이탈리아도 좋지만 반드시 조지아 텔라비에 와보라고 권하고 싶다. 작은 시골집 마당에도 포도나무가 있고, 코카서스 산맥 아래 광활한 평원은 온통 포도밭으로 덮여 있다. 특히 9월에서 10월 사이 포도 수확 철에 오면 유명한 항아리 와인 제조 과정을 직접 볼 수도 있다니 이보다 더 좋을 순 없을 것이다. 내가 갔을 때는 포도 수확 철이 아니라서 와인을 만드는 과정은 보지 못했지만, 다른 어디서도 맛보기 힘든 홈메이드 와인들을 매일 맛볼 수 있었던 행복한 시간이었다. 풍요로운 사회는 세속적 성공 여부와 관계없이, 행복을 꿈꾸는 사람에게 좋은 삶에 도달할 수 있는 길을 제시하는 사회라고 했던가. 조지아 텔라비에 온다면 그 말이 무슨 말인지 알게 될 것이다. 한껏 행복해진 내 입에선 어느새 시 한 편이 지어져 나왔다.

"살랑이는 바람 속에 포도 알갱이가 익어가고,
아름다운 교회의 촛불 앞엔 앳된 소녀의 기도가 세상을 밝히네.
천사 같은 미소와 풍요의 노래가 있는 곳.
이웃 나라처럼 돈 냄새 나는 오일 따윈 필요치 않다네.
소박한 생을 찬미하기엔 이미 가진 것만으로도 차고 넘치나니
더한 영광, 더한 번영, 나에겐 필요치 않으니.
친구여, 어서 오게나.
친구여, 잔을 들게나.
이토록 고단한 지상의 삶도
우리의 만남으로 아름다워졌음을 축복하세.
가우마리조스(조지아 말로 '건배')"

친구여, 어서 오게나. 친구여, 잔을 들게나.
이토록 고단한 지상의 삶도 우리의 만남으로
아름다워졌음을 축복하세.

{ Travel Tip }

✔ 찾아가기

조지아를 여행할 때는 한국에서 아제르바이잔(바쿠)으로 들어가서 아제르바이잔을 여행한 후 조지아로 넘어가는 방법이 일반적인데, 조지아로 바로 들어가는 방법도 있다. 바로 들어갈 경우엔 러시아 국영 항공사인 아에로플로트(인천-모스크바-트빌리시)나 터키항공(인천-이스탄불-트빌리시)을 이용하며, 트빌리시에서 텔라비까지는 50킬로미터 거리여서 버스나 기차로 쉽게 이동할 수 있다.

✔ 기본 여행 정보

서쪽으로는 아열대 기후, 동쪽으로는 스텝 기후가 나타나며, 대코카서스 산맥과 소코카서스 산맥, 흑해를 접하고 있어 사계절 복장이 모두 필요하다. 화폐 단위는 라리(Lari)이고, 조지안 라리를 줄여서 GEL로 표시하며, 1라리=515원이다.

추천 여행 루트: 쉽게 가기 어려운 코카서스 산맥 아래의 나라 조지아를 여행하는 사람들은 아제르바이잔과 아르메니아도 함께 여행하는 것이 일

반적이다. 조지아에는 텔라비 외에도 특색 있고 아름다운 도시들이 너무나 많다. 파리보다 더 아름다운 야경을 가진 수도 트빌리시부터 코카서스 산맥의 웅장한 아름다움을 간직한 카즈베기(Kazbegi), 스탈린이 태어난 고리(Gori), 흑해 연안의 아름다운 휴양지 바투미(Batumi)에 이르기까지 보석같이 아름다운 다른 도시들도 꼭 가보기를 추천한다.

여행 루트는 아제르바이잔(세키)-조지아 텔라비-시그나기(Signagi)-카즈베기-트빌리시-고리-쿠타이시(Kutaisi)-바투미를 거쳐 다시 트빌리시로 돌아온 후, 이웃 나라 아르메니아(딜리잔)로 넘어가는 것이 일반적이다.

✔ 추천 액티비티

– 텔라비에 산재한 아름다운 교회와 수도원 방문하기
– 와이너리 탐방 및 와인 제조법 배우기

✔ 추천 숙소

HOTEL Rcheuli Marani(154 Chavchavadze Avenue, Telavi, info@rcheuli.ge. 텔라비뿐 아니라 시그나기, 바투미, 쿠타이시 등 여러 도시에 체인이 있으므로 편리하게 예약할 수 있다는 것이 장점이다.)

Georgia

8

디지털을 벗어나
아날로그와
만나라

아날로그 감성을 지닌
여행자의 파라다이스,
아제르바이잔

Azerbaijan

단순해지는 것은 머리에서 가슴으로 이동한다는 의미다.
가슴으로 살아라. 더 많이 느끼고, 덜 생각하고,
더 예민하고, 덜 논리적인 인간이 되어라.
가슴으로 살아갈 때, 그대의 삶은 그 자체로 기쁨이 될 것이다.

_오쇼 라즈니쉬

아날로그 여행자의 천국, 라힉

지친 마음이
숨어들기 좋은 곳

　인구의 대부분이 도시인으로 살고 있는 지금, 어떤 이는 처음부터 도시인이었던 것처럼 디지털화되어 잘 살아가지만, 어떤 이는 과거의 전통 마을에 대한 향수를 안고 살아간다. 도시 곳곳에서 발견되는 텃밭과 향수를 자극하는 물건들은 바로 이런 노스탤지어를 반영하는 것인지도 모른다. 건축가 승효상은 지금 우리가 살고 있는 도시를 "침묵을 잃어버린 도시"라고 부른다. 도시가 지속하기 위해 갖추어야 할 시설 중 하나는 "신성하고 경건한 침묵의 장소"인데, 지금 우리가 사는 곳은 그렇지 못하다는 것이다. 번잡함과 소란스러움이 어쩔 수 없는 도시의 일상이라 할지라도 그 사이사이에 영혼을 맑게 해줄 '고요함'이 없다면 도시는 살기에 너무나 피곤한 곳이 되어버린다. 그런 전쟁터 같은 곳에서 '성찰적 공간과 시간'이 없는 채로 오랜 시간을 산다는 건 그 자체로 '자학'인지도 모르겠다. 그래서 사람들은 시간만 나면 시골로, 자연으로 찾아가는 건지도 모른다.

　아제르바이잔의 두 도시 라힉Lahic과 세키Sheki는 바로 아날로그 감성을 가진 여행자에게 최고의 여행지다. 이곳엔 자연과 이웃을 배려하기 위해 만들어진 교회와 우물이 있고, 사람들을 이어주는 낮은 담과 길이 있다. 골목길을 걷다가 친구를 만나면 걸터앉아 얘기를 나눌 수 있는 의자들이 있고, 지구 반대편에서 온 이방인을 마치 시집갔다 수십 년 만에 고향에 온 딸을 대하듯 따스하게 안아주는 어르신들이 있는 곳이다. 한마디로 '우리의 지친 마음이 숨어들기 좋은 곳'. 그곳이 아제르바이잔이었다.

여행이 주는
모든 마력을 품은 곳

여행자의 감성과 시선이 머무는 곳은 역사학자나 비즈니스맨과는 다르다. 라힉을 가이드북에서는 '구리 세공업자들의 마을'이라고 소개하고 있지만, 구리 세공만 보려고 힘들게 거기까지 갈 필요는 없을 것 같다. 아제르바이잔 사람들에게 라힉은 여름 동안 더위를 피할 수 있는 최적의 피서지이며, 아직까지도 말이 교통수단으로서의 역할을 하는 곳이고, 구리로 세공한 말편자가 풍요로움의 상징으로 통하는 곳이다. 여행자들에겐 타임머신이라도 타고 온 듯 마을 전체가 아련한 향수를 불러일으키는 곳이며, 세상에 둘도 없이 순박하고 정감 넘치는 사람들을 만날 수 있는 곳이다.

여기 한 장의 사진이 있다. 이 사진을 보자마자 본능적으로 가보고 싶다는 생각이 든다면 아날로그 감성의 소유자라 할 수 있을 것이다. 그러나 그저 촌스럽다거나 고생스럽다는 생각이 든다면 디지털 감성의 소유자일 가능성이 높다. 내가 이름도 생소한 오지로의 여행을 떠날 때마다 가장 자주 듣는 말은 "거기 엄청 못살잖아", "그 고생스러운 델 왜 가?"였다. 글쎄……. 이런 여행지는 대체 어떤 매력이 있어서, 쾌적하고 안락한 선진국의 첨단 도시들을 몽땅 재미없는 곳으로 만들어버린 걸까?

아침 산책길에서 눈이 마주친 할머니는 처음 보는 이방인을 시집간 지 수십 년 만에 친정에 찾아온 딸이라도 대하듯 얼싸안더니 얼굴에 뽀뽀를 마구 해댔다. 왜 라힉인지 한마디로 대답하라고 한다면 난 바로 이 때문이라고 답해야 할 것 같다. 세상 어디서도 만나본 적 없었던 정겨운 미소 말이다. 오늘날

친정에 다니러 온 딸이라도 만난 듯 얼싸안고 뽀뽀를 해대던
할머니들—그 따스함이 아직도 가슴에 남아 있다

의 세계에서 천연기념물이 되어버린 이 아름다운 미소를 만나기 위해 산 넘고 물 건너 낯설고 낯선 곳으로 파고드는 것이라고.

아제르바이잔 사람들의
여름 휴양지, 라힉

라힉은 해발 2,000미터 산자락에 위치하고 있어, 온종일 기온이 선선하다 못해 아침저녁은 춥게 느껴질 정도다. 수도인 바쿠Baku 같은 곳에 있다가 이곳에 오면 여름 별장에라도 온 듯한 기분이 든다. 그래서인지 실제로 이곳에서 만난 많은 아제르바이잔 사람들은 수도인 바쿠에서 일하거나 공부하다가 여름휴가 기간 동안 와 있는 경우가 많았다. 마을을 돌아다니다 만난 바쿠 국립대학의 경제학 교수도 바쿠에 살면서 여름 몇 달간 이곳으로 와서 지내는 중이라고 했고, 아침 산책길에 만나 우연히 차와 아침 식사까지 대접받은 가족도 바쿠에서 왔다고 했다. 직장을 다녀야 하는 남편을 제외하고는 시어머니와 며느리, 시누이와 아이들까지 대도시의 더위를 피해 이곳에 와 몇 달씩 지낸다는 것이었다. 며칠도 아니고 여름 내내 여자와 아이들끼리, 집안 경제를 책임지는 남편은 더운 곳에 남겨두고 시원한 곳으로 휴양 와 있다니, 왠지 보수적일 것 같은 이곳의 이슬람 문화와 참 어울리지 않는다고 생각했다.

메인 로드가 끝나는 지점에 있는 숙소는 새로 지어 깨끗할 뿐 아니라 2층 발코니에서 보는 전망도 훌륭했다. 여행이 길어질수록 새로운 숙소에 짐을 풀자마자 가장 먼저 하는 일은 프런트로 달려가 와이파이가 되는지 확인하는 것이었다. 일급 호텔은 오히려 와이파이가 안 되거나 시간당 돈을 내야 하는 경우가 많지만, 실시간 정보가 필요한 배낭족들이 묵는 게스트하우스는 와이파이가 필수적이기 때문이다. 지금은 히말라야 산장이나 전기도 잘 들어오지 않는 아프리카 오지조차도 와이파이가 안 되는 곳을 찾기가 어려울 정도다. 그런데 이게 웬일? 라힉은 와이파이가 전혀 안 되는, 몇 개 남지 않은 오지 중의 오지였다. 와이파이가 안 되다니, 진정한 오지로 온 것 같은 기분이 들었다. 그런데 그런 새로운 느낌도 잠시, 나는 안절부절못하고 있었다. 중독에서 오는 금단 증상 같은 것을 경험하고 있었던 거다. 그렇게 첫날을 보내고 나니 둘째 날부터는 차라리 잘되었다는 생각이 들기 시작했다. 이참에 와이파이의 구속에서 좀 해방되어보는 것도 좋겠다는 생각이 들기 시작한 것이다. 지구 밖에 온 사람처럼 지구인들과는 교신을 끊고, 다만 며칠이라도 시원한 곳에서 책을 읽고 산책도 하며 제대로 된 휴식 시간을 가져보겠다고 마음먹었다.

와이파이를 찾아 하이에나처럼 헤매던 마음을 딱 접으니 갑자기 시간 부자가 된 느낌이 들었다. 샤워를 하고 발코니에 마련된 앙증맞은 의자에 앉아 입구 가게에서 산 토마토를 한입 베어 물었다. 수요 공급을 맞추기 위해 익기도 전에 수확한 것을 먹어온 저렴한 입맛엔 황홀할 만큼 맛있는 토마토였다.

토마토가 식욕을 돋운 탓인지 갑자기 출출해졌다. 그래서 가이드북에 나와 있는 것 중에 제일 궁금했던 음식인 돌마dolma를 먹어보기로 했다. 이는 아제르바이잔의 전통 음식 중 하나로 "다진 양고기를 포도 잎에 싸서 찐 것"이라고 나와 있었는데, 무슨 맛일지 도통 짐작도 되지 않았기 때문이다. 제대로 문을 연 식당도 없을 것 같고, 슬리퍼를 질질 끌며 숙소에 딸린 식당 주방에 들어가 "돌마, 도르마"를 반복했다. 이윽고 무엇을 주문하는 건지 알아들은 주

마을 어귀의 구멍가게–있어야 할 건
다 있고요, 없을 건 없답니다^^

Azerbaijan

방장이 앉아서 기다리라는 액션을 해 보였다. 그리고 잠시 후에 나온 것은 다진 고기를 김말이처럼 포도 잎사귀로 싸서 익힌, 유부초밥처럼 생긴 것 5알이 전부였다.

애걔, 고작 이게 그렇게 비쌌단 말이야? 우리나라 음식 중 비슷한 걸 대라면 완자라고나 할까. 맛은 있었지만 짰다. 짜도 너무 짰다. 그제서야 주방 아저씨가 왜 자꾸 빵은 안 시키느냐고 물었는지 이해가 되었다, 너무 짜서 빵이랑 같이 먹어야 하는 것이었나 보다. 우리나라 사람들이 짜고 맵게 먹는다고들 하지만, 여행을 다녀보면 우리나라 사람은 명함도 못 내밀 만큼 짜게 먹는 나라들이 많이 있다. 주로 땀을 많이 흘리는 더운 나라들이 그런 편이다. 아제르바이잔의 음식은 2,000가지가 넘는다. 원래는 터키나 중앙아시아의 음식과 비슷했고, 소비에트 연방의 지배를 거치면서 러시아식 식문화의 영향을 받아 많이 달라졌다가, 독립 후 다시 전통 음식이 부활하는 추세라고 한다.

아제르바이잔 전통 음식, 돌마

차이하나,
남자들의 사랑방

아제르바이잔엔 독특한 음식도 많지만 이 나라에서 먹은 것 하면 제일 먼저 떠오르는 건 뭐니 뭐니 해도 '차이(茶, tea)'다. 도시든 시골이든 한 집 건너 하나꼴이라 말해도 좋을 만큼 수없이 많은 차이하나(찻집)가 있다. 차를 물처럼 마신다는 표현은 이럴 때 쓰는 거라는 생각이 들 정도다. 이곳 남자들은 눈만 마주치면 "차 한잔하고 가라"며 손을 흔든다. 내게 아제르바이잔을 상징하는 가장 독특한 문화를 한 개만 대라고 한다면 "차이하나라는 찻집"이라고 대답할 것이다.

차이하나는 아제르바이잔에만 있는 독특한 찻집이자 사랑방 문화다. 뉴욕이나 서울 같은 대도시에 한 집 건너 하나꼴로 스타벅스가 있다면, 이곳 아제르바이잔엔 한 집 건너 하나꼴로 차이하나가 있다. 그런데 재미있는 건, 아제르바이잔이 이슬람 국가라 그런지 차이하나가 금녀의 구역이라는 것이다. 여자들은 못 들어가고 남자들만 드나드는 곳이라는 것. 물론 차를 만드는 사람도, 나르는 사람도 남자다. 남자 어른들만의 쉼터로 일종의 사랑방 같은 곳인 셈이다.

이집트 아스완에 있는 찻집들도 남자들만 앉아서 물담배를 피우며 지나가는 여인네를 힐끗거리는 걸 많이 봤지만, 같은 이슬람권의 찻집이어도 아제르바이잔의 차이하나는 이집트와는 또 다른 느낌이었다. 뭔가 우리네 옛날 사랑방 같은 느낌이 강하게 풍겼다. 그래서 이질적이기보다는 정감 있는 풍경. 근데 더더욱 재밌는 것은, 아제르바이잔 여성은 절대로 못 들어가는데 여행 온

여자들은 너무도 환영받는다는 점이다. 기웃기웃 이곳이 뭐 하는 곳인가 들여 다보다가 주인이나 손님 중 한 사람과 눈이라도 마주칠라치면 그들은 어김없이 들어오라고 팔을 휘저으며 열심히 손짓을 한다. 그렇게 열렬히 원하니 한번쯤 들어가 주겠노라고 큰소리쳐도 좋을 그런 손짓이다.

　마지못한 듯 찻집 안으로 들어서면 맘씨 좋게 생긴 남자는 빈 의자를 가리키며 앉으라고 권한다. 그러고는 주인장에게 잔을 하나 더 가져올 것을 주문한다. 뭐 굳이 주문하지 않아도 으레 주인은 한 사람이 추가될 때마다 귀찮은 기색 하나 없이 찻잔을 내온다. 그것도 늘 있는 일인 양 자연스럽기 짝이 없다. 한 주전자에 0.4마나트(600원)인 차는 두 번도 좋고 세 번도 좋고 거의 무한 리필되다시피 해서, 한 주전자만 시켜도 대여섯 명은 실컷 마시고 남을 정도니 이 정도 인심이야 누구든 쓸 만한지도 모르겠다. 그러나 그 인심은 돈만으로 되는 것이 아니다. 남정네들이 외국인 여성을 찻집으로 불러들였다고 해서 약간의 유혹 비슷한 거라도 있는 거 아니냐고 생각한다면 오산이다. 이들은 단지 너무나 인정 많고 호기심 많은 젠틀한 신사들일 뿐이다. 소박한 행색의 진정한 신사들.

그래서 아제르바이잔이 더 좋아졌다. 남녀노소 불문한 온화함과 젠틀함, 인정스러움. 살면서 곁에 있는 사람들이 그래주었으면 하는 모든 소양들을 이곳 사람들은 천성인 듯 가지고 있었다. 그래서 이름조차 낯선 아제르바이잔이라는 나라의, 발음조차 어려운 도시 이름들이 쏙쏙 가슴에 와박힌 것이다. 그들의 눈은 세상 귀퉁이 중의 귀퉁이인 자기네 마을을 찾아온 이에 대한 호기심과 고마움으로 가득하다. 통신도 발달하지 않은 이곳에 세상의 소식을 전해줄 유일한 전령사는 사람이기 때문인지도 모를 일이다. 이곳에서 '소통'이란 오직 서로 눈과 눈을 마주 보며 귀를 있는 대로 열어 세상의 소식을 듣고 표정을 읽고 웃음을 나누는 그런 것이었다. 얘기하다 말고 핸드폰을 들여다볼 일도, 전화를 받을 일도 없는 곳. 그저 아날로그 스타일의 소통만이 있을 뿐인 이곳이 한없이 정다운 이유였다.

워낙 카페 문화를 좋아하는 나는 길을 걷다가 차이하나가 나오면 걸음을 멈추곤 했다. 그럴 때마다 누군가 눈이 마주치기 무섭게 들어와서 차 한잔하고 가라고 손짓했다. 푸근하면서도 순진한 아저씨들이다. 시간이 있을 땐 재미 삼아 정말 들어가서 앉아보기도 했다. 들어오라 손짓한 아저씨는 뭔가 호탕한 분위기지만, 그 옆의 수줍고 순진한 아저씨는 눈도 못 마주치고 얼굴까지 빨개져서는 몸 둘 바를 몰라 하신다. 난 그저 그 모습이 재미있어서 은근 장난기가 발동하려는 마음까지 생기곤 했다. 말도 안 통하니 그저 수화에 가까운 단순 대화가 이어졌다. 아저씨가 카페 주인에게 잔을 하나 더 가져오라고 한 후 차이를 따라주신다. 마신다. 또 한 잔 따라주신다. 호호 불며 또 마신다. 그러고 나면 언어가 전혀 안 통하니 할 말이 없다. 이들은 자기네 나라 말과 러시아 말 약간 외에 영어는 전혀 모르는 경우가 대부분이다. 나 또한 아제르바이잔 말은 물론 러시아어를 모르니 한 마디도 통하지 않는 셈이다. 그러니 그야말로 차 한 모금 마시고, 미소 짓고, 차 한 모금 마시고, 미소 짓고, 그렇게 되는 것이다. 슬슬 불편해지면서 가시방석인 듯해서 체험은 이 정도로 족하다 여기며 빈 잔을 내려놓고 일어날라치면, 이 사람들 어김없이 잔을 채우며 어디를 가느냐는 식이다. 그럼 또 마지못해 앉아서 차를 마셨다. 차 한 모금, 미소 한 조각, 차 한 모금, 미소 한 조각……

이쯤 되면 아, 누가 나 좀 구해줘요 싶어진다. 동네에 한두 마디라도 영어 하는 분이 있지 않을까 싶은 순간, 그중 가장 젊은 편에 속하는 분이 혜성처럼 나타났다. 누군가 수소문해서 데려온 듯했다. 그는 나를 보더니 어깨에 잔뜩 힘이 들어가서는 영어로 말을 걸어왔다. 그동안 사용하지 않아 녹슨 영어로 실력을 뽐내보려는 듯한 모습이 너무나 귀엽다. "자뽕?(일본 사람이에요?)" "아니, 까레이(한국 사람이에요)." 바로 이어 나오는 질문은 "북쪽? 남쪽?" 늘 겪는 당연한 순서다. 한국이라는 나라를 거의 모르는 오지 중의 오지에 사는 사람들도 남북이 갈라져 있다는 것은 다 아는 것 같았다. "남쪽입

남자들만의 사랑방 '차이하나'

니다." 나는 손가락으로 보디랭귀지까지 섞어가며 남쪽이라고 말해준다. 그 다음엔……. 또 밑천을 다 쓴 듯하다. 침묵이 이어진다. 난 시계를 보며 급히 가야 한다는 시늉을 하며 일어선다. 아저씨들, 휘이휘이 손을 저으며 아쉽다는 표정을 짓는다. 대체 뭐가 아쉽다는 건지 모를 지경이지만 이들의 따스한 정과 순수한 마음만은 전해 받고 간다.

라힉의 마을 중심엔 사원 두 개가 마주 보고 있고, 타임머신 속 풍경 같은 사원 앞엔 어김없이 차이하나가 있었다. 안을 빼꼼 들여다보니, 내부엔 아무런 장식도 없이 사각 테이블 몇 개만 질서도 없이 놓여 있다. 테이블 위엔 박물관에나 있을 법한 커다랗고 손때 묻은 주판과 게임용 카드들, 그리고 바둑판 비슷한 게임 판이 놓여 있다. 이 게임 판은 '베쿰마' 혹은 '나트'라 불리는 것으로, 6세기 페르시안의 사산 왕조 때부터 전해오는 것이라고 한다. 난 그곳에서 조금이라노 오래 버텨볼 심산으로 세일 맘씨 좋게 생긴 아저씨께 한 판 두자며 게임 방법을 가르쳐달라고 했다. 바둑판 같기도 하고 윷판 같기도 한 판 위에 주사위를 던지고, 던진 만큼 이동하는 모양이 우리네 윷놀이와 비슷했다.

다른 쪽에서 카드 게임을 하던 아저씨들이 게임에 열을 내는 사이사이로 우리가 있는 쪽을 힐끗힐끗 쳐다본다. 나중에 알고 보니 이 아저씨들은 내기 게임을 하기도 하는데, 이러한 것을 아내들이 몹시도 싫어해서 바가지를 긁기 때문에 여자만 보면 경계하는 것이라고 했다. 동서고금을 막론하고 남편님과 마눌님이 살아가는 모습은 어쩌면 이리 비슷한 건지 웃음이 났다. 어느 나라, 어느 도시를 가든지 먼 이국에서 온 낯선 이방인을 경계부터 하고 보는 사람도 있고, 신기해하며 말이라도 한번 붙여보고 싶어 하는 사람도 있는 법이다.

　같이 게임을 하던 아저씨가 초짜라 재미가 없었는지 차를 권하셨다. 레옹을 닮은 아저씨는 주인장에게 찻잔을 하나 더 달라고 하더니 뜨거운 차를 따라주신다. 그러고는 손짓으로 후루룩 마시라고 한다. 그런데 뜨거워도 너무 뜨거웠다. 차가 너무 뜨거워 손으로 잡기도 힘들단 시늉을 해 보이니, 그는 찻잔 받침 위에 차를 붓고는 이렇게 식혀서 마시라고 시범을 보여주셨다. 그렇게 한 잔, 또 한 잔~ 배가 출렁댈 때까지 마시고야 겨우 그곳을 나올 수 있었다. 옆 테이블의 어르신들은 큰돈이 걸려 있는 듯 심각하기 짝이 없다. 지나가던 아저씨들이 차례로 들어와 훈수를 두는 모습이 참으로 정겹다.

　차이하나를 나와 숙소로 향하는데 운동복 차림의 젊은 남자가 말을 걸어온다. 이곳엔 영어를 하는 사람이 거의 없는데 제법 유창하게 영어를 해서 깜짝 놀랐다. 컬라프라는 이름의 이 남자는 바쿠 국립대학의 국제관계학 교수로, 여름방학을 이용해 고향인 라힉에 쉬러 왔다고 했다. 한국과 일본, 중국에 대한 관심이 많아 기회가 되면 한국에 공부하러 오고 싶다고 했다. 독도 분쟁과 88 올림픽, 북한의 현재 동향에 대해 나보다 더 해박하고 정확한 지식을 갖고 있어 깜짝 놀랐다. 그와 헤어져 골목길을 걷는데 아까 차이하나에서 만났던, 레옹을 닮은 아저씨와 또 마주쳤다. 작은 마을이다 보니 하루 이틀만 더 머물면 '명예 동네 주민증'이라도 받을 듯하다.

　모퉁이만 돌면 사원이 있고 우물이 있는 곳, 눈만 마주치면 이슬람식으로 "살람" 하고 인사하는 정겨운 이웃이 있는 라힉은 모든 겉치레를 벗고 민낯을 보여주기에 최적의 장소라는 생각이 들었다.

Azerbaijan

이유 없는
친절함

낯선 곳이지만 아무런 위험과 경계를 느낄 수 없었던 탓에 새벽부터 이 골목 저 골목을 기웃댔던 것 같다. 그러다가 막 파란 대문을 열고 나오는 한 연세 지긋한 노부인과 눈이 마주쳤다. 눈인사나 하고 조용히 지나가려는 내게 그녀는 활짝 웃으며 자기 집에 들어와 아침을 먹고 가라고 말하는 것이었다. 그냥 해보는 말이겠지 싶어 사양하고 지나가려니 몇 번이고 불러 세워 진심으로 조르다시피 한다. 못 이긴 채 집 안으로 들어갔다. 얼핏 보기에도 꽤 유서 깊으면서도 잘사는 집으로 보였다. 그녀는 나를 자리에 앉히더니, 차와 케이크, 전통 수프를 끝도 없이 내오기 시작했다. 도그라마Dograma라는 감자 수프도 내왔는데, 너무 맛있었던 탓에 체면 불고하고 더 달라고 해서 두세 번을 먹었나 보다.

조금 있으니 방 한쪽에서 갓난아기 울음소리가 나고, 그녀가 들어가더니 아기를 안고 나왔다. 손녀라고 했다. 그녀를 따라 미모의 젊은 여성이 방금 잠에서 깬 듯 머리를 묶으며 나왔다. 아기 엄마라니 며느리인 셈이다. 조금 더 있으니 이번엔 또 한 명의 젊은 여인과 초등학생쯤 되어 보이는 사내아이도 나왔다. 식전 댓바람부터 한마디로 집안사람들을 다 깨운 셈이다. 아니면 무료하던 이들의 생활에 잠깐의 이야깃거리가 생긴 건지도 모르겠다. 어쨌든 자다 깬 이들의 얼굴에도 찡그린 기색은 전혀 찾아볼 수가 없다. 그저 뭔가 더 줄 것이 없나 살피느라 여념이 없다. 며느리는 영어를 잘했는데 바쿠 대학 출신이라고 했다. 사실 시어머니와는 언어가 안 통해 좀 답답하던 차였는데 며느리가 구세주처럼 나타나주어서 다행이라는 생각이 들었다. 일단 통신병(?)

낮선 이에게 문을 활짝 열고 풍요로운 아침을
선물해준 인정 많은 가족들

이 나타나자 노부인은 방으로 들어가더니 가족 앨범을 꺼내 와서 본격적으로
자랑을 시작하신다. 가족 자랑은 만국 할머니들의 공통된 취미인 것 같았다.

그렇게 한참을 시간 가는 줄 모르고 수다를 떨며 놀았다. 세수도 안 한 채
숙소를 나서서 마을 한 바퀴만 돈다는 것이 몇 시간째 실컷 놀며 푸짐한 아침
까지 먹고 나오는데도 이들의 표정엔 아쉬움과 섭섭함이 역력했다. 노부인은
내 손을 잡고 몇 번이고 당부했다. 내일 또 오라고. 그리고 자기네 집은 바쿠지
만 해마다 여름을 이곳에서 나니 내년 여름에도, 내후년 여름에도 언제든지 오
라고 말이다. 대체 이건 뭘까? 이런 이유 없고 근거도 없는 친절함은 대체 어디
서 나오는 걸까? 고맙다 못해 미안한 마음까지 드는 아침이었다.

가족에게 줄 음식을 사 들고
집으로 가는 남자들

　　아제르바이잔의 라힉은 터키의 작은 마을 샤프란볼루와 비슷한 인상을
준다. 낮은 돌담 집과 발코니 모양의 집이 인상적이다. 발코니 모양은 아제
르바이잔의 독특한 가옥 구조다. 모퉁이만 돌면 나타나는 함석지붕의 이슬
람 사원도 정겹기 짝이 없다. 이슬람 사원이라고는 하지만 다른 이슬람 나라
들에서 봐온, 권위적이고 사람을 압도하려는 사원이 아니다. 소박하고 정겨
운 모습이다. 아제르바이잔의 사원 첨탑엔 손바닥 모양의 장식이 달려 있는
게 특이했는데, 바쿠 대학 교수에게 물어보니 아제르바이잔은 터키를 형님
의 나라로 생각하지만 종파로는 이란의 시아파를 따르고 있기 때문에, 첨탑
끝에 손바닥 모양의 장식을 매달아 놓은 거라고 했다.

다음 날 새벽 5시가 되니 코카서스의 깊숙한 산간 마을에 아잔이 울려 퍼진다. 바쿠에서는 한 번도 듣지 못했으니 며칠 만에 처음 듣는 소리였다. 비로소 '아, 이곳이 이슬람 나라였지' 하고 깨닫는다. 난 아잔 소리를 매우 좋아한다. 새벽을 깨우는 아잔 소리에는 뭔가 애잔하면서도 숭고한 무언가가 있다. 게다가 깊은 산속에 있는 아날로그 마을 라힉에 울려 퍼지는 아잔은 아제르바이잔의 독특한 음악인 무감의 정서가 밴 탓인지, 특별히 더 구성지게 다가왔다. 좀 더 제대로 듣기 위해 발코니 문을 열어젖히니 새벽의 찬 기운이 훅하고 얼굴을 때린다. 먼동이 트기 전 온통 산들로 둘러싸인 작은 마을을 수많은 별들이 지켜주고 있었다.

다시 산책에 나섰다. 길고양이는 정육점에 걸린 양고기를 바라보며 입맛을 다시고 있고, 사람들을 태워 나르는 택시 기능을 하는 말을 모는 소년의 얼굴엔 수줍음이 가득하다.

아, 정말 우린 얼마나 불필요한 너무 많은 것들에 둘러싸여 소중한 것들을 잊고 사는 건가 하는 생각이 들면서, 앨런 긴즈버그의 〈너무 많은 것들〉이라는 시가 생각났다.

정말 그런지도 모르겠다. 너무 많은 공장과 음식들, 너무 많은 경찰과 컴퓨터, 가전제품들, 그리고 너무 많은 주장들. 그러나 그에 반해 너무나 부족한 공간과 나무, 그리고 너무 부족한 침묵……

독특한 첨탑 모양의
이슬람 사원

독특한 발코니가 특징인
아제르바이잔 가옥

라흐에서는 말이 택시 역할을 한다

실크로드 대상의 숙소가 있는
유서 깊은 도시, 세키

세키는 인구 4만 8,000명의 제법 큰 도시로, 마을의 기원은 고대 알바니아 이전으로 거슬러 올라간다. 우리 기준으로는 인구 5만도 안 되는 도시가 뭐가 크다는 건가 싶겠지만, 이 나라 도시들 중에선 꽤 큰 편에 속한다. 라힉을 떠나 세키로 가는 길. 덜컹덜컹 비포장도로를 벗어나니 양쪽으로 가로수가 늘어서 있는 넓은 도로가 나타나고, 드넓게 펼쳐진 초원엔 양 떼와 말들이 뛰노는 것이 보이기 시작했다. 좀 더 비옥한 땅에 접어든다는 느낌이 전해졌다. 미니 버스가 주유소에 서고, 차에 기름을 넣는 동안 화장실을 쓰려 하니 0.2마나트 (300원)를 내라고 한다. '차 한 주전자가 600원이었는데, 화장실 한 번 쓰는 데 그 반값을 내라고?' 싶어서 그깟 300원이 무척 비싸게 느껴졌다.

그러고 보면 인간의 계산법이란 참 우습다. 여행을 하다 보면 잘살면 잘사는 대로, 못살면 못사는 대로 대부분의 나라에서 화장실 요금은 유료였다. 작은 돈이지만 익숙하지 않기도 하고, 여행자라서 잔돈이 없는 경우도 많은 탓에 이 화장실 요금이 무척 아깝게 여겨지곤 했다. 마땅치 않은 심정으로 300원을 내고 화장실을 사용하고 나오는데, 주유소 주인인 듯 부유해 보이는 아저씨가 사무실에 들어와서 차를 마시고 가라고 한다. 난 속으로 '쳇! 화장실 요금이나 받지 말지, 요금은 받고 차 대접이라니, 헹~' 하는 마음이 들었지만, 이것이 바로 아제르바이잔이었다.

카라반사라이에서
잠을 청하다!

라힉이 꾸밈없이 소박한 곳이라면, 세키는 더 정리된 느낌이 드는 곳이다. 아제르바이잔에서 아잔을 가장 많이 들었던 곳이기도 하다. 이곳 또한 여름에도 선선해서 라힉과 더불어 현지인들도 많이 찾아오는 여름 휴가지 중 하나다. 칸(Khan, 왕)의 여름 궁전인 칸사라이와 전통 바자르, 키쉬 마을 등이 주요 볼거리라고 『론리 플래닛』에 나와 있지만, 터키나 인도를 가본 사람이라면 이곳 유적지의 작은 규모와 소박함에 실망할지도 모른다. 그래서 이런 마을을 여행하는 최고의 방법은 전통이 묻어나는 숙소에서 뒹굴며 책을 읽거나 슬리퍼 차림에 동네를 어슬렁거리는 일이 된다.

세키에 온다면 반드시 추천하고 싶은 최고의 경험은 카라반사라이(Karavan sarai, 대상 숙소)에 묵는 것이다. 가장 멋진 촬영 배경도 이곳이다. 1,000년 역사가 숨 쉬는 카라반사라이의 아름다운 정원과 돌계단에 앉아서 사진을 찍어본다. 그곳에 머물렀던 시간 동안의 감동을 사진에 다 담는 건 불가능하겠지만, 그래도 남는 건 사진뿐이니 최선을 다해 멋진 사진을 남겨보려고 했다. 열심히 셀카에 몰두하고 있는 내게 누군가 "사진 한 장 찍어드릴까요?"라고 한국말을 걸어왔다. '앗, 이 외진 아제르바이잔의 도시에서 한국인을 만나다니'라고 반가운 마음에 고개를 들어보니 이게 웬일? 잘생긴 아제르바이잔 청년이 미소를 지으며 서 있었다. 그는 경희대학교에서 유학 중인 아제르바이잔 청년으로, 방학을 맞아 잠시 고국에 다니러 왔다고 했다. 그리고 그곳에서 한국에서 온 나를 만나게 되었다니 정말 기막힌 우연이 아닐 수 없었다.

실크로드 대상들의 숙소
카라반사라이의 하룻밤

예상치 못했던 만남을 뒤로하고 거리 구경에 나섰다. 카라반사라이 옆의 대로변은 그 지역 최고의 중심지답게 찻집과 기념품 가게들이 즐비했다. 찻집을 지나는데 인상 좋은 아저씨가 차 한잔하고 가라며 또 손짓한다. 그랬다. 여기도 여전히 차 인심 좋기로 세계 최고인 나라 아제르바이잔이었던 것이다.

천년의 역사로 들어가는 문

국제음악축제에서 만난
한국 공연단들

라힉과 함께 아제르바이잔의 대표 휴양지로 꼽히는 세키에서는 매해 여름 국제음악축제가 열린다. 내가 세키에 도착했을 땐 마침 다섯 번째를 맞은 국제음악축제가 한창이었다. 칸사라이에 가는 길에 어디선가 낯익은 음악이 들려왔다. 이끌리듯 음악을 따라가 보니 이게 웬일인가? 무대 위엔 한국 춤과 태권도가 한창이었다. 아제르바이잔의 전통 공연을 보는 것도 좋겠지만, 생뚱맞은 나라에 와서 전혀 생각지도 않은 고국과의 연결 고리를 발견하는 기쁨 또한 작지 않다.

매번 놀라게 되는 건 사람들이 이름조차 들어보지 못한 어떤 나라와 도시라 할지라도 어김없이 한국 사람 몇 명은 살고 있으며, 그곳에 비즈니스를 하러 오는 사람도 있고, 그것도 아니면 이처럼 뭔가 교류의 싹이 트고 있다는 것이다. 이렇게 세계는 이어져 있고, 이어져가는 것이라는 생각이 들었다. 다만 우리가 모르고 있을 뿐. 카스피 해를 안고 있는 바쿠를 중심으로 해서 세계적인 석유 재벌로 급부상한 아제르바이잔은 한국에 대해 매우 호의적일 뿐 아니라 탄탄한 경제력도 갖추고 있어, 한국 사업가들이 관심을 가져볼 만하다. 그렇게 신기하다는 감상에 젖어 있다가 공연장을 빠져나왔다.

칸 왕궁과 박물관을 돌아보고 있는데 한 미녀가 다가와 같이 사진을 찍자고 한다. 영어로 소통하고 싶어 하는 그녀는 자신의 이름이 '후루'이며, 바쿠에서 놀러 왔고, 옆에 있는 청년은 자신의 오빠라고 소개했다. 내가 묻지도 않았는데 자기 오빠라는 걸 강조하는 것도 그렇고, 이슬람에 대한 선입견 때문인

지 아무리 봐도 오빠 동생이라기보다는(ㅅㅅ) 연인처럼 보였다. 뭐, 나랑은 상관
없는 일이긴 하지만……. 어쨌든 그녀는 자신과 내가 한 장, 또 오빠랑 내가 한
장, 두 장의 사진을 찍더니 몹시 좋아하면서 페이스북에 올려주겠다고 했다.
이곳 사람들 중에도 페이스북을 하는 사람이 있다니 또 한 번 놀랐다. 바쿠와
라힉, 세키를 돌아보며 느낀 점은, 이 작은 나라 아제르바이잔에도 바쿠의 현
대적 삶과, 라힉이나 세키의 전통적 삶의 갭이 참으로 크다는 사실이었다. 칸
왕궁과 박물관이라 해봤자 돌아보는 데 두어 시간이면 족했기에, 숙소로 돌아
와 여유 있게 쉬면서 카라반사라이의 정취를 한껏 음미했다.

먹는 것에 큰 애착이 없는 나지만 저녁 식사로는 오랜만에 제대로 된 레
스토랑에서 아제르바이잔의 전통 음식을 맛보기로 했다. 식당도 찾을 겸 숙소
인 카라반사라이를 빠져나와 대로를 따라 내려가다 보니 제법 그럴듯해 보이
는 레스토랑 간판이 보였다. 간판은 왕꿈틀이처럼 알지 못할 글자로 되어 있
고, 영어 표기도 없으니 레스토랑인지 뭔지도 그저 짐작으로만 알 뿐이었다.
굳이 읽는 건 포기하고 일단 들어가 보기로 했다. 핸섬한 청년 두 명이 호의적
인 미소로 반겨준다. 우연히 들어간 레스토랑이지만 그곳은 레스토랑이 맞았
고, 실내는 동굴을 깎아 만든 것처럼 독특하고 멋진 분위기를 연출하고 있었
다. 함께 간 일행과 다양한 메뉴를 시켜 나눠 먹기로 했다. 그래야 처참한 실
패는 면할 수 있을 터였다. 영어 메뉴도 없고, 그림으로 된 메뉴도 아니니 뭘
먹어야 할지 몰라 모두 한참을 고민하다가, 결국은 늘 하던 대로 웨이터에게
추천을 받기로 했다. 보통의 외국 여행자들이 어떤 음식을 좋아할지는 그들이
가장 잘 알기에 실패 확률이 낮다.

추천을 부탁하자, 그는 신이 나서 대표 음식 몇 가지를 찍어준다. 피티piti,

쿠탑^{kutab}, 두쉬바라^{dushbara}, 라바쉬^{lavash}, 그리고 음료는 컴포트^{kompotu}! 음식은 그렇다 치고 '컴포트'는 뭐지? 컴포트는 이들이 주로 물처럼 마시는 대중 음료다. 상그리아처럼 포도 주스에 과일을 담근 것이긴 한데 무알코올인 것이 특징이다. 아제르바이잔은 이슬람 국가이다 보니, 관광객을 위한 맥주 정도를 제외하고는 가게에서 공공연히 알코올음료를 파는 것은 금지되어 있다.

잠시 후 우리가 주문한 음식들이 나왔다. 피티는 양고기와 이집트 콩, 사프란 등이 들어간 일종의 수프 혹은 스튜로, 우리의 도가니탕과 비슷하다. 어떻게 먹어야 하는지 몰라 어리둥절해하는 우리에게 웨이터는 친절하게 빵을 접시에 뜯어주고는 그 스튜를 빵 위에 부어서 먹는 거라고 가르쳐준다. 한 친구가 먹더니 표정이 안 좋다. 느끼하다는 표정이다. 나는 우선 빵에 부어 먹는 대신 스튜만 먹어보기로 했다. 스푼으로 떠놓고 보니 정말 모양새도 딱 도가니탕이다. 국물이 좀 적은 도가니탕. 호기심 가득한 입안에 피티 한 숟갈을 떠넣었다. 도가니탕이나 갈비탕이 그리울 때 먹으면 좋을 것 같은 바로 그 맛이다. 쿠탑은 아제르바이잔식 피자라고 적혀 있어 우리나라 부침개 같은 것을 상상했는데, 나온 것은 아무 내용물이 없이 '얇게 튀긴 크레페'였다. 두쉬바라는 양고기 만두가 들어간 만둣국으로 참 맛있었다.

그렇게 제법 근사한 저녁을 먹고 카라반사라이로 돌아와 역사가 서린 계단에 앉아 책을 읽었다. 역사적인 장소에 고요히 있으면 뭔가 울림 같은 것을 느끼게 된다. 새로 지은 건물에서는 결코 느낄 수 없는 어떤 울림이다. 사람들과 떠들며 지나가면 놓쳐버릴 그런 울림이다. 가만히 귀 기울이면 그동안 그곳에 묵었던 사람들의 희로애락이 조곤조곤 들리는 것 같은 그런 오묘한 감상에 젖게 되는 것이다. 그러니 유럽 같은 곳에서 휘황찬란한 별 다섯 개 특급 호텔보다 역사적인 성채를 개조한 불편한 호텔이 훨씬 더 비싼 이유도 거기에 있을 것이다.

그렇게 시간 여행에 빠져 있는데 삐릭삐릭 핸드폰이 울렸다. 친구한테서 메시지가 왔다. 대상의 숙소에서 와이파이를 하는 아이러니함이란. 친구에게 내가 오늘 머물 곳이라는 설명과 함께 카라반사라이의 사진을 보내줬다. 곧바로 답신이 날아왔다.

"넌 전생에 틀림없이 카라반이었을 거야."

후후후~ 아마도 그럴지도 모르겠단 생각을 해본다. 미지의 세계에 대한 호기심을 해소할 수 있는 일이라면 그것이 무엇이든 선택했을 것 같기 때문이다.

밤 9시가 가까워오자 대상의 숙소에 불이 들어오고 밤이 깊어간다.

내일은 또 무엇을 보고 누구를 만나게 될까?

어떤 낯설고 새로운 풍경들이 다가올까?

쏟아지는 별빛 아래서 카라반들이 그랬듯, 세상에서 가장 황홀한 꿈을 꾸며 잠을 청해본다.

카라반사라이에 있는 찻집

키쉬 마을로
가는 길

아제르바이잔의 고도라 불리는 키쉬^{Kish} 마을은 세키에서 미니버스로
1시간 정도면 닿을 수 있는 곳이다. 세키에 가신다면 꼭 가보시라고 권하고 싶
은 곳이다. 칸 왕궁에 갔을 때 건너편 산자락에 살포시 자리 잡은 예쁜 마을이
눈에 들어왔는데, 그곳이 바로 키쉬 마을이다. 이곳은 오래된 알바니아 사원
으로 유명하지만, 사원이 아니라도 너무나 조용하고 고즈넉해서 산책하기 더
없이 좋은 마을이다.

숙소인 카라반사라이에서 직접 키쉬 마을로 가는 버스는 없었다. 재래시
장인 타자 바자르^{taza bazaar}까지 가서 다른 버스로 갈아타면 0.8마나트(우리 돈
1,200원)면 다녀올 수 있는 곳이다. 사실 교통비에 죽자고 돈을 아끼는 스타일
은 아니다. 돈 조금 아끼자고 목적지에 닿기도 전에 피곤해지는 것을 좋아하
지 않기 때문이다. 그러나 시간적 여유가 있고 짐이 가벼울 땐 일부러라도 까
다로운 대중교통을 이용하는 편이다. 그 안에서 가장 살가운 여행지의 맨얼굴
을 볼 수 있고, 현지인들과 맨살을 부딪칠 수 있기 때문이다.

타자 바자르를 가기 위해 11번 버스를 탔다. 하얀색 미니버스다. 버스 안
은 빈자리가 없었고 서서 가는 사람들까지 꽉 찼지만 시끄럽게 떠드는 사람
하나 없이 조용함 자체였다. 아제르바이잔 사람들은 정말이지 세상에서 이보
다 더 평화로운 사람들이 있을까 싶을 정도로 온화하고 조용하다. 아저씨들은
또 얼마나 푸근하고 중후한 멋이 넘치는지, 친절함과 추근거림이 어떻게 다른
건지 이곳 신사들을 만나면 알 수 있다. 그 많은 찻집에서 차를 마셨지만 한 번

도 기분이 상하거나 얼굴이 찌푸려진 적이 없었다. 내리는 사람은 적고 타는 사람은 많다 보니 미니버스 안은 점점 만원이 되어갔지만 누구 하나 불평하거나 소리 내지 않았다. 만원버스가 이렇게 쾌적할 수 있다는 것, 처음 느껴봤다. 우리나라 저리 가라 할 정도로 배려심도 많다. 어르신이나 여성이 타면 자리를 양보해주는 건 당연하거니와, 짐을 든 사람이건 아니건 서로 편의를 봐주지 못해 안달이다. 그들은 말로서가 아니라 마음과 행동으로 상대를 생각하고 배려하는 것이 무엇인가를 보여주고 있었다.

사실 언어가 전혀 안 통하면 여행이 많이 불편하다. 최소한의 이동과 숙소가 정해지는 배낭팩이라 할지라도 도시 내에서 이동하는 데 이런저런 어려움이 없다면 거짓말일 것이다. 그러나 이곳엔 말 대신 마음이 통하는 사람들이 살고 있다.

타자 바자르의
사람들

곧바로 키쉬 마을로 가는 버스를 타는 대신 타자 바자르를 둘러보기로 했다. 웬일인지는 모르겠지만 이곳엔 어른들이 많고, 할머니들의 복장은 대부분 검은색이다. 검은색 옷에 검은색 두건을 한 모습이 전형적인 이곳 스타일이다. 채소와 과일 들을 구경하는 척하며 사람들 사진을 슬쩍슬쩍 찍었다. 아프리카 탄자니아 여행 때 인물 사진을 찍다가 엄청 혼난 이후로 조심스러워졌다. 그런데 이곳 사람들, 다른 어느 곳보다 사진 찍히는 것에 호의적이다. 한 사람을 찍어줬더니 이 사람 저 사람 자꾸만 몰려와서 사진을 찍어달라고 한다. 사진을 찍은 후에 보여주면 너무 재미있어하며 어느새 친구를 데려와 또 찍어달라고 한다. 몰카를 안 해도 되니 나야말로 땡큐다 싶어 신나게 사진을 찍어준다. 그렇게 1시간이 가고 2시간이 가고, 그들의 즐거워하는 모습이 마냥 좋아 정신없이 셔터를 누르다 보니 슬슬 피곤이 몰려오기 시작했다. 사람들의 온기가 따스하다 못해 뜨거운 정으로 녹아내리는 곳. 바로 아제르바이잔이었다.

사람들에게 키쉬 마을로 가는 버스를 타는 곳을 물으니 친절하게 가르쳐준다. 말이 안 통하는 것 같아 걱정되었는지, 어떤 분은 내 팔을 붙잡고 15번이라고 쓰인 버스로 데려다주기까지 한다. 버스들이 정차해 있는 곳엔 어김없이 차이하나가 있고, 그곳엔 장날을 맞이하여 최고로 좋은 옷을 빼입고 장터에 나온 남정네들이 모여 앉아 그간의 안부를 나누며 차를 마시고 있다. 그 옆엔 치킨 바비큐를 팔고 있었다. 갑자기 시장기가 몰려왔다. 잠시 갈등을 하고 있는데 차이하나 안의 중후한 노인이 나를 손짓해 부르신다. 분명 또 차 한 잔하고 가라는 것일 테다. 잠깐 휴식도 취할 겸 그들과 차를 마시기로 했다.

차이 몇 잔을 얻어 마시고 나니 배가 부르다. 그래도 혹시나 하는 마음에 치킨 바비큐 하나를 테이크아웃해서 가방에 넣었다. 이곳은 우리나라처럼 거리마다 먹을 것을 파는 곳이 즐비한 나라가 아니어서, 낯선 마을에 갔다가 문을 연 식당 하나 없으면 꼼짝없이 굶을지도 모른다는 것을 경험을 통해 알고 있기 때문이었다. 이런 여행지에선 가벼운 요깃거리 하나쯤은 상비약처럼 넣고 다니는 편이 마음이 놓인다. 아제르바이잔은 어딜 가든 찻집은 넘치는데 밥집은 드문 편이다. 그래서 생긴 노하우가, 먹을 것이 눈에 띄면 일단 사서 가방에 넣고 다니다가 차를 마실 일이 생기면 같이 먹는 것이었다.

Azerbaijan

마르슈르뜨까의
정감

키쉬 마을로 가는 미니버스를 탔다. 마르슈르뜨까라 부르는 미니버스에 앉아 있으니 마을 인근에 사는 분들이 하나둘씩 차에 오르신다. 맨 먼저 뚱뚱한 할머니 두 분이 타셨다. 뭔가 잔뜩 장을 보셨는지 장바구니가 한가득이다. 장을 보느라 때를 놓치셨는지, 앉자마자 뭔가를 주섬주섬 꺼내서 드신다. '페라쉬키'라는 이곳 간식으로, 우리네 찹쌀 도넛 같은 것이다. 마주 앉은 나와 눈이 딱 마주쳤다. 할머니는 순간 자신이 드시려고 꺼낸 도넛을 나에게 내미셨다. 내가 배가 고파 보인 걸 수도 있고, 아니면 우리네 빵 맛 한번 보겠느냐는 뜻일 수도 있을 것이다. 기뻐하며 넙죽 받아먹었다. 맛있게 먹는 나를 보며 할머니는 마냥 즐거워하신다. 할머니랑 사진도 찍고 도넛도 먹었다. 할머니의 도넛은 그렇게 내가 끝장내 버렸다. 그래도 이 할머니 마냥 즐거우시다.

옆자리에 앉아 있던 엄마와 아들이 해맑게 웃는다. 엄마는 생닭을 손에 쥐고 있고, 초등학생쯤으로 보이는 아들은 박스를 하나 소중하게 안고 있다. 나와 눈이 마주치자 이 꼬마는 박스를 살짝 열어서 내게 보여줬다. 내심 그 안에 뭐가 들었나 궁금하던 차였는데, 그 안에 있던 것은 다름 아닌 비둘기였다. 평화를 상징하는 비둘기를 왜 사 가는 걸까? 기르기 위한 것인지 혹은 뭔가 의식을 치르기 위한 것인지는 물어보지 못했다.

옆에 있던 청년이 수줍은 듯 작은 목소리로 어디서 왔느냐고 영어로 물어왔다. 난 "코레아"라고 대답한 후 드디어 소통의 창구가 생겼다는 기쁨에, 그동안 궁금했던 것들을 이것저것 마구 쏟아냈다. 다음 순간 청년의 표정엔 당혹

마을 구석구석을 누비는 미니버스.
마르슈르뜨까

감이 가득했다. 그냥 학교에서 배운 영어 몇 마디를 기억나는 대로 해봤을 뿐인데, 내가 그만 반가운 마음에 너무 많은 질문을 던진 것이었다. 바쿠에 사는 이 청년은 키쉬 마을에 있는 친척 집에 다니러 왔다고 했다. 〈강남스타일〉을 잘 알고 있었고, 내가 핸드폰에 저장되어 있던 〈강남스타일〉 음악을 틀어주니 춤까지 췄다. 아~ 지구는 얼마나 좁고도 가까운 곳인지……. 이럴 때마다 놀라고 감탄하게 된다.

한 사람 두 사람 버스에서 내리고 마침내 종점에 이르러 나도 내렸다. 1시간도 채 안 되는 짧은 시간 동안 만난 순백의 영혼들로 인해 가슴 저 밑바닥까지 따스해져왔다. 감사한 순간이다.

미니버스에서 만난 순백의 영혼들

작은 마을과
오래된 골목이 주는 위안

한적한 키쉬 마을 골목길을 걸어 올라가다 보니, 정말 낯선 곳인데도 무섭다는 느낌이 조금도 들지 않았다. 자갈로 포장된 울퉁불퉁하고 구불거리는 골목길을 걸어가는 동안 눈에 들어오는 것은 오래되어 세월의 생채기가 가득한 외벽과 둥근 탑, 화사한 오렌지 빛깔의 알바니아 사원이다. 문을 빼꼼 열고 밖을 내다보다가 이방인과 눈을 마주치고는 수줍어 냅다 도망가 버리거나 멀리서 손을 흔드는 꼬마들의 수줍은 표정에서, 가슴 저 밑바닥부터 뭉근하게 솟아오르는 따스함이 전해졌다.

이곳에서 짧은 시간이었지만 마을이 주는 위안, 공동체가 주는 안전감 같은 것에 대해 생각해보게 되었다. 서로 돕고 돌보는 생활 공간, 신뢰하는 준거 집단이 있는 곳에서 산다는 것이 어떤 느낌일지에 대해서도. 그것은 파편화된 조각으로 불안하게 서성이는 사람들, 거대한 고도 관리 체제에 포획된 사람들에게 꼭 있어야 할 그 무엇임에 틀림없었다. 힘든 노동에서 돌아왔을 때 진정한 정서적, 육체적 휴식을 할 수 있게 해주는 것은 바로 이웃과 가족이 주는 위안일 것이다. 모르긴 몰라도 이런 곳에선 군중 속에서 고독에 몸부림치며 극단의 삶을 선택하는 사람이 없을 것 같기 때문이다.

이곳에 오기 전 읽었던 책에서, 어느 사회학자가 우리가 사는 곳을 "자본만이 자유를 얻는 신자유주의 시대의 막장으로 치닫는 폭주 기관차를 타고 있는 듯하다"라고 묘사했던 기억이 났다. 그의 말대로 더 늦기 전에 관계의 소중함과 작은 것의 아름다움을 찾았으면 좋겠다.

아이들을 안전하게 키울 수 있는 마을, 다양함이 존중되는 마을, 힘든 노동에서 돌아와 참된 휴식을 할 수 있는 그런 마을을 우린 찾을 수 있을까. 과연 가능할까? 그건 돈만으로는 절대 만들 수 없고, 오직 사람과 사람 간의 관계와 오랜 시간의 축적만이 가능하게 해주는 유토피아일 텐데 말이다.

키쉬 마을에서 만난 수줍은 꼬마들

다른 행성을 여행한다는 것은
결국 사람으로의 여행

나를 지치게 하는 것도, 나에게 환멸을 안기는 것도 언제나 사람이었다. 아무리 거대한 자연 속에서도, 보이지 않는 신들에게서도 참된 위안은 늘 2% 부족했다.

아제르바이잔의 산골 마을 라힉과 세키, 키쉬에서 만난 한없이 순수하고 따스했던 미소들. 새벽 산책에서 만난 이방인을 딸처럼 대해줬던 어르신들. 낯선 이방인을 허물없이 집 안에 들이고 먹을 것을 끝없이 내오시던 분들. 그러고도 헤어짐을 아쉬워하며 다시 오라고 몇 번이고 당부하던 사람들. 눈만 마주쳐도 "살람"이라 인사하고, 작은 일에도 오른손을 가슴에 대고 진심에서 우러나는 "사울thank you"을 연발하던 사람들. 그것만이 내게 아직도 이 세상은 살아볼 만하다고 위안을 주는 것 같았다. 그러므로 아무리 배신을 당하고 상처를 입었다 하더라도, 그래서 아무리 힘들더라도 종국엔 그래도 사람밖에 없다는 걸 아제르바이잔 여행은 내게 말해주고 있었다.

"디지털은 잊기 위함이고, 아날로그는 간직하기 위함이다"라고 사진가 로버트 폴리도리는 말했다. 사람에 대한 믿음과 사랑을 회복하고 싶은 분들께 이곳으로의 여행을 추천하고 싶다. 불필요한 것은 덜어내고 꼭 필요한 것만 남은 여행자의 파라다이스, 아제르바이잔으로의 여행을……

{ Travel Tip }

✔ 찾아가기

한국에서 아제르바이잔(수도 바쿠)까지 직접 가는 노선은 없고, 모스크바나 두바이, 이스탄불 등을 경유해야 한다. 러시아 국영 항공사인 아에로플로트(인천-모스크바-바쿠)나 터키항공(인천-이스탄불-바쿠)을 이용하는 것이 가장 편리하며, 바쿠에서 라힉이나 세키로 가는 데는 버스를 이용한다.

✔ 기본 여행 정보

아제르바이잔의 수도는 카스피 해 연안의 바람 많은 도시 바쿠다. 코카서스 국가인 조지아와 아르메니아가 정교회를 믿는 뿌리 깊은 기독교 국가인데 반해, 아제르바이잔은 인구의 90%가 이슬람교도다. 이로 인한 분쟁도 많아서 아제르바이잔과 아르메니아는 국경을 맞대고 있음에도 바로 여행할 수 없고, 조지아를 경유해서 가야 한다. 건조한

아열대성 기후로 겨울에도 기온이 온화하며, 여름은 매우 덥고 길다. 가을에는 흐린 날이 많고 비도 많이 내리므로 피하는 것이 좋다. 화폐 단위는 마나트(Manat)이고, 1마나트=1120원이다.
추천 여행 루트: 바쿠-라힉-세키 순서로 여행하며, 세키에서 버스로 인접 국가인 조지아(텔라비)로 넘어갈 수 있다.

✔ 추천 액티비티
– 카라반사라이(대상 숙소)에서 묵어보기
– 차이하나(전통 찻집)에서 현지인들과 차 마시기
– 마르슈르뜨까(미니버스) 타고 키쉬 마을 가보기
– 재래시장(타자 바자르)에서 장보기

✔ 추천 숙소
카라반사라이(Karavan Sarai: M.F. Akhundov Avenue 185, Sheki, Tel. +994557555570)

아내만의 여행을 허하라

진정한 나를 만나는 곳, 인도네시아

Indonesia

사랑의 시작은 우리가 사랑하는 이들이 온전히
그들 자신이 되도록 놓아주는 것이고,
그들을 우리 자신의 이미지에 맞게 바꾸지 않는 것이다.
그렇지 않으면 우리는 결국 그들 자신 안에서 찾는
우리 자신의 모습을 사랑하는 것일 뿐이다.

_토머스 머턴

부부 중 한 사람은 인프라가 잘된 세련된 도시에서 근사한 아침을 먹고
싶어 하는데, 한 사람은 오지 한가운데서 현지인들과 모래 섞인 아침을
먹는 것이 로망이라면 휴가철에 매번 다툴 것이다. 1년에 한 번 갖는 가족
휴가에서 누군가는 늘 양보해왔거나 아니면 이도저도 아닌 그저 그런
휴양지로 만족했을 가능성이 높다. 난 실제로 어떤 여성이 남편을 따라
여행을 오긴 했는데 그 도시 이름이 뭔지도 모르는 채 따라다니는 걸 본
적이 있다. 그러면서 시종일관 집에서 선식을 먹어야 하는데 나오면 먹는
게 자기 맘대로 안 돼서 짜증 난다는 투였다. 그러니 그 여성은 여행을
그다지 좋아하지도 않으면서 그냥 따라나선 것이다. 그녀를 보면서,
한 달의 인도 여행을 위해 1년을 아르바이트를 했다던 한 여대생을
떠올렸었다. 세상은 이렇게 불공평한 것이었다.

남편과 아내의 여행 스타일이 다르다면, 매번은 아니라 할지라도 한 번쯤은
그의 요구, 그녀의 요구를 들어주면 어떨까. 주부들을 대상으로 한 여행
강의를 해보면, "어떻게 하면 남편에게 혼자 여행 가는 걸 허락받을 수
있나요?" 하고 물어보는 사람이 의외로 많아서 놀라게 된다. 그리고 난
그런 여성들에게 이렇게 권하곤 했다. 먼저 가끔은 남편의 독립적인
여행을 허락해줄 것. 그리고 평소 혼자 여행을 보내도 괜찮을 것 같다는
믿음을 심어줄 것. 가까운 국내 여행부터 혼자 연습해볼 것. 그리고
무엇보다 꼭 가고야 말겠다는 강한 의지를 보일 것.

나다워지는
시간을 찾아서

성공적인 결혼 생활을 유지하는 데는 '서로에 대한 존중'이 중요하며, 그 시작은 상대가 아닌 나 자신을 잘 아는 것에 있다. 가끔 페이스북이나 카카오 스토리에 1년 365일 가족 이야기만 올리는 사람들이 있다. 자신의 화목한 가정을 행복하게 여기고 그것을 자랑하고픈 마음이겠지만, 나는 그것이 신기하게 느껴진다. 1년 365일 뒤엉켜 매일 애정을 확인하며 살아야 한다면 숨이 막혀버릴 것 같기 때문이다. 난 말하자면 '따로 또 같이' 스타일인 것이다. (점점 더 '따로'의 시간을 원하게 되는 경향이 있긴 하다.^^) 그래서 내가 원하는 그런 삶이 가능해 보이는 사람을 선택했고, 지금까지 잘 지내고 있다.

그래서인지 모르지만 친구든 동료든 지나치게 관계 지향적인 사람은 부담스럽다. 그런 사람은 잠시도 혼자 있지 못해서 언제나 누군가를 필요로 하고, 잠깐의 침묵도 참지 못한다. 그들은 오랜만에 찾아온 황금 같은 시간, 고요히 자신을 바라볼 시간이 와도 혼자 있을 줄 몰라 전전긍긍한다. 시간을 공유할 누군가를 찾아 끝없이 헤매는 것이다. 마음에 드는 사람이 없으면 아무라도, 심지어 싫어하는 사람조차도 함께 시간만 보내줄 수 있다면 상관없다. 그리고 돌아와서는 욕하고 힘들어한다. 난 그런 사람을 너무 많이 보았다.

"내가 나를 모르는데 넌들 나를 알겠느냐"라는 노래 가사가 있던가. 행복한 삶을 위해, 자신을 명징히 들여다보기 위해 혼자만의 여행을 떠나보는 건 어떨까. 책도 있고, 영화도 있고, 전시도 있지만, 그 모든 것 중에서 여행만큼 자신을 잘 바라볼 수 있게 해주는 것도 없기 때문이다.

Indonesia

먹고 기도하고
충전하라!

줄리아 로버츠가 나온 영화 〈먹고 기도하고 사랑하라〉를 보면서 어떤 이는 생각할지도 모른다. 번듯한 직업과 자신을 사랑하는 남자가 있는데 저 여잔 뭐가 부족해서 저러는 걸까 하고. 그러나 실상 많은 사람들이 비슷한 감정을 느끼는 때를 맞이하게 되는데, 굳이 나이로 따지자면 대체로 마흔 무렵인 것 같다. 이런 자각이 왔다는 것은 이젠 다른 사람의 평가나 외적인 삶보다 내면의 삶에 집중할 때가 되었다는 신호인지도 모른다. 만약 또 한 번 이 신호를 외면한 채 살아오던 대로의 방식을 고집한다면 점점 커지는 공허함을 견디기 힘들어질 수도 있다. 변화를 위한 여행을 원하는 이에게 영화 속 줄리아 로버츠가 떠난 세 나라 중 마지막 여행지였던 곳, 인도네시아를 추천한다.

우린 인도네시아 하면 발리, 발리 하면 리조트만 알고 있지만, 실상 인도네시아라는 나라는 알면 알수록 내가 얼마나 우물 안 개구리였나를 깨닫게 해줄 만큼 거대하고 복합적인 문화를 지녔다. 인구가 무려 2억 5,000만이나 되어 세계 네 번째 인구 대국이자 경제 대국이고, 무려 1만 8,000여 개의 섬이 태국에서 호주까지 흩어져 있는 세계 최대의 섬나라이기도 하다. (필리핀 7,107개, 일본 6,852개, 한국 3,400개와 비교하면 정말 어마어마한 숫자다.) 2차 세계대전이 일어나기 전엔 네덜란드령 동인도제도에 속했으며, 1945년에 와서야 독립을 선언한 나라이기도 하다.

여행을 할 때 역사 공부를 억지로 할 필요는 없지만, 그래도 제대로 된 여행을 하기 위해선 역사적 배경을 완전히 무시해서도 안 된다는 것을 느낀다.

사람 중심의 여행을 하든, 구도자적 여행을 하든 마찬가지다. 어차피 그 땅의 냄새를 맡고 그 땅의 이야기를 듣는 것이 여행이기 때문이다. 인도네시아는 수도 자카르타Jakarta가 있는 자바Java 섬을 비롯하여 세계 5대 휴양지 중 하나인 발리Bali와 수마트라, 보르네오, 파푸아 등이 대표적이다. 뉴스에서 종종 듣는 이름인 동티모르와 파푸아뉴기니도 원래 인도네시아령이었지만, 지금은 독립국가가 되었다.

자바-발리 횡단 여행은 자카르타로 들어가서, 국내선으로 갈아타고 족자카르타Jogjakarta에 도착하면서 시작된다. 인천에서 자카르타까지 7시간이 소요되고, 자카르타에서 족자카르타까지 1시간을 더 날아가야 한다. 공항에서 기다리는 시간까지 합치면 사실상 하루가 통째로 소요될 정도로 생각보다 먼 곳이기도 하다. 그러나 힘겹게 간 만큼 동남아의 여느 섬들과는 다른 즐거움을 안겨주는 곳이 바로 인도네시아다.

족자카르타부터 발리까지는 육로로 이동했다. 비행기로 1~2시간이면 될 거리를, 긴 섬을 가로질러 달리고 또 달렸다. 그러다 보면 유명 관광지가 아닌, 숨겨진 그들의 일상을 고스란히 볼 수 있는 장점이 있다. 관광지가 아니라 있는 그대로의 모습을 보는 재미는 쏠쏠하다. 식사도 예약된 유명 식당이 아니라 적당한 현지 식당에 들어가 그들이 먹는 음식을 먹는다. 중간에 시장이 보이면 차를 세우고 과일을 사기도 하고, 화장실에 가기도 한다. 지겨워지면 책을 읽기도 하고, 음악을 듣기도 하다가, 옆에 있는 누구라도 붙잡고 말이 통하든 안 통하든 수다를 떨게도 된다. 그렇게 긴 섬을 가로지르는 동안 나만의 추억이 만들어지는 것이다. 문득 영화 대사가 떠오른다.

"하늘을 나는 비행기는 너무나도 쉽게 우릴 목적지로 데려다주지만,
그곳엔 아무런 이야기도, 추억도 없어."

_〈잉여들의 히치하이킹〉 중에서

불교 사원과 힌두 사원이
최고 유적으로 꼽히는
이슬람 도시, 족자카르타

공식적으로는 '욕야카르타Yogyakarta'로 이름이 바뀌었지만, 여전히 '족자카르타' 혹은 줄여서 '족자'라 부르는 것이 더 익숙한 곳. 족자가르디는 이직 우리에게 잘 알려지지 않았지만 인도네시아의 역사와 문화를 이해하기 위해 꼭 들러야 할 정신적 고향이다. 인도네시아가 세계 최대의 이슬람 국가임에도 불구하고 유네스코 세계문화유산에 등재된 유적지는 불교 유적지와 힌두교 유적지라는 사실은 무척 흥미롭고도 신기한 사실이다. 평소 이런 국제적 인정 기준 같은 것에 연연하지 않는 편이긴 하지만, 그래도 유네스코가 지정한 세계문화유산이라는 점은 어쨌든 한 번 더 그 가치를 찾아보게 하는 힘이 있다.

세계 3대 불교 유적지 중 하나인 보로부두르 사원Borobudur Temple과, 인도네시아에서 가장 큰 힌두 사원 프람바난Prambanan은 대표적인 유네스코 세계문화유산이다. 이쯤 되면 아무리 골치 아픈 역사는 묻어두고 가볍게 여행만 하려 했던 사람도 이 나라에 대해 궁금해질 것이다. 동인도제도라는 명칭이 말

해주듯 인도와 가까운 인도네시아는 인도의 종교인 힌두교와 불교의 영향을 받을 수밖에 없었을 것이다.

캄보디아의 앙코르와트, 미얀마의 바간과 함께 세계 3대 불교 유적지로 꼽히는 보로부두르 사원은 거대한 규모는 아니지만 단계별로 쌓은 듯한 종탑 모양의 사원이 인상적이다. 각각의 종탑 안에는 부처상이 모셔져 있다. 그곳에서 수학여행 온 여학생들을 만났다. 이슬람 여성들이 머리에 쓰는 히잡을 두른 이 여학생들은 자기네 문화 유적지보다는 그곳에서 만나는 외국 관광객들에게 훨씬 더 많은 관심과 호기심이 있는 듯했다. 친화력도 대단해서 보이는 대로 외국인을 따라다니며 사진을 찍자고 졸라댔다.

힌두 유적인 프람바난 사원도 인도의 힌두 유적과는 다른 모습이다. 보로부두르 사원에서 보던 종탑 모양이 섞여 있는 모습에, 사원 내부의 시바신이나 두르가신의 형상도 인도에서처럼 기괴하지 않고 점잖고 온유한 모습이다. 같은 종교 유적이라 할지라도 나라마다 독특한 모습을 지니고 있다는 사실은 참으로 흥미롭다. 이렇게 문화는 섞이고 국경은 이어진다.

족자카르타는 파고들수록 보고 즐길 것이 많은 문화 예술 중심 도시였다. 전통 문양인 바틱batik 예술품들을 감상하며 거리를 걸어 다니거나, 밤이 되면 유명한 라마야나 공연을 보는 것도 좋다.

세계 3대 불교 유적 중 하나인
보로부두르 사원

분화구에 꽃을 던지면
소원이 이뤄진다는 브로모 화산

섬나라들이 그렇긴 하지만 인도네시아는 세계에서 가장 화산이 많은 나라다. 족자카르타에서 차로 약 12시간 정도를 가서야 만날 수 있는 브로모 Bromo 화산은 해발 2,000미터 높이에 있다. 고도가 높아서 선선하다 못해 새벽엔 춥기까지 한 곳이다. 그러니 인도네시아라고 해서 무조건 덥다고 생각하면 오산이다. 아프리카에도 선선한 곳이 있고, 밤이면 파카를 입어도 추워서 떨게 되는 곳이 있듯이, 인도네시아에도 높은 지대에 있는 브로모 화산 같은 곳은 1년 내내 기온이 선선해서 열대 국가인 아랫동네와는 전혀 다른 풍경을 선사해준다.

도착한 다음 날은 새벽에 일어나 브로모 화산의 일출을 보려고 분화구로 갔다. 천국의 계단이라고 불리는 245계단을 올라서 보는 브로모 화산의 일출은 세계 3대 경관으로 꼽힐 정도로 아름답다. 가스와 열기가 모락모락 피어오르는 브로모 화산의 분화구로 들어가는 입구에서는 꽃다발을 만들어 파는 현지인들을 많이 볼 수 있었는데, 분화구 한가운데로 꽃을 던지면 소원이 이루어진다는 전설이 있기 때문이다. 40분마다 유황 가스를 내뿜는 브로모는 신이 숨 쉬고 있는 모습을 보여주는 증거라 하여 신성하게 여겨지며, 이곳 사람들은 꽃을 바치며 소원을 빈다. 꽃다발 하나라고 해봐야 우리 돈으로 1,000원도 안 되는 가격이다. 꽃은 그곳에서만 피는 희귀한 종류로 모양이 아주 독특했다. 이만한 비용으로 소원이 이뤄진다니 꽃다발을 사지 않을 이유가 없다.

작고 예쁜 꽃다발을 하나 사 들고 분화구 계단을 올랐다. 사람들이 많이 몰리는 분화구 입구는 행여 실수로 사람들이 분화구로 떨어지지 않도록 가드 라인을 쳐놓았다. 그런데 조금만 위로 올라가면 그조차 없어 아슬아슬하니 스릴이 넘쳤다. 협소한 가장자리를 조금 걸어가노라니 가드 라인도 없어지고 행여라도 넘어질까 봐 다리가 떨려왔다.

그런데 이게 웬일까? 대부분 무서워서 근처에도 못 가는 가파르고 위험한 분화구의 능선을 따라 트레킹을 하는 담력 있는 트레커들이 있었다. 내 옆에 있던 네덜란드에서 온 남녀 한 쌍도 능선 트레킹을 하려는 듯 가방을 고쳐 메고 있었다. 나는 '오우, 정말 갈 거니?'라는 표정으로 그들을 쳐다보고 있었는데, 그때 여자가 나를 보며 무섭다는 표정을 짓는 것이었다. 나 또한 다리가 후들거린다는 표정을 지어 보였다. 잠시 후 그들은 얘기를 나누더니 결국 남자만 올라가기로 했는지, 남자는 능선을 향해 출발하고 여자는 혼자 남아 남자 친구의 늠름한 모습을 카메라에 담고 있었다. 그렇다. 꼭 둘이 함께 가야 할 필요는 없는 거다. 내가 무서워 가기 싫으니 너도 가지 말라고 방해할 필요도 없는 거다. 좀 힘들어도 기다려주는 것이 맞다. 남자는 여행에서 얻고자 했던 성취감을 안고 돌아갈 것이며, 여자는 그런 남자를 든든하게 여기게 될 것이다.

문득 칼릴 지브란의 시가 떠올랐다. 이건 내가 혼자 여행을 떠날 때마다 남편에게 읊조리는 것이기도 하다. 이상적인 커플이란 사이프러스나무처럼 간격을 두고 서로 그늘을 만들지 않으면서 함께 성장해가는 것이라고 말한 그 시를 난 마치 방패처럼 안고 다녔던 것이다.

브로모 화산에서 만난 네덜란드 커플

그대들은 함께 태어났으니, 그대들은 영원히 함께하리라.
죽음의 흰 날개가 그대들의 생애를 흩어버릴 때까지
그대들은 함께하리라.

영원히, 그대들은 함께하리라,
비록 신의 말없는 기억 속에서까지도.

그러나 그대들 함께함에는 공간을 두라,
그리하여 하늘 바람이 그대들 사이에서 춤추게 하라.

서로 사랑하라, 그러나 사랑에 구속되지 마라.
오히려 그대들 영혼의 기슭 사이에 일렁이는 바다를 두라.

서로의 잔을 넘치게 하되 한쪽 잔만을 마시지 마라.
서로가 자기의 빵을 주되 같은 조각만을 먹지 마라.

함께 노래하고 춤추며 즐기되 그대들 각자가 따로 있게 하라,
비록 그들이 같은 음악을 울릴지라도 기타 줄이 따로 있듯이.

그대들의 마음을 주라, 그러나 서로가 지니지는 마라.
오로지 '생명'의 손만이 그대들 마음을 지닐 수 있나니.

그리고 함께 서라, 그러나 너무 가까이하지 마라.
사원의 기둥들도 서로 떨어져 있나니,
참나무, 사이프러스도 서로의 그늘에선 자라지 못하니라.

_〈예언자〉 중에서

　삶에는 아무리 알려고 해도 어떤 세월의 힘이 작용하지 않고는 절대 깨
달을 수 없는 것들이 있는 것 같다. 홍상수 감독의 영화 〈자유의 언덕에서〉
에는 주인공인 일본 남자가 자신이 사랑하는 여인을 '사랑하는 사람'이라는
말 대신 '훌륭한 사람'이라 부르는 대목이 나온다. 그렇다. 살면서 수많은 만
남이 있을 수 있지만 그들과 다 사랑을 하게 되는 것도, 그들이 다 훌륭한 것
도 아니다. 만남에는 때가 있고 운명이 있다. 그리고 수많은 만남이 스치고
지나가도 오랜 역사를 함께한 사랑은 그 모든 '스침의 합'보다 더 크고 기저
에 있는 감정이라는 것도 알게 된다. 누군가 사랑은 상실로서 각인된다고 했
던가. 어쩌면 떨어져 있는 동안 얼마나 서로를 그리워하느냐가 사랑의 바로
미터인지도 모른다. 그러니 내가 확고해야 우리가 확고해질 수 있는 것이다.
그리고 나라는 존재가 확고해지려면 수없이 스스로를 돌아보고 상처 내고,
연고를 바르고, 덮는 내면의 전쟁을 거쳐야 하는 것이다. 그렇게 딱지 위에
새살이 돋아야 새롭게 사랑도 피어나는 것이다.
　남자 친구를 기다리는 그녀에게, 내가 분화구에 꽃을 던지는 모습을 카
메라에 담아달라고 부탁했다. 그리고 꽃을 분화구에 있는 힘껏 던지며 기도
했다. 내가 아는 모든 이가 저마다의 행복으로 가득한 삶을 누리기를…….

브로모 화산이 있는 마을 풍경

분화구엔 던지면 소원이 이루어진다는 전설이 있다

브로모 화산

인도네시아 국민 간식 박소

Indonesia

세상엔 나라 수만큼, 어쩌면 사람 수만큼 다양한 종류의 기도법이 있고, 그러한 기도법을 알고 해보는 것도 여행에서 얻는 기쁨 중의 하나다. 다행히 특별히 믿는 종교가 없어서 세계 어디를 가든 그 나라만의 방식으로 온갖 기도를 다 했으니, 그 기도의 힘으로 지금 행복한 여행을 하고 있는 건지도 모를 일이다. 일출을 보고 분화구에 꽃을 던지고 마을로 돌아왔다.

　아침 일찍부터 서둘렀기에 화산에서 돌아온 후엔 여유롭게 마을 구경에 나섰다. 브로모 화산이 있는 마을의 풍경이나 정취는 히말라야 중턱과 비슷했다. 마냥 걷다 보니 작은 수레에 인도네시아의 대표 간식인 '박소'를 파는 상인이 눈에 들어왔다. 상인이 이끄는 대로 수레 앞의 계단에 걸터앉아 따뜻한 인도네시아 어묵탕 박소를 처음으로 먹어본다. 동네 주민들과 인사도 나누고 아이들과 장난도 쳐본다. 또 걷다 보니 이번엔 '사떼'를 파는 것이 눈에 들어온다. 줄을 시시 사떼를 사 먹었디. 우리네 닭꼬치와 똑같은데 정말 싸고 맛있었다. 인도네시아는 길거리 음식의 천국이라 불린다.

　이리저리 마을을 거닐다 보니 5시도 안 되었는데 어느새 어둑어둑해졌다. 산기슭의 집집마다 불이 켜지고, 작은 가게에서는 이곳에서 가장 흔한 간식 중 하나인 바나나 튀김을 만들기 시작한다. 바나나 튀김을 한 봉지 사서 숙소로 돌아왔다. 달달한 바나나 튀김을 가슴에 안으며 내일은 또 어떤 풍경이 기다릴까 궁금해진다.

천국에 유배되다,
페무테란과 멘장안 섬

"관광지로서 최적화되어 있지만, 곳곳에 신비스러운 파편을 숨기고 있는 곳." 유명한 일본의 여행가 후지와라 신야는 발리를 이렇게 묘사하고 있다. 늘 리조트만 왔다가는 사람은 이 말이 무슨 뜻인지 이해하지 못할 것이다. 우리가 흔히 말하는 발리는 섬의 남쪽 끝에 집중된 리조트 지역을 말한다. 나도 회사원이던 시절, 일주일 받은 여름휴가 때 발리 리조트를 찾곤 했다. 짧은 시간에 가장 쉽게 갈 수 있는 최대의 이국이었으며, 그때는 아무 생각 없이 그저 누워서 온종일 선탠을 하거나 수영을 하다가 마사지를 받는 것이 최고인 상황이었기 때문이다. 그러다 돌아가기 전날 뭔가 허전해지면 근처에 있는 해안 절벽에 있는 원숭이 사원과, 서핑으로 유명하다는 비치를 잠깐 다녀왔던 기억이 어설프게 남아 있다. 만사 피곤해서 돌아다닐 에너지조차 없던 때의 불가피한 선택이었던 리조트 여행은, 이젠 세계 어딜 가나 똑같다는 결론에서 안 다닌 지 오래되었다. 그러나 이런 리조트에 대한 편견을 깨준 곳이 있었으니 바로 멘장안^{Menjangan}에 있는 밈피 리조트였다. 어디나 그렇듯 진짜 천국은 조금은 덜 개발된 외진 지역에 있기 마련이다.

페무테란^{Pemuteran}은 발리에서 가장 아름다운 섬인 멘장안으로 가는 관문이다. 자바 섬에서 페리를 타고 1시간 정도 가면 발리의 북서쪽 페무테란에 도착한다. 페리는 인천 월미도에서 석모도 갈 때 타는 것과 똑같이 생겼다. 만약 발리 쪽 덴파사르 공항으로 들어간다면 3~4시간 꼬불꼬불한 산 하나를 넘어가야 하는 북서쪽 끄트머리에 페무테란이 있다. 평소 리조트보다는 현지인의 정취를 더 많이 느낄 수 있는 게스트하우스 스타일의 숙소를 선호하는 사람이라 할지라도, 이곳 페무테란에서만은 밈피 리조트에 머물기를 추천하고 싶다.

이곳은 숙소라기보다는 '숨겨진 은둔지' 같은 느낌을 준다. 리조트 바로 앞에는 멋진 화산이 세 개 있고, 주변 바닷가는 온통 맹그로브 숲으로 둘러싸여 있어 세상 어디에도 없는 멋진 풍광을 선사한다. 뭐랄까, '천국에 조용히 유배된 느낌'이 드는 그런 곳이다.

리조트 내에도 스쿠버다이빙 센터가 있지만, 최고의 스노클링 장소는 30분 정도 쪽배를 타고 가면 만날 수 있는 작은 무인도 멘장안이다. 여행자의 손길이 거의 미치지 않은 이곳은 오전엔 파도도 잔잔하고 한가해서 섬을 혼자 전세 낸 듯 즐길 수 있다. 점심 무렵이 되면 인근 발리에서 들어온 배들로 붐비기 시작한다. 그래봤자 평화로운 유배 생활(?)을 해칠 만큼은 아니다. 멘장안 섬에는 먹을 것을 파는 곳이 없으므로 스노클링 장비 대여소에서 도시락을 사 가는 게 좋다.

물놀이를 좋아하는 사람이라면 온종일 스노클링을 해도 신선놀음에 도낏자루 썩는 줄 모를 것이다. 그러나 1~2시간 물놀이로 족한 사람이라면 작은 섬 곳곳에 산재한 힌두 사원을 둘러보는 것도 커다란 즐거움이다. 하얀 옷을 정갈하게 차려입은 힌두 신자들을 실은 배가 연달아 닻을 내리고, 신에게 바칠 꽃 제단인 짜낭^{Canang}을 든 사람들이 산속으로 사라졌다. 나도 얼른 샤프롱을 둘러 민소매와 허벅지를 가린 다음 그들을 따라가 봤다. 조금 걸어가다 보니 작은 힌두 사원이 나타났고, 사람들이 그곳에서 힌두교 의식을 치렀다.

발리의 힌두 의식은 인도에서 보던 것과는 전혀 달랐다. 향을 올리고, 짜낭을 바치더니, 대모로 보이는 듯한 여인이 대표로 나서서 기도를 올린다. 그

한가로이 스노클링과 스쿠버다이빙을 즐길 수
있는 멘장안 섬

러고 나서는 기름 같은 것을 사람들 머리에 차례로 뿌려준다. 신부님이 영세
식에서 하는 것과 비슷한 모습이다. 세례를 받은 사람은 그 옆에 놓인 꽃잎을
문질러 자신의 이마에 빈디를 찍는다. 이러한 일련의 의식은 우리가 산소를
방문해서 하는 제사와 비슷해 보였다. 그들이 가족 단위였기 때문일 수도 있
고, 향을 피우고 제단에 먹을 것과 꽃을 올리는 모습 때문일 수도 있었겠다.

이렇게 시작한 사원 방문은 섬을 돌며 그곳에 흩어져 있는 여러 개의 사원을 일일이 방문하여 동일한 의식을 반복해서 치르는 것으로 끝이 났다. 마지막에 있는 가네샤(힌두 3대 신 중의 하나로 지혜와 번영을 상징)를 모신 사원에서는 의식을 마친 후 다 같이 음식을 나눠 먹었다. 나와 눈이 마주친 아낙네가 바구니를 열어 내게 음식을 권했다. 뭘 집을까 하면서 들여다보니 바구니 속엔 꽃과 사탕, 빵, 바나나와 배 같은 과일이 들어 있었다. 바나나는 질리도록 먹었으니 배를 집어 들었다. 감사의 인사를 한 후 한입 베어 문 배의 맛은 정말이지 황홀했다. 입안 가득 수분이 전해지며 달콤한 전율이 온몸으로 퍼져나갔다. 그렇게 환상적인 멘장안 섬의 하루를 보내고 다시 밈피 리조트로 돌아왔다.

국립공원 내에 위치한 밈피 리조트는 자체가 국립공원인 듯 온통 초록이다. 텔레비전도 없고 와이파이도 잘 안 터지는 이곳은 자동적으로 사람을 번잡한 삶에서 유배시켜준다. 그래도 심심할 틈은 없다. 곳곳에 아담한 수영장이 있어 개인 수영장인 듯 혼자만의 평화를 누릴 수 있으며, 향신료 나무를 재배하는 정원과 고급 스파도 있다. 리조트 내에서 가장 맘에 든 곳은 유황 온천이었는데, 맹그로브나무로 둘러쳐져 바다를 향해 있는 노천온천에 나 홀로 몸을 담그는 순간 모든 상념과 피로가 일시에 날아가 버리는 마법 같은 체험을 할 수 있었다. 지금 번잡한 속세를 떠나 단 며칠 동안이라도 자연 속에서 침잠하고 싶은 분에게 발리 같지 않은 발리, 페무테란과 멘장안을 권하고 싶다.

신에게 바치는 공양, 짜낭

아름다운 맹그로브 숲과 노천온천

영화의 배경지가 되었던
우붓

최근 발리에서 핫플레이스로 떠오르는 곳이 우붓^{Ubud}이다. 우붓은 줄리아 로버츠가 나온 영화 〈먹고 기도하고 사랑하라〉의 촬영지로 알려지면서 세계적으로 유명해졌다. 여유로운 농촌 풍경과 예술을 즐기는 사람들에게 특히 각광받는 이곳은 이젠 발리 여행의 필수 코스가 되었다. 자바 본토의 이슬람 세력에게 밀려나 쫓겨 온 힌두 세력이 정착한 발리는 자연이 지닌 천혜의 아름다움에 힌두교라는 독특한 종교적 색채가 어우러져 세계인들이 사랑하는 휴양지가 되었다.

발리는 꽃이다. 이곳에서는 눈길이 닿는 곳마다 꽃을 발견할 수 있는데, 이것을 '짜낭'이라고 한다. 신에게 바치기 위한 꽃 장식으로, 이슬람 국가에서 하루 다섯 번 아잔을 올리는 것처럼, 이곳 발리에선 하루 다섯 번 신에게 꽃을 바치는 의식을 한다. '머반텐^{Mebanten}'이라 부르는 이 의식은 이곳 사람들에겐 하루 세끼 밥을 먹는 것처럼 삶 속에 완전히 녹아들어 자연스럽다. 하루에 다섯 번 꽃을 바치기 위해 온종일 꽃과 함께 지내는 사람들, 이들의 삶이 어찌 아름답지 않을 수 있을까. 가게의 현관과 바닥에도 짜낭이 있으니, 밟지 않도록 주의해야 한다.

2억 5,000만 인도네시아인 중 90%가 이슬람교도지만 발리 섬만은 주민의 90%가 힌두 교도라는 사실은 재미있다. 집집마다 문 앞엔 작은 힌두 템플이 있고, 하루에도 몇 번씩 향기로운 꽃 캄보자(Kamboja, 발리어로는 '자뿐'이라고도 함)를 올리는 사람들의 모습은 아름다웠다. 이곳에서의 기도는 '경건

하다'라는 말보다 그저 '아름답다'라는 말이 더 잘 어울릴 것 같은 그런 기도다. 우붓 새벽 시장에서 가장 많은 비중을 차지하는 것도 짜낭용 꽃 시장이다. 현실의 고단함에 좌절하거나 낙담하기보다는, 선업을 쌓아 다음 생에 더 나은 삶을 살고 싶다는 마음을 지닌 사람들의 여유와 평화로움이 여행자의 마음까지 편안하게 해주었다.

거리 곳곳에서 볼 수 있는 짜낭

계단식 논이
최고의 풍경인 곳!

새로운 것은 다 이국이 되는 건가 보다. 서양인들에겐 논농사를 짓는 풍경과 계단식 논이 에메랄드빛 바다 못지않은 아름다운 풍경일 수 있다는 것을 이곳에 와서 알게 되었다. 쌀농사를 짓는 우리에겐 익숙한 논 풍경이 서양인들에겐 가장 핫한 풍경으로 각광받는 것이 신기했다. 그렇긴 해도 우붓의 농촌 풍경은 분명 우리네 농촌 풍경과 좀 다르긴 했다. 야자수들과 어우러져 더 짙은 초록의 이국적인 아름다움을 발산하고 있었다.

몽키 포리스트 거리에는 논두렁이 잘 보인다는 것을 콘셉트로 내세운 레스토랑이 있으며, 메인 도로에서 택시를 타고 20분 정도 거리에 있는 트갈랄랑Tegallalang에는 계단식 논을 전망으로 한 카페도 있다. 트갈랄랑은 메인 로드의 번잡함을 벗어나 원래의 우붓을 느끼고 싶어 하는 사람들에게 인기 있는 곳이다. 더 큰 계단식 논을 볼 수 있는 '쟈띠루이' 지역도 있지만 카페와 기념품 숍을 함께 즐길 수 있는 트갈랄랑이 여행자들에게 더 인기 있다. 이곳은 걸어서 가기엔 좀 멀어서, 메인 로드에 있는 여행사를 이용하거나 택시를 이용하는 편이 낫다. 우붓을 소개하는 책자엔 우붓에는 택시가 없다고 나와 있었지만, 그건 차 뚜껑에 택시라고 써 붙인 공식 택시가 없다는 말이고, 몽키 포리스트 거리엔 사설 택시가 넘쳐난다. 안전하고 가격도 협상하기에 따라 크게 부담 없으므로 이를 이용해도 좋고, 그래도 불안하다면 메인 로드에 있는 여행사에서 제공하는 택시를 타거나 코치 서비스를 이용하면 된다.

계단식 논이
최고의 풍경인 곳

알고는 못 마시는
코피루왁의 진실!

알고는 못하는 것들이 있다. 우아하고 멋지게, 부유해 보일 거라고 생각해서 하는 것들이 사실은 그만큼 무지하다는 것을 보여주는 일들 말이다.

모피가 그렇고, 골프가 그렇고, 코피루왁^{Kopi Luwak}이 그렇다.

동물의 껍질을 잔인하게 벗겨 만든 모피를 입고 다니면서 뽐내는 일이나, 좁은 국토를 훼손하는 골프를 치며 부유함을 자랑하는 일이 그렇다. (내가 아는 한 기업의 회장님은 면접에서 골프를 친다고 하는 사람은 채용하지 않는 원칙을 가지셨다.) 우리나라 고급 호텔에서 3잔 마시면 10만 원이 나온다는 코피루왁도 그중 하나다. 나 또한 코피루왁의 본토인 인도네시아 자바 섬에 가기 전까진 본토에서 코피루왁을 마셔볼 꿈에 부풀었는데, 생산자인 사향고양이들의 미친 눈빛을 보고 난 후에야 잘못된 것이었음을 알게 되었다.

인도네시아 자바 섬은 코피루왁의 원조로 알려져 있다. 트갈랑랑엔 코피루왁을 마실 수 있다고 팻말을 내건 카페도 있다. 우리나라 모 호텔에서 한 잔에 몇만 원 한다는 이 커피는 이곳에서도 한 잔에 5,000원 정도인데, 향신료 농장 안에 있어 계피나 레몬그라스, 생강차도 함께 맛보거나 구매가 가능하다. 사향고양이가 커피 열매를 먹고 배설하는 것으로 만든다는 코피루왁은 '고양이 똥 커피'라고 불린다. 나중에야 알게 된 사실이지만 이 코피루왁은 최근 동물 보호 단체를 중심으로 불매 운동이 벌어지고 있다. 희귀하다 보니 높은 값을 받게 되면서, 지금은 사향고양이들을 방목하는 대신 좁은 우리에 가둬놓고 강제로 커피 열매를 먹이고 배설시키는 바람에 동물 학대가 심하기 때문이다.

정신분열 증세를 보이던
사향고양이들

코피루왁의 원두

트갈랄랑에 있는 커피 농장에서 직접 본 사향고양이의 표정은 한마디로 섬뜩했다. 돈밖에 모르는 야만적인 인간들에 의해 운신조차 어려운 좁은 우리 안에 갇혀서 커피 열매만을 먹도록 강요당하는 사향고양이는 그야말로 미친 것 같았다. 이들은 그저 멍한 표정으로 앉아 있거나 힘없이 자고 있지 않으면, 잠시도 쉬지 않고 우리 안을 뱅글뱅글 돌고 있었다. 사람이든 고양이든 좁은 곳에만 가둬놓으면 미쳐버리는 게 당연하지 않을까. 순간 커피 맛이 뚝 떨어졌다. 이런 것도 모르고 코피루왁, 코피루왁 했던 내 자신이 한심하게 생각되었다. 그리고 그 후로 이 커피와는 영원히 결별했다.

놀며, 쉬며, 잘란잘란하기

'잘란잘란'은 발리 말로 '길'을 뜻하는 잘란jalan을 두 번 연속한 것으로 '산책하다'라는 뜻이다. 예술과 미각적 즐거움이 함께하는 우붓을 최고로 여행하는 방법은 그저 '잘란잘란하는 것'이다.

갤러리에서 예술 작품을 감상하고, 카페와 레스토랑에서 세계의 다양한 음식들을 맛보는 것은 우붓에서 느낄 수 있는 커다란 즐거움이다. 원숭이 사원 몽키 포리스트를 중심으로 길게 뻗어 있는 몽키 포리스트 거리와 하노만 거리, 우붓 대로는 힌두 사원들과 카페, 레스토랑, 아트숍 들이 줄지어 있어, 천천히 걸으며 구경하는 걸 좋아하는 여행자들에게 아기자기한 즐거움을 선사해준다. 미술을 좋아하는 사람은 아궁라이 미술관, 네까 미술관, 블랑꼬 르

네상스미술관, 뿌리루끼산 미술관 등을 둘러보면 좋다. 쇼핑을 좋아하는 사람이라면 발리 전통 예술 작품을 비롯해서 아로마 오일 같은 화장품, 세계적 의류와 신발에 이르기까지 토속품부터 유명 브랜드까지 다양한 상품을 만날 수도 있다. 누군가는 이를 빗대어 "신들의 섬 발리엔 지름신도 있다"라고 말할 정도다. 미식가라면 다양한 인도네시아 음식에 도전해보는 것도 좋다. 나시고렝(볶음밥), 미고렝(볶음국수), 소토아얌(닭고기 수프)을 비롯해서 대표적 간식인 사떼(닭꼬치), 박소(어묵탕)에 이르기까지 인도네시아 음식은 우리 입맛에도 잘 맞을 뿐만 아니라, 매운맛을 내는 삼발 소스는 우리나라 고추장 같아서 친근한 맛을 느끼게 해준다.

우붓은 세계 여행자의 메카답게 인도네시안 전통 음식뿐 아니라 이탈리아 레스토랑, 아이스크림 가게와 카페도 많다. 한적하고 예술적인 우붓의 정취를 느끼고 싶은 사람이라면 하노만 거리가 마음에 들 것이다. 블랙비치 레스토랑은 맛있는 식사와 얼음을 갈아 넣은 과일 주스, 이탈리아 스타일의 전통 커피 음료를 즐길 수 있을 뿐만 아니라, 거리가 내려다보여 답답하지 않으면서도 아늑한 분위기를 갖고 있다. 조용하게 글을 쓰거나 책을 읽고 싶어 하는 여행자들이 좋아하는 곳이다. 우붓의 카페에 앉아 책장을 넘기거나 밀린 일기를 쓰며 산들산들 불어오는 바람을 느끼노라면 행복이 살금살금 다가오는 소리를 들을 수 있을 것이다.

우붓의 숙소는 최고급 빌라부터 수영장이 딸린 스파 호텔, 방갈로와 게스트하우스까지 다양하므로 경제적 여건과 취향에 맞는 곳을 폭넓게 선택할 수 있다. 장기 투숙을 원할 경우엔 한 달이나 1년 단위로 프라이빗 빌라private villa를 빌릴 수도 있다. 메인 로드에 있는 여행사들에 문의하면 숙소 문제는 물론 근처로의 섬 투어나 일출 트레킹 투어, 자전거 투어, 래프팅 등 다양한 프로그램을 즐길 수 있으므로, 시간 여유가 있다면 이런 투어에 참가해도 좋을 것이다.

맛과 멋, 예술적 향취로 가득한
우붓 거리

우붓 왕궁에서
발리 전통 공연 보기!

몽키 포리스트 거리와 우붓 대로가 만나는 모퉁이에 있는 우붓 왕궁Puri Saren Agung은 소박한 분위기로 지금도 사람이 거주하고 있다. 낮 동안은 무료로 개방하지만, 전통 무용 공연이 있는 저녁엔 유료다. 우붓 왕궁의 야외무대에선 저녁 7시 반이면 바롱Barong 댄스, 레공Legong 댄스, 케착Kecak 댄스를 비롯해 다양한 발리 전통 공연이 펼쳐진다.

바롱 댄스는 마을마다 있는 죽은 이를 모신 사원인 푸라 달렘 아궁Pura Dalem Agung에서 행해지던 종교 의식 중 하나로, 선을 상징하는 동물과 악을 상징하는 동물을 등장시켜 대결을 벌이는 내용이다. 단순히 권선징악을 가르치려는 목적보다는, 선악은 영원히 대결하면서 공존하는 것이라는 힌두 사상을 대변하는 것이라 볼만하다. 레공 댄스는 발리 무용 중 가장 우아한 춤으로 꼽히며, 자바 힌두교와 발리 토착신이 융합되어 만들어진 것이다. 신에게 제물을 바친 후 추는 케착 댄스는 몽키 댄스라고도 부르는데, 상반신을 벗고 원숭이 역할을 맡은 남자들 100여 명이 등잔불 주위를 둘러싸고 "케착, 케착" 하는 개구리 울음소리를 내며 춤추는 데서 유래했다.

거리를 걷다 보면 아이에서 어른까지 공연 표를 팔러 나온 사람들이 많이 있으므로 표를 구하기는 어렵지 않다. 인도네시아 맥주인 빈땅 맥주를 한 병 사 들고, 바닥에 편하게 앉아 보는 여름밤의 공연은 우붓의 밤을 가장 알차고 낭만적으로 즐기는 방법이다. 전통 공연을 좋아하지 않는 사람이라면 메인 로드에 있는 재즈 바에서 재즈 공연을 보거나 팝 라이브 공연을 즐기는 것도 좋다.

우붓 왕궁에서 무료로
즐길 수 있는 발리 전통 공연

Indonesia

{ Travel Tip }

✔ 찾아가기

인천에서 인도네시아의 수도 자카르타까지 5시간이 걸리고, 다시 국내선으로 1시간 가면 자바 섬의 핵심 도시인 족자카르타에 도착한다.
추천 여행 루트: 인천–자카르타–족자카르타–브로모–멘장안–우붓–발리–인천

✔ 기본 여행 정보

수도는 자카르타이며, 무려 1만 7,000개에 달하는 섬으로 이루어진 세계 최대 도서 국가다. 여행하기 좋은 시기는 건기인 5~10월이고, 11~4월은 우기이므로 피하는 것이 좋다. 종교는 87% 이상이 이슬람이고, 발리 지역만 힌두교인 것이 특색이다. 화폐 단위는 인도네시아 루피아(Ruppia, RP)이고, 1루피아=9원이다.

✔ 추천 액티비티

– 세계 7대 불가사의에 속하는 보로부두르 사원 방문하기
– 유네스코 세계문화유산인 프람바난 힌두 사원 가보기
– 브로모 화산에서 일출 감상하기
– 멘장안에서 스노클링, 스쿠버다이빙 하기
– 예술의 중심지 우붓에서 어슬렁대며 산책하기

✔ 추천 숙소

– 족자카르타

두타 게스트하우스(Duta Guesthouse: jalan prawirotaman 26, jogjakarta, Java, Tel. +62-274-372064, www.dutagardenhotel.com)

– 페무테란

밈피 리조트(Mimpi Resort): 페무테란에서 고급 숙소로 손꼽히는 곳. 다른 곳에서는 허름한 곳에 묵더라도, 페무테란만큼은 이곳에 묵기를 추천한다. 한적하고 넓은 공원 같은 이 리조트는 머무는 동안 천국에 유배된 느낌을 주기에 충분하다.

– 우붓

참푸룽 사리 호텔(Champlung Sari Hotel) : 몽키 포리스트 템플 바로 앞이어서 여행하기에 편리한 위치에 있으며, 수영장은 물론 넓은 로비와 다양한 정보들을 얻을 수 있어 좋은 곳이다. (Jalan Monkey Forest Street, P.O.Box 87, Ubud 80571 Bali, Tel. +62-361-975418, www.champlungsariubud.com)

10

남편만의 여행을
허하라

칭기즈칸의 기백을 찾아줄,
우즈베키스탄

Uzbekistan

나그네여, 당신의 발자국이 바로 길,
본래 그것 말고는 없다네.
나그네여, 아무런 길이 없어도
길은 만들어진다네.
걷다 보면, 걸으면서
당신은 길을 만든다네.

_안토니오 마차도

AMIR
TEMUR

AMIR TEMUR

KUCH ADOLATDADUR
СИЛА В СПРАВЕДЛИВОСТИ
STRENGTH - IN JUSTICE

히바 이찬칼라 성안에서 만난
웨딩 커플

우즈베키스탄은 우리나라에 '김태희가 밭을 갈고 전지현이 소를 모는' 아름다운 여인들이 많이 사는 나라로 알려져 있지만, 그 때문에 남편 혼자 여행지로 추천하는 건 아니다(ㅆ). 우즈베키스탄은 칭기즈칸의 후예 티무르 황제가 제국을 호령했던 호연지기의 나라이며, 새로운 사업을 구상하는 사람에겐 더없이 좋은 개척자의 땅이기도 하다.

나는 세련된 첨단 도시도 좋아하지만 오지 여행을 더 좋아하는 편이다. 그러다 보니 이들 여행지에서 혼자 온 남자분들을 만나게 될 때가 있다. 얘기를 들어보면 아내는 인프라가 아주 잘되어 있는 쾌적한 여행지나 리조트를 선호하는 데 반해, 자신은 다소 인프라가 떨어지더라도 어릴 적 꿈이었던 오지를 꼭 와보고 싶었다는 말을 하는 경우가 많았다. 그래서 수년간 설득해서 겨우 혼자 오는 걸 허락받았다는 것이다. 우즈베키스탄 여행에서 만난 어떤 분은 어릴 적 티무르 황제에 대해 배웠을 때부터 언젠가는 꼭 이 나라에 와보리라 결심했다고 했다. 소원이 이루어져 정말 기쁘다며, 티무르 왕궁에서 왕의 복장을 하고 사진을 찍을 땐 소년처럼 행복해했다.

프랑스 작가 앙드레 모루아는 "행복한 결혼에는 애정 위에 아름다운 우정이 접목되기 마련이다. 그 우정은 마음과 육체가 결부되어 있기 때문에 한층 견고한 것이다"라고 말했다. 상대가 행복한 모습을 보는 것이 자신도 행복한 것이라는 것은 행복한 결혼의 전제 조건이지만, 실제로 그렇게 할 수 있는 사람은 많지 않은 것 같다. 늘 그렇게 해줄 순 없다 하더라도 살면서 한 번쯤 상대에게 혼자만의 여행을 할 기회를 주는 건 어떨까. 부부가 똑같은 취향을 가졌다면 그건 천운과도 같은 일이다. 그러나 부부도 사람인지라 취향이 다른 부분이 있기 마련이고, 가끔은 혼자만의 취향을 누려볼 기회를 주는 것도 좋을 것 같다. 그에게 혼자만의 여행을 허락해보자. 아마도 감격에 겨운 나머지 더 큰 사랑으로 돌아올 것이다.

실크로드의 중심지이자
티무르제국의 영광이 남아 있는 곳

실크로드는 6세기에서 14세기에 이르기까지 중국 서안, 낙양 등 대도시에서 시작해서 중앙아시아와 서아시아를 경유하여 고대 로마의 수도 콘스탄티노플(지금의 터키 이스탄불) 등 서방 세계를 잇는 장장 7,000킬로미터에 이르는 육상 교통로를 말한다. 이 길은 15세기 들어 바닷길이 열리면서 점차 쇠퇴하기 시작하여 지금은 유적들만 남아 있다. 우즈베키스탄은 실크로드의 여러 갈래 중에서도 천산북로와 남로가 만나는 지점에 위치하고 있어 오아시스 중에서도 최고 중심에 해당하는 국가였다. 낙타에 비단과 금, 종이와 보석을 가득 실은 대상들은 우즈베키스탄에서 쌓인 피로를 풀기도 하고, 물물교환을 위해 큰 시장을 형성하기도 했다.

우즈베키스탄을 포함한 중앙아시아 지역은 우리에게 아직 생소하지만, 직접 가보면 유명한 발견들을 이룬 학자들과 수많은 역사적 유적들이 있어 깜짝 놀라게 되는 곳이다. 알고리즘의 창시자 알콰리즈미를 비롯해서 수준 높은 의학을 개발한 이븐시나, 위대한 천문학자 울루그벡, 문학가 나보이에 이르기까지 수학과 의학, 과학과 문학 등 다방면에서 뛰어난 인물들이 너무도 많다.

순수하고 근면한 국민성과 풍부한 지하자원 덕분에 앞으로 무궁무진하게 발전할 잠재력이 있는 우즈베키스탄은 경제적으로도 우리와 매우 밀접한 관련을 맺고 있다. 이를 입증이라도 하듯 타슈켄트^{Tashkent}에 있는 국제언어대학에는 한국어를 공부하는 학생들이 많이 있으며, 이들은 자기의 발전과 조국의 번영을 위해 한국이나 다른 나라로의 유학을 꿈꾸고 있다. 과거 동서양

세계에서 가장 오래된 코란을 보관하고 있는
타슈켄트의 무이 무보락 메드레세

을 잇던 실크로드의 중심지였던 이곳은 이후 1991년까지 약 72년간 러시아의 통치를 받으면서 기존의 이슬람식 문화에 유럽식 러시아 문화가 융화된 독특한 생활 양식을 지니게 되어 여행지로서도 너무나 매력적인 곳이다. 역사 마니아들은 책에서 보던 것들을 되짚어 볼 수도 있는 차분한 매력의 나라가 바로 우즈베키스탄이다.

이찬칼라가 있는
고대 오아시스 도시, 히바!

히바khiva는 수도 타슈켄트에서 1,000킬로미터나 떨어져 있어 여행 기간이 짧을 경우 빼먹기 쉽지만, 빠뜨리면 두고두고 후회할 만큼 아름다운 도시다. 아무다리야 강 하류의 오아시스 마을인 히바는 고대 페르시아 시대부터 카라쿰 사막의 출입구로서 실크로드의 길목으로 번성했다. 가장 유명한 것은 이찬칼라Ichan-Qala로서, 외적의 침입을 막기 위해 쌓았다는 높이 8미터, 두께 6미터, 길이 2킬로미터에 이르는 성벽으로 둘러싸여 있다. 그 안에는 20개가 넘는 모스크와 신학교인 메드레세 20곳, 첨탑인 미나레트 6개와 수많은 아름다운 유적들이 있다. 이찬칼라는 매우 넓기 때문에 시간적 여유를 두고 차도 마시고, 밥도 먹으면서 천천히 둘러보는 게 좋다. 햇볕에 말린 황토색 벽돌로 견고하게 쌓아 올린 성벽이 아름다운 유적들을 병풍처럼 감싸고, 황토빛 흙집들이 빼곡히 들어선 사이로 좁은 길이 미로처럼 뻗어 있는 이찬칼라를 걷다 보면 타임머신을 타고 중세 시대로 돌아온 듯한 착각이 든다.

적어도 하루에 세 번은 봐야 할
정도로 시간마다 다른 매력을
보여주는 히바의 이찬칼라 성

이찬칼라는 적어도 세 번은 봐야 한다는 말이 있다. 낮에 황토빛 성벽과 그 그늘이 드리우는 멋진 모습을 보고, 저녁을 먹은 후 조명이 켜진 아름다운 밤 풍경을 꼭 봐야 하며, 다음 날 새벽 해가 뜰 무렵의 이찬칼라를 봐야 비로소 그 아름다움을 조금은 봤다고 할 수 있다는 것이다. 정말 이찬칼라의 규모와 아름다움은 이 세 번으로도 턱없이 부족하게 느껴질 정도였다.

은은한 기품이 넘치는 도시, 부하라

요란한 화장과 치장을 하지 않아도 존재감을 발하는 사람처럼 은은한 기품이 흐르는 도시가 있다. 부하라Bukhara가 그런 곳이다. 『아라비안나이트』의 무대 중 하나이기도 했던 이곳엔 중앙아시아에서 가장 큰 첨탑으로 사막의 등대 역할을 한 칼리안 미나레트Kalyan Minaret와 7세기에 축성된 웅장한 아르크Ark 성곽, 푸른 아치형 돔을 가지고 있는 신학교 미리 아랍 메드레세Miri Arab Madrassah와, 티무르의 손자 울르그벡이 지은 가장 오래된 신학교 울르그벡 메드레세Ulugbeg Madrassah에 이르기까지 도시 전체가 박물관이라 해도 될 만큼 많은 유적들이 있다.

그러나 이들 유적들보다 더 좋았던 건 고풍스러움과 고즈넉함이 한껏 묻어나는 좁은 골목들이었다. 여러 곳을 여행하다 보면 돌아다니지 않고 한곳에 고요히 머무르고 싶은 도시가 있는가 하면, 골목 하나하나 끝 간 데까지 한없이 누비고 싶어지는 도시가 있다. 부하라는 이를테면 후자에 속하는 곳이었다.

은은한 기품이 흐르는
부하라

　여행에서도 어떤 도시를 가장 잘 사귀는 방법은 관광 명소를 차를 타고 지나가는 대신 이름 없는 골목길을 걸어 다녀보는 것이다. 여행을 연애에 비유한다면, 차를 타고 휙 지나치면서 보고 그곳을 판단하는 건 외모만 보고 이성을 판단하는 것과도 같다. 이에 반해 이름 모를 골목을 천천히 걸어보는 건 이성의 내면을 보는 것과 같은 것이다. 천천히 걸으면서 다른 도시들과 달리 그 도시만이 지니고 있는 바람과 공기를 느끼고, 찬찬히 봐야만 비로소 보이는 것들을 발견할 수 있는 것이다.

모스크 앞에서 아버지를
기다리는 꼬마와 할머니

　나는 큰 도시보다는 조그만 마을을 좋아한다. 두 발로 걸어서 어슬렁대는
것만으로도 충분히 느낄 수 있는 곳. 집과 집 사이, 골목과 골목 사이로 난 길
을 걸으며 그곳만이 풍기는 냄새와 향기를 맡는다. 울퉁불퉁한 돌길로 된 오
르막길을 걸을 때 와 닿는 손때 묻은 한적함. 그곳엔 불편하고 느리지만 오래
전부터 우리 삶을 지탱해온 소중한 이야기들이 숨어 있다. 작으니 금방 익숙
해질 수 있고, 며칠만 보내다 보면 고향처럼 포근한 느낌이 든다.

　낮에도 아름답지만 야경의 아름다움에 취해 찾아간 모스크엔 이슬람 최고의 명절인 쿠르반 하이트^{Qurban Hayit}를 맞아 늦게까지 커다란 노천 장터가 섰다. 이슬람 국가인 우즈베키스탄의 대표 명절에는, 30일간의 금식을 의미하는 라마단^{Ramadan}이 끝나는 이슬람력 9번째 달에 지내는 라마단 하이트가 있고, 라마단 하이트가 끝나고 70일이 되는 날부터 3일간 지속되는 쿠르반 하이트가 있다. 쿠르반 하이트는 아브라함이 아들인 이스마엘을 바치려다 신의 계시로 양을 대신 바친 것을 기념하는 날이기 때문에 희생절이라고 불리며, 이 두 명절 모두 공휴일로 지정될 만큼 중대하게 치러진다. 우리네 설날과 추석 정도로 중요하다고 보면 된다. 명절 전날부터 집집마다 밀가루로 다양한 음식을 만들어 이웃과 나누어 먹는다. 조상들의 묘에 성묘를 가고, 나이 든 친척이나 이웃을 방문한다. 특히 새 며느리를 들인 친척 집을 방문하는 풍습이 있는데, 이때 새 며느리는 얼굴을 베일로 가리고 친척들에게 반절로 인사를 드린다. 어린아이들은 맛있는 음식을 먹고 선물도 받기 때문에 이날을 정말 좋아한다.

쿠르반 하이트 당일 저녁이 되자 남자 어른들이 일제히 모스크를 향해 대열을 이루어 걸어 들어가고 있었다. 드디어 의식이 시작되고 광장은 조용해졌다. 광장 맞은편, 대리석 계단에서 아름다운 할머니와 손자를 만났다. 남자 어른만 모스크에 들어갈 수 있어 이들은 쌀쌀한 밖에서 아버지를 기다린다. 그 모습이 너무나 아름답다. 역사 속에서 늘 소외되어왔지만 한 번도 가족의 중심이 아니었던 적이 없었던 어머니. 나도 그 옆에 앉아본다. 어머니와 가족이라는 존재에 대해 많은 생각을 하게 해주었던 곳, 바로 부하라였다.

티무르의 고향,
샤흐리삽스

　부하라에서 사마르칸트^{Samarkand} 가는 길에 있는 샤흐리삽스^{Shakhrisabs}는 칭기즈칸의 후예로 불리는 티무르 황제가 태어난 곳이다. 티무르 황제는 1336년 샤흐리삽스에서 바를라스 부족 군인의 아들로 태어났다. 티무르 황제 즉위 당시 우즈베키스탄은 서쪽으로는 시리아부터 동쪽으로는 중국 경계까지, 북쪽으로 우랄 산맥부터 남쪽으로는 인도에 이르는 대제국을 건설했다. 그는 수많은 원정을 위해 당시 수도였던 사마르칸트를 떠나 있으면서도 요원을 통해 항상 국내에 대한 모든 정보를 얻었으며 지역 관리를 통제했다. 뿐만 아니라 곳곳에 도로를 닦고 카라반사라이를 운영함으로써 실크로드 교역을 원활하게 하는 데도 크게 기여했다. 이로 인해 우즈베키스탄의 도시 곳곳에는 과거 대상의 숙소였던 곳을 개조해서 게스트하우스로 쓰고 있는 곳들도 많다. 우즈베키스탄을 여행할 땐 멋없는 체인 호텔보다는 카라반사라이에 머무르기를 권한다.

　샤흐리삽스를 지나던 때가 마침 이곳 최대의 명절인 쿠르반 하이트였기에, 가이드를 해준 우즈베키스탄 국제언어대학생 노디르의 집에 초대를 받을 기회가 있었다. 이슬람 전통 때문인지 몰라도 밥 한번 먹는데 형제, 자매, 이모, 조카까지 거의 스무 명 가까이 되는 사람들이 모여 있어 깜짝 놀랐다. 우리네 명절이 생각나면서 친근감도 들었다. 이들은 옛날 우리가 그랬듯 여자는 여자끼리, 남자는 남자끼리 밥상을 차리며, 따로 앉아 먹는다. 노디르의 어머니는 보이는데 아버지는 안 보이길래, 명절인데 아버지 혼자 어디 가셨느냐

티무르 황제가 태어난
샤흐리삽스의 칸사라이 여름 궁전

고 물었더니 아버지는 자기네 형제 쪽에 갔다고 했다. 알고 보니 이들은 대가
족이면서도 명절엔 엄마는 엄마 친척들끼리, 아빠는 아빠 친척들끼리 모여서
논다는 것이었다. 참 재미있으면서도 어떤 면에선 합리적이라는 생각도 들었
다. 후한 대접을 받고 티무르 왕가의 여름 궁전인 아크사라이 궁전과 콕 굼바
즈 모스크, 티무르 동상을 본 후 사마르칸트로 향했다.

사마르칸트의 비비하눔
모스크에 얽힌 사랑 이야기

'중앙아시아의 진주'라 불리는 고대 도시 사마르칸트에는 아름다운 유적들이 많다. 티무르 황제 즉위 시절 수도였던 이곳엔 티무르 황제와 그의 자손들의 묘지인 구르 에미르 묘와, 사마르칸트의 심장이라 불리는 레기스탄 광장이 있다. 14세기와 15세기 사마르칸트의 아름다운 건축 양식을 볼 수 있는 사히진다 묘와, 오래된 재래시장인 시압 바자르에 이르기까지 며칠을 머물러도 시간이 부족한 곳이다.

사람도 그렇듯이 오래된 건축물을 인상적이게 만드는 것은 그 속에 담긴 이야기다. 우즈베키스탄 전역에 걸쳐 있는 수많은 건축물과 유적 중에서도 유독 비비하눔 모스크^{Bibi-Khanum Mosque}는 애절한 러브 스토리 때문에 내 마음을 사로잡았다. 그 이야기는 이러하다.

1399년 인도 원정에서 돌아온 티무르는 여덟 명의 왕비 중 가장 사랑하던 비비하눔을 위해 세계 최고의 장대한 모스크를 짓기로 결심한다. 이를 위해 제국 각지에서 엄선한 200여 명의 기술자와 500명 이상의 노동자, 95마리의 코끼리가 동원되었고, 티무르 황제는 몸소 매일 현장에 나가 인부들을 지시할 정도로 많은 신경을 썼다. 그러던 중 티무르는 또다시 인도 원정에 오르게 되고, 그 틈을 타 아무도 모르게 왕비를 사모해오던 한 건축가가 왕비를 찾아가 사랑을 고백하게 된다. "더는 일을 계속할 수가 없어요. 제겐 고통을 해소할 무언가가 필요합니다"라고 간청하는 당대 최고의 미남 건축가 앞에서 왕비의 마음은 크게 흔들렸다. 그러나 비비하눔 왕비는 마음을 다잡고 계란을 몇

슬픈 이야기를 간직한
비비하눔 모스크

개 가져오라고 해서는 각각 다른 색을 칠한 후 "색은 다르지만 맛은 같습니다. 남편의 후궁 중에서 누구라도 드릴 테니 저를 포기하세요"라고 건축가를 설득했다. 그러자 건축가는 두 개의 컵을 가져와서는 "둘 다 같은 색이지만 한쪽에는 냉수가, 다른 한쪽에는 마음을 흐리게 하는 술이 들어 있습니다. 겉은 모두 같게 보일지라도 당신을 사랑하는 나의 마음은 다릅니다"라고 굽히지 않고 계속 구애를 했다. (아~ 정말 멋진 비유가 아닐 수 없다.) 결국 고민을 거듭하던 왕비는 단 한 번의 키스를 허락하게 되는데, 그 키스 자국은 영원한 멍이 되어 흔적을 남기고 말았다.

이후 결국 모스크가 완성되었고, 인도 원정에서 돌아온 티무르는 너무나 기뻐하며 비비하눔에게 달려갔다. 그러나 왕비의 얼굴에 난 멍을 본 티무르는 자초지종을 알게 되었고, 분노를 못 이겨 건축가를 비비하눔 모스크 꼭대기에서 떨어뜨려 사형시켜버린다. 그리고 이어서 왕비도 사형시켜버린다. 그 후 이 모스크는 폐허로 변해갔고, 지진까지 겹치면서 파괴되기에 이르렀다는 슬픈 이야기다. 그래서인지 비비하눔 모스크는 유달리 쓸쓸하게 느껴진다.

티무르 황제의 여름 궁전에는 그가 300명도 넘는 여인들이 물속에서 노니는 것을 보며 그날 밤 함께할 여인을 사과를 던져 맞췄다는 연못이 있다. 자기는 수백 명의 여자를 고르면서 여자는 오직 자신만을 봐주길 바랐던 불공평함도 탄식거리지만, 여인에게 사랑받는 법을 몰라도 너무나 모르는 바보 같다는 생각이 들었다. 여인에겐 웅장한 건물보다, 늘 함께 있어주며 사랑한다고 말해줄 사람이 더 필요하다는 걸 왜 남자들은 모르는 걸까……

타슈켄트 박물관과 바자르에서
느껴보는 우즈벡의 과거와 현재!

'그 나라의 과거를 보려면 박물관으로, 미래를 보려면 대학교로, 현재를 보려면 시장으로 가보라'라는 말이 있다. 우즈베키스탄의 수도인 타슈켄트에는 국립역사박물관을 비롯해 20개가 넘는 크고 작은 박물관이 있다. 우즈베키스탄 문학의 아버지라고 불리는 나보이를 기념하기 위한 나보이문학박물관에는 그의 책과 필사본들이 있어 들러볼 가치가 충분하다. 특히 3층의 작은 방에는 한국의 대표적인 재소련 문학가였던 '포석 조명희 기념실'이 있어, 한국인에겐 특별한 의미를 준다.

한국인들이 기억하기 쉽게 '철수 바자르'라 부르는 초르수^{Chorsu} 바자르는 타슈켄트의 대표적 시장으로, 실크로드 시대의 정취를 그대로 간직하고 있다. 이곳엔 카펫에서 식료품, 일상용품까지 없는 게 없다. 시내의 중심이자 젊음의 거리로 통하는 브로드웨이 거리는 우리네 대학로 같은 느낌을 준다. 낙엽이 떨어지고 단풍이 져서 가을 분위기가 물씬 풍기는 거리를 걸어본다. 아마추어 예술가들이 초상화를 그려주기도 하고, 그들이 직접 그린 우즈베키스탄 사람들의 다양한 모습이 담긴 그림들을 전시해놓고 있어 예술의 향기를 만끽하기 좋다. 카페나 레스토랑이 많지는 않아서 다소 썰렁한 느낌이 들긴 했지만, 그래도 구소련 시절의 골동품이나 장신구, 책들을 보면서 그들 사이를 함께 걷는 일은 잠시 동안이나마 여행자라는 신분을 잊고 현지인이 된 듯한 일상적 느낌을 주어 좋았다. 사람 사는 곳이 다 그러하듯 이곳에도 데이트를 즐기는 연인들은 수줍어했고, 아이들의 손을 잡고 산책을 하러 나온 대가족은 행복해

타슈켄트의 브로드웨이 거리

티무르 광장에서 만난 여대생들

Uzbekistan

보였다. 브로드웨이 거리를 산책한 후에는 근처 레스토랑에서 맛있는 저녁 식사를 하면서 여행을 한 번쯤 되짚어 보기에 알맞은 장소였다.

예술적 향취에 취해 한동안 거리를 걷다가 숙소로 돌아가기 전, 타슈켄트의 중심이라는 티무르 광장에 가보았다. 이곳엔 또 하나의 티무르 동상이 있다. 티무르 황제의 동상은 우즈베키스탄의 상징과도 같은 것으로서, 대표적인 도시 세 곳에 각각 다른 모습으로 세워져 있다. 그가 태어난 샤흐리삽스에 있는 동상은 서 있는 모습이고, 그의 전성기인 사마르칸트에 있는 동상은 앉아 있는 모습이다. 그리고 타슈켄트에 있는 동상은 말을 타고 있는 모습이다. 우리나라 광화문에 세종대왕과 이순신 장군 동상이 있듯이, 이렇게 저마다 국가적 영웅을 만들고 추앙하는 것은 국력을 모으는 하나의 방편이기도 하다. 티무르 황제를 새롭게 국가적 영웅으로 부각한 것은 카리모프 대통령이라고 한다. 그는 13~16세기에 중앙아시아 전역을 장악하고 실크로드를 지배했던 티무르 황제를 통해 우즈베키스탄의 민족정신을 부활시키고자, 스탈린과 레닌 동상이 있던 자리에 티무르 황제의 동상을 세웠다고 한다.

세상에 너무 잘 알려져 있는 여행지는 사진과 이미지로 많이 접해서인지 실제로 가보면 실망하는 경우도 있는 반면, 정보가 별로 없어서 최소한의 정보만을 갖고 여행하는 곳들에서 의외의 만족을 얻게 되는 경우도 많다. 우즈베키스탄은 정말이지 황홀할 만큼 많은 볼거리와 이야기를 간직한 곳이었다. 폐허만 남은 유적지들과 달리 이곳의 유적들은 예전의 화려함을 그대로 간직하고 있어 보는 즐거움이 쏠쏠했으며, 순박하고 아름다운 사람들은 예전 우리 민족을 보는 것 같은 향수를 불러일으켰다.

벤치에 앉아 이런저런 생각에 잠겨 있는 내게 세련된 복장의 우즈베키스탄 여대생들이 다가왔다. 그들은 외국인과 인터뷰하는 과제가 있는데 좀 도와줄 수 있느냐고 물었고, 난 기꺼이 응해주었다. 그 과제란 다름 아닌 "여성이 사회생활을 하는 데 가장 중요한 것은 무엇인가?"에 대해 외국인의 의견을 취재하는 것이었다. "그건 자신을 아는 것이라고 생각해요. 그래야 무엇을 하든 후회 없는 선택을 할 수 있고 진실로 행복할 수 있는 것 같아요." 준비라도 해온 것처럼 말이 터져 나왔다.

사실 이런 질문은 회사에 다니는 동안 수많은 후배들에게 받기도 했고, 교수 시절 수많은 제자에게서 받기도 했다. 여성의 본격적인 사회 진출이 막 시작되려는 이곳에서 중요한 문제로 떠오르는 것을 짐작할 수 있었다.

트렌드에 맞다거나 겉보기에 멋지다는 이유로만 사회생활을 한다면 오래갈 수 없다. 이런 얘기가 있다. 저 멀리 바다 한가운데서 어떤 여자가 헤엄을 치고 있다. 파라솔 그늘에 누워 선탠을 하는 여인은 생각한다. '아, 저 여인은 멋지다. 나도 저렇게 헤엄칠 줄 알면 좋겠다'라고. 그런데 바다 한가운데서 수영하는 여자는 이렇게 생각하고 있다. '빠지면 죽는 거야. 살기 위해선 아무리 힘들어도 악착같이 헤엄쳐야 해.' 그러면서 커다란 파라솔 아래서 우아하게 일광욕을 즐기는 여자를 보며 생각한다. '저 여인은 힘도 안 들고 좋겠다. 나도 저렇게 우아하게 있었으면……'

삶은 그런 거라 생각한다. 다 나름대로 힘들고 좋은 부분이 있는데 다른 사람의 삶이 더 멋져 보이는 것. 그것이 우리가 흔히 삶에서 저지르는 어리석음이 아닐까. 쓸데없이 타인의 행복을 부러워하고 비교하면서 불행해지지 않으려면 자신이 언제 행복한 사람인지를 알고 그것에 따르는 것이 중요한 것 같다는 생각을 해본다. 고맙다며 연신 인사를 하는 그녀들과 헤어져 숙소로 돌아오는 길, 라퐁텐 우화가 생각났다. 커다란 고깃덩어리를 입에 문 여우가 작은 호수를 지나다가, 물에 비친 다른 여우가 자기보다 더 큰 고깃덩이를 물고 있는 걸 보게 된다. 그 고깃덩어리를 차지하려고 입을 벌렸다가, 자기가 물고 있던 고기마저 잃고 만다는 이야기. 물에 비친 여우가 바로 자기 자신인지도 모르고. 라퐁텐 우화에 나오는 여우가 되지 않아야겠다고 다짐해본다.

{ Travel Tip }

✔ 찾아가기

인천-타슈켄트 직항 노선(대한항공, 아시아나항공, 우즈벡항공)이 있으며, 약 7시간 소요된다.
추천 여행 루트: 타슈켄트-히바-부하라-샤흐리삽스-사마르칸트-타슈켄트

✔ 기본 여행 정보
우즈베키스탄은 사막형 대륙성 기후에 속해서 날씨가 건조하고, 여행하기 좋은 시기는 봄(3~6월)과 가을(9~11월 초)이다. 관광 비자가 필요하며, 체류 기간은 1개월이다. 공식적으로 우즈벡어를 사용하며, 러시아로부터 독립한 지 얼마 되지 않아 러시아어가 널리 통용된다. 화폐 단위는 숨(SUM)으로, 100숨=45원이다. 유로보다는 미국 달러로 환전한 다음 현지 통화로 환전해서 사용하는 것이 편리하다.

✔ 추천 액티비티
– 아라비안나이트의 무대 중 하나인 고풍스러운 부하라의 거리를 여유롭게 산책하기
– 사마르칸트에서 가장 오래된 재래시장인 시압 바자르(Siab Bazaar) 구경하기

– 타슈켄트에 있는 아무르 티무르 박물관 가기

✔ 추천 숙소
– 타슈켄트: 우즈베키스탄 호텔(Uabekistan Hotel): 아미르 티무르 광장에 위치하고 있어 이동이 편리하며, 시설도 쾌적하다. 아미르 티무르 역에서 20미터 거리. (45, Musakhanov Street, Tashkent, Tel. +998-71-1131111, www.hoteluzbekistan.uz)
– 히바: 말리카 히바(Malika Khiva): 이찬칼라 바로 앞에 있어 최고의 위치를 자랑하며, 시설도 괜찮은 편이다. (19A, P. Kori Street, Khiva, Tel. +998-62-3752665, www.malika-khiva.com)
– 부하라: 오롬 호텔(Orom Hotel): 부하라 관광의 핵심인 칼라안 미나레트 바로 옆에 있다. (7 Khakikat Street, Bukhara, www.uzbooking.com 예약)
– 사마르칸트: 카라반사라이 호텔(Hotel Caravan Serail): 19세기 카라반 숙소를 개조한 것으로, 작고 아늑한 분위기가 특징이다. 사마르칸트 관광의 핵심인 레지스탄 광장 바로 뒤편에 있어서, 핵심 유적지를 걸어서 돌아볼 수 있다. (96, Chorrakh street, 140110, Samarkand, www.uzbooking.com 예약)

11

가족과 멋진
송년 여행을
떠나라

휴식을 위한 모든 것이 있는 곳,
대만

Taiwan

인생의 유일한 의무는 그저 행복하라는 것뿐.

_헤르만 헤세

나이는 비누와 같아서, 처음엔 아무리 써도 없어지지 않지만 반을 넘어서면 하루가 다르게
닳아버린다더니, 정말이지 요즘 들어 그 말이 이렇게 실감 날 수가 없다.
마흔이 넘으면 12월은 더욱 팍팍하게만 느껴진다. 며칠 전 만난 후배는 승진이 안 되면 나가야
할 것 같다고 했고, 조그맣게 자기 사업을 하는 다른 후배는 지지부진한 일을 접고 다시
시작해야 할지 좀 더 버텨야 할지 고민하고 있었다. 서른의 연말이 승진이냐 아니냐로 걱정하는
때라면, 마흔 이후 쉰의 12월은 승진이냐 그만두게 되느냐의 중대한 기로에 서게 되는 것이다.
그래서 그들의 12월은 긴장과 불안으로 팍팍하다. 이럴 줄 알았다면 플랜 B라도 세워둘걸
싶어지지만, 그동안 수면 시간마저 부족한 전쟁터에서 살아남느라 바빴던 생활에서 만약을
대비한 두 번째 계획까지 세울 틈이나 있었던가 싶어지는 것이다.
그해의 마지막 날 친구에게서 장난 같지만 결코 장난이 아닌 문자를 받았다.

"잠시 후 고객님들 앞으로 '나이 한 살'이 배송됩니다.
본 상품은 특별 주문 상품으로 취소/환불/교환이 불가하고 1월 1일 도착 예정입니다.
이 상품은 1+1 상품으로 '주름'도 같이 발송되었습니다."

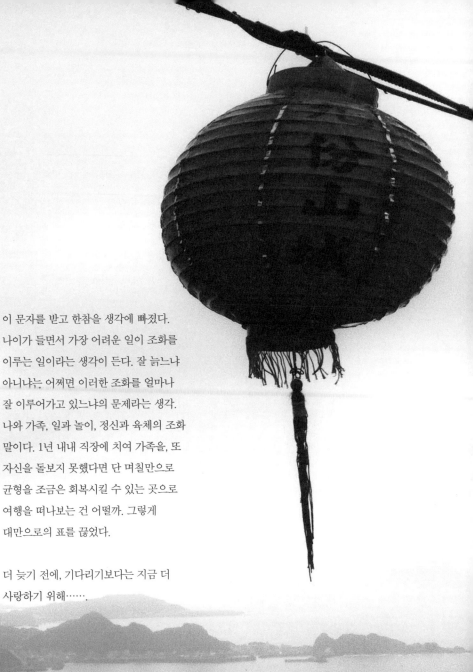

이 문자를 받고 한참을 생각에 빠졌다.
나이가 들면서 가장 어려운 일이 조화를
이루는 일이라는 생각이 든다. 잘 늙느냐
아니냐는, 어쩌면 이러한 조화를 얼마나
잘 이루어가고 있느냐의 문제라는 생각.
나와 가족, 일과 놀이, 정신과 육체의 조화
말이다. 1년 내내 직장에 치여 가족을, 또
자신을 돌보지 못했다면 단 며칠만으로
균형을 조금은 회복시킬 수 있는 곳으로
여행을 떠나보는 건 어떨까. 그렇게
대만으로의 표를 끊었다.

더 늦기 전에, 기다리기보다는 지금 더
사랑하기 위해······.

중국 말을 하는
일본 같은 곳, 대만

우린 흔히 대만 하면 또 하나의 중국쯤으로 여기지만, 직접 가서 느끼는 대만의 매력은 의외로 많았다. 친절하고 질서 있는 사람들과 편리한 대중교통, 오래된 유적들과 편안히 쉴 수 있는 온천까지. 무엇보다 맛의 천국이라 불릴 정도로 먹을거리가 풍족한 곳이 바로 대만이다. 2시간 남짓만 가면 닿는 대만은 송년 연휴에 더할 나위 없이 좋은 여행지다. 추위를 피해 잠시라도 따뜻함을 즐길 수 있고, 맛과 휴식을 동시에 취할 수 있는 곳이기 때문이다.

아무리 짧은 외국 여행이라 해도 국내 여행이 줄 수 없는 무언가를 준다. 나라가 다르다는 것은 공기가 다르다는 것이고, 사람이 다르다는 것이다. 결국은 다른 것을 느낄 수 있다는 말이 된다. 겨울에 여름 나라를 간다거나, 여름에 겨울 나라를 간다면 새로움은 극대화된다. 그곳에 가려고 책을 뒤적이면서 처음 알게 되었다. 대만이 국가 경쟁력 6위의 국가라는 사실. 요즘 한국에 와 있는 중국인처럼 보이는 관광객 중 많은 사람은 대만인이다. 우린 중국인처럼 보이는 사람을 통째로 촌스러우니 시끄러우니 하고 몰아붙이지만, 그들 중엔 조용하고 예절 바른 대만인이 적지 않다. 내 눈에는 대만이, 중국과 자기네는 다르다는 것을 보여주기 위해 애쓰는 나라처럼 보였다.

MRT^{Mass Rapid Transit System}라 불리는 지하철은 세계 어느 도시보다 편리하고 쾌적하다. 이곳 지하철이나 버스 안에서는 음식물 섭취가 금지되어 있다. 음식물은 그렇다 치고 껌이나 사탕조차도 먹다가 발각되면 우리 돈으로 약 30만 원의 벌금을 내야 한다는 경고문이 떡하니 붙어 있다. 그뿐만이 아니다. 대

101빌딩과 룽산스—과거와
현재가 절묘하게 조화를 이루는
대만의 모습

만 사람들은 질서정연하다. 지하철 문 앞은 내리는 사람과 타는 사람이 엉키지 않도록 아예 양 갈래로 하얀 선이 그어져 있고, 사람들은 당연한 듯 줄을 선다. 현지 사람들이 질서가 있다는 것은 관광객들에겐 대중교통을 통한 여행이 쾌적하다는 말이 된다. 하루 종일 지하철과 버스를 여러 번 바꿔 타고 비까지 자주 오는 계절의 여행이었지만 전혀 짜증스럽지 않았던 것은 바로 이러한 점들 때문이었다.

대만은 작은 나라라서 사람들이 지하철을 타고 오랜 시간을 가진 않기 때문에 굳이 자리를 잡고 앉기 위해 밀치는 모습은 보기 어려운 건지도 모른다고 스스로 다독여본다. 내심 놀란 매너는 이것만이 아니었다. 지하철 역사에 있는 화장실 앞에는 화장실 내 비어 있는 곳과 사용 중인 곳을 신호등으로 표시해놓아서, 밖에서도 화장실이 붐비는지 아닌지를 쉽게 알 수 있다. 이 나라, 정말이지 사람들을 위해 세심하게 신경 쓰는 나라였다.

디테일하게
인본적인 나라

국가 경쟁력 세계 6위의 국가치곤 사람들의 차림이 너무나도 검소한 것이 우리나라의 휘황찬란한 차림과 몹시 대비된다. 아파트는 물론 많은 건물들이 페인트칠을 한 지 오래된 낡은 모습들이다. 이런 나라다 보니 한국의 화장품이나 패션 같은 외형 중시 문화가 만들어낸 상품들이 한류 열풍을 가져올 정도로 인기 있겠다는 생각이 들었다. 패션, 화장품에서부터 대중문화, 음식에 이르기까지, 대만을 여행하는 내내 한류의 힘을 체험할 수 있었다. 우리나라에선 기껏해야 중저가 브랜드로 대접받는 페이스샵, 스킨푸드 같은 브랜드조차 일류 백화점이나 시먼딩 센터(우리나라의 명동 같은 곳)에 샤넬 매장보다 더 크게 자리 잡고 있었고, 언제나 사람들로 붐볐다. 한국 식당도 많고 한국풍 성형을 내세운 성형외과도 눈에 띄었다. 텔레비전을 켜면 한국의 사극과 트렌디 드라마가 방영 중이었고, 카페에 가면 알바생이 한국말로 인사를 걸어왔다. "저 지금 한국말을 공부하고 있어요"라면서. 백화점 내의 한국 식당에선 "어서 오세요"라고 일제히 한국말로 인사를 하기도 했다. 외국 여행에서 처음 받아보는 이런 대접, 어쨌든 기분이 좋고 뿌듯해졌다. 영어로 된 『론리 플래닛』 대신 한국말로 된 가이드북을 당당히 들고 다니게 된다.

영화 〈비정성시〉의 무대였던 지우펀과
시간 속에 묻힌 황금 도시

사람에겐 두 가지 타입이 있다고 한다. 달콤한 초콜릿이 생겼을 때 바로 먹는 타입과, 나중에 먹기 위해 아껴놓는 타입. 나로 말하자면 당연히 바로 먹는 타입이다. 미래에 대한 나의 철학을 말하라면, '내일이 먼저 올지 다음 생이 먼저 올지 알 수 없다'라는 말과, '오늘 행복한 사람이 내일도 행복하다'라는 말을 좌우명처럼 새기고 사는 사람이기 때문이다. 이는 여행에서도 마찬가지다. 이를테면 어떤 나라를 방문했을 때 꼭 가고 싶은 곳을 뒤로 미뤄두기보다는 혹시 모르니까 맨 먼저 가고 보는 타입인 것이다. 동선이니 뭐니 상관없이 우선순위가 높은 곳에서 우선순위가 낮은 순으로 여행한다.

대만에서 가장 먼저 간 곳은 지우펀Jioufen이었다. 그날은 비가 왔고, 좁은 길을 걷기에 불편했지만, 그래도 지우펀은 낭만적이었고 볼거리도 풍성했다. 가파른 골목과 계단들 사이로 대만 전통의 군것질거리와 명물을 파는 가게들과 기념품 상점들, 찻집과 음식점이 가득했다. 오래전 아홉 가구만이 살았던 이 마을은 생필품을 구입해 아홉 개로 나누어 썼다고 해서 '지우펀九份'이라 불렸는데, 지금은 수많은 가게와 각지에서 온 관광객들로 인산인해를 이루고 있었다.

붉은 등이 좁은
골목을 밝히는
지우펀의 낭만적
풍경

Taiwan

이리저리 걷다 보니 비슷해 보이는 골목 중에서도 유독 엽서에나 나올 법한 아름다운 골목이 눈에 들어왔다. 나중에 안 사실이지만 지우펀은 미야자키 하야오 감독의 애니메이션 〈센과 치히로의 행방불명〉에서 수많은 정령들이 모여드는 아름다운 풍경의 배경이 된 곳이기도 하며, 대만의 유명한 영화감독 허우 샤오시엔의 〈비정성시〉의 무대가 되기도 했던 곳이기도 하다.

붉은 등이 골목골목을 밝히는 저녁 무렵의 지우펀은 황홀한 풍경을 자아낸다. 골목골목이 모두 다 옛 정취에 흠뻑 젖기 충분했지만, 특히 수취루 홍등가는 아무렇게나 셔터를 눌러도 엽서 같은 분위기를 만들어낼 것 같아 이리저리 사진 찍기에 몰입하게 되는 그런 곳이었다. 정신없이 돌아다닌 탓에 다리가 아파왔다. 창밖이 내다보이는 전망 좋은 찻집에 앉아 고즈넉하게 차 한잔 기울여본다. 오랜 역사를 지닌 이들 찻집에서는 다구를 세팅해주면서 차 마시는 법까지 친절하게 알려준다.

지우펀만 보고 오기가 왠지 아쉬워서 버스로 10분 정도만 더 가면 있는 진과스金瓜石에 들렀다. 진과스는 '시간 속에 묻혀버린 황금 도시'라 불리는 곳이다. 2차 대전 때 악명 높은 일본군 전쟁포로 광산이었다는 이곳은 공사 중에 금광이 발견되면서 급부상했다. 그러나 1970년대 들어 금광이 고갈되자 쇠락의 길을 걷기 시작했고, 지금은 버려진 폐광산과 시설들만 남아 있다. 하지만 버려진 금광 도시의 흔적들과 일본 식민지 시절의 아름다운 가옥들이 뒤엉켜 여느 시골 마을처럼 조용하면서도 묘한 운치를 자아내기 때문에 산책 삼아 한 번쯤 들러보면 좋을 곳이다.

파도와 바람이 빚어낸
최고의 예술품, 예류지질공원

지우펀과 함께 대만 여행 중 가장 특별했던 곳을
꼽으라면 예류지질공원yehryu geopark를 꼽고 싶다. 대만
북쪽 해안에 있는 이 공원은 탁 트인 바다를 끼고 있
어 걷기만 해도 좋은데, 심지어 파도와 바람이 빚어낸
놀라운 자연 조각품들로 가득하다. 수천 년간 바닷바
람과 바닷물이 만들어낸 기암괴석들은 감탄을 자아
낸다. 이들 바위는 생김새에 따라 여왕바위, 촛대바
위, 버섯바위라 불렸는데, 그중에서도 가장 시선을 사
로잡은 건 여왕바위였다. 사진만 두고 보면 이집트인
인가 싶을 정도의 아름다운 턱선을 자랑하는 이 조각
품은 고대 이집트의 최고의 미녀 왕비로 알려진 네페
르티티 여왕을 본떠서 만들기라도 한 것처럼 똑같다.
같은 장소에서 같은 바람, 같은 파도를 맞았건만 저마
다 다른 모양으로 서 있는 모습이 인상적이었다. 사람
도 저와 같을 것이다. 세상이라는 바람과 파도를 겪어
가지만 어떤 이는 여왕의 모습으로, 어떤 이는 촛대의
모습으로, 어떤 이는 버섯의 모습으로 남는 것이다.
　자연이 조각한 걸작들 사이를 걷다 보니 지구가
아닌 곳에 온 것 같은 착각에 빠져든다. 이런 자연 앞

자연이 조각한 예류지질공원의
신기한 모습

가장 인기 있는 여왕바위

Taiwan

에선 아무리 잘난 척하는 인간이라도 미미한 존재에 불과하다는 생각이 들면서 새삼 자연의 신비에 놀라게 된다. 초현실적 기분에 흠뻑 빠져 있다가 겨우 정신을 차려, 오른편으로 난 해안 산책로를 따라 걸어본다. 절벽 계단을 올라가 바라보는 태평양 앞바다는 숨통을 탁 트이게 해주고도 남을 만큼 시원하다.

신베이터우 온천에서 느껴보는
망중한의 즐거움

대만은 지각 운동이 활발한 환태평양 조산대에 위치한 화산섬답게 다양한 수질을 자랑하는 온천이 많아서 웰빙 여행의 조건을 완벽히 충족해준다. 전역에 유황 온천, 진흙 온천, 해저 온천 등 다양한 온천이 있고, 지하철로 갈 수 있는 가까운 곳에 온천이 있어 지친 몸과 마음을 회복하기에 좋다.

노천온천을 좋아하는 내가 선택한 곳은 신베이터우 지역의 천수 노천온천이다. 뭐든 그렇지만 나는 온천도 화려하고 깔끔하기만 한 곳보다는 그 지역의 오랜 역사가 담긴 소박하고 아기자기한 곳이 좋다. 천수 노천온천은 그런 내게 딱 맞는 곳이었다. 관광객보다는 현지인의 비율이 더 높은 곳. 그래서 그곳 사람들의 일상을 잠시나마 엿볼 수 있는 곳. 일단 역에서 내려 온천까지 가는 길부터가 정말 아름답다. 녹음이 우거진 호젓한 산책로를 따라 걷다 보면 오른쪽으로 김이 모락모락 나는 온천수가 작은 계곡처럼 흘러내리고 있다. 야트막한 언덕을 올라가면 베이터우 온천박물관이 나오고 오래된 목조 건물 앞에 사람들이 옹기종기 표를 끊기 위해 줄을 서 있다. 간판엔 베이터우의 대

신베이터우의 온천

베이터우 시립도서관

표적인 명소인 '천수 노천온천'이라고 쓰여 있다.

시설은 크고 화려하지 않지만 세 개의 탕이 계단식으로 되어 있고, 맨 위의 탕이 가장 뜨겁고 아래로 내려올수록 물의 온도가 낮아지는 구조로 되어 있다. 맨 아래 탕에 앉아 슬쩍 온천 안의 풍경을 스캔해본다. 역시나 맨 위 탕엔 자신의 건재함을 뽐내기라도 하려는 듯 어깨 넓은 남자들과, 세월의 풍파에 굳은살이 박인 탓에 뜨거움에 대한 감각이 무디어진 노인들이 차지하고 있다. 아래로 내려올수록 점점 젊어지는 게 재밌다.

남녀 혼용이므로 수영복을 입어야 한다. 이 온천은 관리가 엄격해서 종일 문을 여는 것이 아니라 중간에 청소를 하고 물을 교체하는 시간엔 문을 닫으므로 시간대를 미리 확인하고 가는 것이 좋다. 온천물은 참으로 깨끗하고 좋았다. 다만 탈의장이 옛날식이라 불편했는데, 그 정도쯤은 감수할 수 있다. 난 오후에 가서 별을 보지 못했지만, 늦은 밤에 가면 밤하늘의 별을 감상하며 온천을 즐기는 낭만도 덤으로 얻을 수 있다고 책자에 나와 있었다.

온천으로 한껏 편안해진 컨디션으로 역을 향해 걸어오는데, 카페처럼 보이기도 하고 미술관처럼 보이기도 하는 아름다운 목조 건물이 눈에 들어왔다. 호기심 천국인 내가 그냥 지나칠 수는 없는 법. 무작정 밀고 들어가 보니 그곳은 카페도 미술관도 아닌 도서관이었다. 2006년에 문을 열었다는 베이터우 시립도서관은 공원과 바로 연결되어 있어 쾌적한 휴식 공간을 자랑한다. 각층에 마련된 야외 베란다에서는 정원을 내려다보며 책을 읽을 수 있게 되어 있다. 책을 읽든 멍을 때리든 온종일이라도 머물고 싶을 만큼 아늑한 분위기를 갖고 있었다. 아~ 우리 동네에도 이런 도서관이 있으면 정말 좋겠다 싶어지는 그런 도서관이었다.

맛의 천국에서 먹어보는
전주나이차와 망고 빙수

한때 이대 앞에 즐비했던 그 많던 버블티 가게들은 어디로 갔을까? 문득 궁금해지곤 했었다. 모든 신상품의 국내 상륙 실험대라는 이화여대 앞에는 언제나 새로운 브랜드들이 생겼다 사라지길 반복했다. 그중 하나가 버블티였다. 한동안 유행하던 버블티는 스타벅스가 들어오고 카페 문화가 대세를 이루면서 은연중에 보이지 않기 시작했다. 바로 그 버블티를 대만에서 만났다.

여행하다 보면 '아~ 이게 이 나라 것이었어?' 하는 경우들이 종종 생기는데, 버블티는 바로 대만의 대표적 디저트인 전주나이차珍珠奶茶를 말하는 것이었다. '전주'는 감자 전분으로 만든 타피오카 펄을 말하며, '나이차'는 밀크티를 말한다. 이 버블티가 우리나라에 대만 관광객이 많아지면서 다시 유행을 타고 있는 것이다. 타피오카 펄은 섬유질이 풍부하고 칼로리가 낮아 다이어트 식품으로도 알려져 있다. 지우펀이나 스린 야시장에 가면 타피오카 펄만 따로 팔기도 한다. 서양 사람들이 커피를 손에 들고 출근하듯, 대만 사람들 손엔 전주나이차가 들려 있다. 타피오카 펄이 들어 있어, 액체만 마시는 것보다는 속이 든든해진다.

망고 빙수도 마찬가지다. 열대 지방인 대만엔 망고가 풍부해서 빙수로 만들어 먹었는데, 최근 우리나라에도 빙수의 다양화 바람을 타고 망고 빙수가 인기를 얻고 있는 것이다. 이런 발견 재미있다. 그렇게 패션도 먹을거리도 돌고 돈다.

아이들과 함께 가보면 좋을
국립 타이완 대학교

어느 나라를 가든 대학에 가보길 좋아한다. 캠퍼스가 아름다운 대학이면 공원에 소풍을 온 것 같은 즐거움을 선사해주니 이보다 더 좋을 수 없다. 그 나라 수재들이 다니는 제1 대학이면 뭔가 가능성, 잠재성 같은 것, 그 나라의 미래 같은 것을 느낄 수 있어 더욱 좋다.

국립 타이완 대학에서 가장 인상적이었던 건 학생들의 진지함과 검소함이었다. 야자수가 양옆으로 길게 펼쳐진 입구는 대학이라기보다는 휴양지여야 할 것 같은 나른함을 풍겼다. 야자수 사이로 난 넓은 길을 자전거를 타고 검소한 복장으로 달리는 학생들에게선 다른 어느 대학에서보다 강한 학구열이 느껴졌다. 더욱 놀란 것은 이들이 타고 다니거나 건물마다 세워놓은 대부분의 자전거가 너무나 녹슬고 낡아서, 우리나라라면 고물상에서도 취급하지 않을 정도의 것들이라는 점이었다. 교내에는 자전거 수리점까지 있었는데 이렇게 낡은 자전거를 고치고 또 고쳐 쓰는 학생과 교수들로 붐비고 있었다.

대만을 방문하기 전 나의 느낌이 '촌스럽다'였다면, 대만을 방문한 후 나의 느낌은 '검소하다', '속이 꽉 찼다'로 바뀌어가고 있었다.

Taiwan

국립 타이안 대학교

{ Travel Tip }

✔ 찾아가기

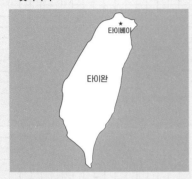

인천 공항에서 2시간 30분이면 타이완 국제공항에 도착하므로, 오래 비행하는 것을 싫어하는 사람에게 가장 적합한 여행지라 할 수 있다. 따로 휴가나 월차를 낼 필요가 없이 주말여행도 가능하고, 대만 내 명소들은 MRT(지하철) 등 편리한 대중교통 시스템을 갖추고 있어 가족 자유 여행에도 적합하다.

✔ 기본 여행 정보

여행 적기는 3~5월과 10~11월이고, 6~9월은 습도가 매우 높고 너무 더워서 피하는 것이 좋다. 언어는 중국어(만다린어)를 사용하며, 종교는 불교, 도교 등이다. 30일 동안 무비자이고, 화폐 단위는 뉴타이완달러(NT$)이며 1뉴타이완달러=37원이다.

✔ 추천 액티비티
– 지우펀에서 전통 음식 및 전통 차 음미하기
– 예류지질공원에서 화보 사진 찍기
– 타이베이101 전망대 오르기
– 국립 타이완 대학에서 젊음의 열기 느껴보기
– 신베이터우 온천에서 노천 온천욕 하기

✔ 추천 숙소
시저 파크 호텔(CAESAR PARK HOTEL, TAIPEI): 숙소를 센트럴 타이베이에 있는 타이베이처잔 역 근처로 하면 가장 편리하게 여행할 수 있다. 타이베이 심장부인 타이베이처잔 역은 지하철역과 기차역이 같이 있으므로, 타이베이 내 여행은 물론 타 도시와의 연결도 편리하다. (tw, 38. Chung Hsiao, w.Rd. Sec.1, Taipei, Tel. +886-2-2311-5151, www.caesarpark.com)

Taiwan

12

고정관념을
깨줄 곳으로
떠나보라

오지가 주는 결핍의 행복,
에티오피아

Ethiopia

시간을 달리 쓰는 것, 사는 곳을 바꾸는 것,
새로운 사람을 사귀는 것, 이 세 가지 방법이 아니면
인간은 바뀌지 않는다.
새로운 결심을 하는 것은 가장 무의미한 행위다.

_오마에 겐이치, 『난문쾌답』(흐름출판) 중에서

아프리카에서 유일하게
고유 문자를 지닌 에티오피아

Ethiopia

원시가 아닌
시원으로의 여행

미지의 것에 대한 호기심이야말로 삶을 살아가게 해주는 가장 큰 동기라는 걸 새삼 깨닫는다. 처음 타보는 국적기. 처음 보는 '그을린 피부'의 여승무원. 영상과 인쇄 자료를 살피며 상상해보는 시뮬레이션의 시간들……. 에티오피아까지 가는 15시간의 비행시간이 지겹긴커녕 설렘으로 가득했던 이유다.

많은 이에게 이름조차 낯선 에티오피아는 수백만 년 전 유인원 루시^{Lucy}가 직립보행을 시작한 나라이며, 모세가 신께 받았다는 십계명 돌판이 보관되어 있는 나라다. 시바 여왕에서 시작된 고대 왕국의 찬란한 영화를 이어받은 나라이며, 어떤 나라보다 앞서 기독교를 받아들인 나라다. 아프리카에서 유일하게 단 한 번도 식민지였던 적이 없는 나라이며, 아프리카에서 유일하게 고유 문자를 가진 나라이기도 하다. 고대에는 동아프리카와 아라비아 일대에서 강대국으로 군림했던 곳, 시바 여왕과 솔로몬의 전설과 신화가 뒤엉킨 곳.

에티오피아로 떠난다.

여행은 '존재가 아닌
부재의 아름다움'을 경험할 절호의 기회

풍경이 아름답다는 건 환경이 열악하다는 말이라 했던가. 여행에 관한 무용담은 듣는 이에겐 부러움일지 모르지만 많은 부분은 사실 개고생(ㅆ)이다. 특히 아프리카 오지로의 여행은 늘 불편함을 동반한다. 그러나 여행은 부족함을 즐기는 것. 오지 속의 낙원이 주는 깨달음은 세상엔 정말이지 다양한 삶이 있고, 우리 생각엔 극한의 가난이나 불편함으로 생각되는 삶의 상황들이나 단 하루도 견딜 수 없을 것 같은 조건들조차도 당연한 것으로 알고 세상 누구보다 평화로운 얼굴로 살아가는 사람들과 만날 수 있다는 점이다.

그렇다면 불편을 즐긴다면 어느 정도까지 즐길 것인가? 이런 갈등은 집을 떠나기 전 짐 싸기부터 시작된다. 이것을 넣을 것인가 말 것인가, 저것을 가져갈 것인가 말 것인가, 불편해도 참을 것인가 아닌가를 결정하는 데서부터 '나만의 여행법'은 시작되는 것이다. 어떤 이는 패션쇼라도 할 것처럼 잔뜩 멋을 부린 옷가지들로 가방을 채울 수도 있다. 영화 속에서만 보던 옷들, 한국에선 행여 손가락질받을까 못 입어본 옷들, 기온이 안 맞거나 문화적으로 맞지 않아 입을 기회가 없었던 옷들을 입어볼 수 있는 절호의 기회가 바로 여행인 것이다. 그러나 어떤 이들은 자신이 가진 옷들 중 가장 편하고 소박한 것들로 가방을 채우기도 한다. 그리고 여행지에서 입고 난 후 그곳에 있는 사람들에게 나누어주고 빈 가방을 메고 돌아온다.

여행을 아예 하지 않는 사람들도 있다. 사실 난 여행을 싫어하는 사람을 몇 알고 있다. 그들은 당당히 말한다. 휴일에는 응접실 소파에 누워 이리저리 리모컨을 돌릴 때가 가장 행복하다고. 그런 사람도 있는 것이다. 그는 왜 모든 게 갖추어진 편리한 집을 두고 사서 고생을 하는 건지 이해를 못하겠다고 했다. 그렇다. 편리함으로 치자면 집보다 편한 곳이 있을까. 조금도 불편하지 않으려 한다면 집을 통째로 옮겨야 할지도 모를 일이다. 그러나 이런저런 것들쯤 며칠 없어도 지장 없다고 생각하고, 그곳도 사람 사는 곳이니 필수품은 구할 수 있을 거라 믿으면 짐은 훨씬 가벼워진다. 우리 삶이 그러하듯이……

그을린
피부의 나라

아프리카를 여행하는 사람이 점차 많아지고 있지만, 에티오피아를 여행지로 선택하는 사람은 여전히 많지 않다. 에티오피아에 대한 인식은 미미해서 이름조차 못 들어본 사람도 많을 것이다. 찢어지게 가난한 나라의 이미지가 강하게 남아 있어, 여행을 한다는 것 자체가 왠지 마음을 불편하게 하는 면도 있다. 그러나 커피 애호가들이 급증하고 로스팅 카페나 유명 커피점들을 중심으로 에티오피아산 시다모나 예가체프 등에 대한 선호도가 증가하면서, 이곳은 커피 애호가들 사이에서 꼭 가보고 싶은 나라가 되고 있다.

도시 대부분이 해발 2,000미터가 넘는 고원 지대에 위치하여 아프리카답지 않게 연중 선선한 에티오피아는 기온 면에선 여행하기 좋은 나라지만, 고산 증세 때문에 활발하게 거리를 누비기엔 체력적인 부담이 있는 것도 사실이다. 그러나 뛰어다니지만 않는다면 누구나 충분히 멋진 여행을 즐길 수 있다.

'그을린 피부'라는 뜻의 에티오피아에 사는 사람들은 피부색도 매력적이지만, 얼굴이 작고 몸매가 날렵해서 외모가 뛰어나다. 특히 남성들보다 여성들이 정말 아름답다. 북쪽엔 고대 유적군이, 남쪽엔 커피 농장이 있으며, 시바 여왕의 유적과 암굴 교회들, 나일 강의 원류인 블루나일 폭포와 시미엔 산에

아름다운 피부색과 몸매를 지닌
에티오피아 여성들

Ethiopia

이르기까지 알면 알수록 무궁무진한 매력을 가진 나라다.

　이곳에선 심심찮게 밥 말리를 닮은 청년을 볼 수 있고, 밥 말리 스티커를 붙이고 다니는 자동차나, 그를 기념하는 티셔츠와 기념품을 파는 가게도 많이 만날 수 있다. 중미에 있는 자메이카의 레게 음악가가 이곳 에티오피아에서 사랑받는 이유는 무엇일까? 그것은 밥 말리 사상의 밑거름이 된 라스타파리아니즘의 탄생지가 바로 에티오피아이기 때문이다. 그의 노래에서 "아프리카로 돌아가자"라고 할 때의 아프리카가 바로 에티오피아다.

'분나 마프라트'라고 불리는
독특한 커피 의식

　에티오피아 여행이 지닌 최고의 매력은 '분나 마프라트bunna maffrate'라 불리는 독특한 커피 의식이다. '커피coffee'라는 말부터가 에티오피아의 지명인 '카파kaffa'에서 왔으며, 커피를 뜻하는 에티오피아 말 '분나bunna'에서 원두를 뜻하는 빈bean이 나왔다니, 이곳을 왜 커피의 기원이라 부르는가에 대해선 더 이상의 설명이 필요 없을 것 같다. 에티오피아인들에게 커피는 단순한 음료 이상으로 생존을 위한 귀한 식량이었고, 분나 마프라트는 신께 올리는 신성한 경배였다. 이들은 찬란했던 문화와 역사에 대한 강한 자부심을 전통 의식으로 이어가고 있다. 이 의식을 제대로 하려면 커피 한 잔 마시는 데 1시간 넘게 걸린다.

　순서는 대략 이러하다. 먼저 커피 제조에 들어가기 전에 향을 피워, 커피

에티오피아의 독특한 커피 의식,
분나 마프라트

를 대접할 사람과 그 자리에 있는 모든 사람의 코 앞에 대고 냄새를 맡게 한다. 이건 몸을 정결히 한다는 의미가 있다. 그러고 나서 원두를 프라이팬에 볶는다. 다 볶은 원두는 절구에 넣고 찧어서 가루를 낸다. 가루를 '지베나jebena'라고 하는 목이 긴 주전자에 넣고 불 위에서 끓인다. 다 끓으면 '치니cini'라 불리는 작은 잔에 따른다. 이때 현지인들의 분나에는 소금이 들어가기도 하고, 심지어 담뱃잎 같은 것을 넣기도 한다.

아와사Hawassa라는 곳에 갔을 때 로컬 분나를 마셔볼 기회가 있었는데, 향이 진한 허브와 소금을 넣고 끓인 커피는 커피 맛은 안 나고 짠맛과 허브 맛이 강해서 도저히 먹을 수가 없었다. 그러나 여행자들이 많은 대도시의 길거리 카페에선 미리 로스팅해놓은 커피 가루로 분나 마프라트를 해주는 것이 보통이다. 커피 맛은 에스프레소를 연상하면 된다.

누군가 에티오피아에서 맛보는 커피 맛을 '천국의 맛'이라고 표현한 걸 본 적이 있는데, 그 정도까지는 아니라 하더라도 에티오피아 전역에 걸쳐 맛있고 다양한 커피를 원도 한도 없이 맛볼 수 있다. 그 점에서 커피 마니아에게 에티오피아는 천국 같은 여행지임엔 틀림없다.

아디스아바바에서 시작되는
에티오피아 여행 루트

에티오피아 여행은 크게 북부의 유적지 여행과 남쪽의 커피 농장 여행으로 나뉜다. 매연 가득한 수도 아디스아바바^{Addis Ababa}에서 시작하여 고대의 악숨^{Axum}, 중세의 랄리벨라^{Lallibela}, 근세의 곤다르^{Gondar}로의 여행은 국내선으로 이동하며 볼 수 있도록 잘 짜여 있어 놀라웠다. 육로는 도시 안에서는 잘 닦여 있지만 도시 간에는 그렇지 않은 곳도 많고, 땅덩어리가 워낙 넓어 이동에 너무 많은 시간이 걸리므로 항공으로 이동하는 것이 보통이다.

'새로운 꽃'이라는 뜻의 아디스아바바는 에티오피아의 수도로서 정치, 경제, 외교의 중심지다. 녹색의 구릉과 언덕이 도시를 감싸고 있음에도 불구하고 낡은 차들이 뿜어내는 매연이 도시의 아름다움을 삼켜버린 듯했다. 교통 체증도 심하다.

이곳에서 반드시 가보아야 할 곳이 바로 국립박물관과 아름다운 정교회들이다. 국립박물관에서는 현생 인류의 조상으로 추정되는 루시의 뼛조각과, 호모 사피엔스 '이달투^{idaltu}'의 화석을 볼 수 있으므로 필수 중의 필수 코스라 하겠다. 박물관에 붙어 있는 루시라는 레스토랑은 아주 유명해서 현지 음식뿐 아니라 세계 여러 나라의 음식들을 맛볼 수 있고, 에스프레소 같은 유럽식 커피와 현지의 다양한 맥주들도 맛볼 수 있어 여러 차례 들르게 되었다. 로마네스크 양식의 트리니티 대성당^{Trinity Cathedral}은 에티오피아에서 가장 큰 교회로서 기품과 웅장함이 느껴졌다. 성당 전면의 천사 조각상과 내부에 있는 아름다운 벽화, 에티오피아 고유의 스테인드글라스는 정말 아름다웠다.

오랜 역사를 지닌 에티오피아
정교회의 아름다운 모습들

에티오피아는 기독교 문화에 기반한 나라지만 다양한 종교를 믿는 이들이 별 갈등 없이 어우러져 살고 있다. 척박한 환경은 사람의 시선을 지금 살고 있는 현세가 아닌 저 먼 영원을 향하게 만드는 법이기라도 한 걸까. 어딜 가든 가난한 이들에게 종교에 대한 믿음은 더욱 독실해 보였다.

악슘, 랄리벨라, 곤다르로
이어지는 고대로의 여행

악슘으로의 여행은 시바 여왕과 성경에 얽힌 전설로 인해 에티오피아의 기원을 찾아가는 여행이라 할 수 있다. 구약성서에도 등장하는 시바는 기원전 10세기경 아라비아와 동아프리카를 다스렸던 나라로, 시바의 여왕이 이스라엘의 솔로몬과 사랑에 빠져 낳은 아들이 바로 에티오피아 국가의 시조인 메넬리크라고 한다. 역사학자들은 이를 수수께끼로 여기고 있지만, 악슘엔 시바 여왕의 궁전 터와 목욕탕이 남아 있으며, 시온의 성메리 교회에는 모세의 십계명이 새겨진 돌판이 있다고 전해진다. 그 나라 국민들에게 신화와 전설인 것이, 외국인의 눈엔 역사적 근거도 희미해 보이는 진실이라는 점이 아이러니하게 다가왔다.

악슘에서 비행기를 타고 남쪽으로 400킬로미터 가면 있는 랄리벨라에는 불교의 아잔타나 엘로라 석굴에 비견해도 손색이 없을 만큼 거대한 암굴 교회군이 있다. 공항에 내려 2,800미터 산 위에 있는 암굴 교회를 찾아가는 길은 마치 인디아나 존스가 법궤를 찾아가는 여정처럼 신비롭다. 죽기 전에

Ethiopia

시바 여왕의 전설이 깃든 악슘

거대한 석굴 교회군으로 유명한
랄리벨라

꼭 가봐야 할 100개의 유적지에 들어 있기도 한 이곳은 석굴도 석굴이지만 공항에서 마을로 가는 길 자체가 너무나 멋지다. 그 길에서 만난 순박한 사람들과 독특한 가옥들은 내가 비로소 진정한 에티오피아의 세계로 들어왔음을 실감하게 해주었다.

〈천공의 성 라퓨타〉에 나오는 것처럼 생긴 근사한 레스토랑에서 점심을

복합 건축 양식으로 유명한 곤다르 유적

흑인 천사가 그려진 천장으로 유명한
데브레 베르한 셀라시 교회

먹고 석굴 교회군을 둘러보노라니, 왜 이곳을 에티오피아의 핵심 코스라 하
는지 알 것 같았다. 주변이 온통 이슬람인 환경 속에서 에티오피아가 기독교

를 지켜내기엔 어려움이 많았으리라 충분히 짐작할 수 있다. 이슬람이 위세를 떨치던 12세기에 예루살렘을 방문하고 온 랄리벨라 왕은 이곳을 제2의 예루살렘으로 만들기로 결심하고, 무슬림의 눈에 띄지 않고 위험을 최소화한 11개의 석굴 교회를 지었다. 23년에 걸쳐 지어졌다는 이들 교회는 아무리 생각해봐도 인간의 힘과 기술로 만들었다고 보기 힘들 만큼 불가사의해 보였는데, 이로 인해 이들 교회는 '천사가 함께 만든 교회'로 불리고 있다고 한다. 크리스마스가 되면 전국에서 랄리벨라의 석굴 교회들로 순례자들이 찾아드는데, 이들이 일제히 초를 켜고 기도하는 장면은 가히 장관이라고 한다.

에티오피아 최고봉이 있는 시미엔 국립공원의 베이스캠프이기도 한 도시 곤다르는 여러 나라와의 활발한 교류를 입증하듯 복합적인 양식의 건축물이 볼거리다. 유럽과 아시아의 각기 다른 양식이 혼재되어 있는 파실게비fasil ghebbi 요새는 수많은 침략에도 형태가 잘 보존되어 있다.

곤다르에서 빠뜨려선 안 될 유적지는 이아수 1세가 세운 데브레 베르한 셀라시Debre Berhan Selassie 교회로, 내부 천장을 장식하고 있는 흑인 천사 135명의 모습은 에티오피아의 상징 문양으로 사용되고 있다. 이들 천사들은 모두 다른 곳을 응시하며 각양각색의 표정을 짓고 있는데, 인간을 보호하고 희로애락을 공감하는 신의 마음을 대변한 것이라고 한다. 서양 선교사들이 아프리카 대륙에 기독교를 전파할 때 가장 어려웠던 점 중 하나가 바로 흑인 천사였다고 한다. 아프리카 사람들에게 천사는 검은 옷을 입고, 그들과 같은 검은 피부색을 한 것이 당연했기 때문이다. 세계의 이곳저곳을 둘러보면 예수나 마리아, 천사들의 모습이 그 나라 사람과 같은 피부색과 같은 모습으로 그려져 있다는 것은 참으로 흥미로운 일이다.

여행지에서의
아침

곤다르에 도착한 다음 날 새벽에 눈을 뜨니 이슬람의 아잔과도 비슷한 기도 소리가 온 마을에 울려 퍼졌다. 아침형 인간인 나는 여행지에서도 늘 아침 일찍 눈을 떠서 여명의 도시를 보는 것이 가장 큰 즐거움 중의 하나다. 잠에서 깨어 서서히 해가 떠오르는 거리로 나와보니 몸에 온통 흰 천을 두른 사람들이 일제히 같은 방향을 향해 걸어가고 있다. 이불보 같은 하얀 천을 이리저리 휘감은 모습은 뭔가 독특하고도 성스러운 느낌을 자아냈다.

도대체 어디로들 가는 걸까 궁금해진 나는 그들을 따라 걸어가 보기로 했다. (내가 잘하는 짓 중 하나다.) 그들이 모인 곳은 길거리 앞 공터였다. 작고 허름한 교회 같기도 하고 마을회관 같기도 한 곳에 사람들이 모여 기도도 하고 회의도 했다. 세계 어디에서도 볼 수 없는 독특한 광경이 아닐 수 없다. 이런 시간을 좋아한다. 지구의 어느 경도에서 다른 경도로, 어느 위도에서 다른 위도로 이동해서 살면서 한 번도 보지 못한 장면을 보고, 살면서 한 번도 만나지 못할 것 같은 사람들과 어깨를 스치고 걸어가는 일 말이다. 그 속에서 설레고 가슴 뛰며 진정 살아 있다고 느낀다.

한참을 그렇게 그들의 모습을 지켜보다가 돌아 나오는 길에 작은 골목길로 접어들었다. 골목엔 큰길에서 만날 수 없는 이야기들이 숨어 있다. 한 명만 지나가도 뽀얀 먼지가 이는 골목은 아름다웠고, 해맑은 아이들이 찢어진 자동차 타이어를 공처럼 굴리며 놀고 있었다. 아이들의 맑은 웃음소리로 시작하는 아침은 어디나 신성하다.

흰옷을 입은 사람들의 물결 속으로

새벽 산책을 하고 돌아오는 길 숙소 앞 가게 앞에 분나 마프라트를 위한 거리 카페가 차려졌다. 자리를 잡고 앉아 검은 진주처럼 아름다운 여인이 만들어주는 커피를 마신다. 진한 커피 향이 목젖을 타고 내려가고 그렇게 난 또 지구 반대편에서 하루를 맞는다.

예가체프로 가는
커피 로드

북부 여행을 마치고 남쪽의 커피 농장으로 가기 위해 아디스아바바로 돌아왔다. 그리고 다시 아디스아바바에서 자동차로 5시간을 달려 시다모 주의 주도인 아와사에 도착했다.

에티오피아 기독교의 역사는 로마보다도 빠른 악슘 왕조에서 시작되었으며, 에티오피아 특유의 토속 문화와 결합하면서 현재 국교인 에티오피아 정교로 자리 잡았다. 그래서인지 교회의 모습도 그렇고, 기도하는 의식도 춤과 점성술 같은 토속 신앙의 색채가 진하게 배어 있다. 연기를 피우기도 하고, 주문을 외우기도 하는 미사 방식은 독특했다. 아와사의 정교회 문 앞에는 많은 사람들이 안으로 들어가지 못한 채 문밖에서 기도를 드리고 있었는데, 간절한 기도 모습은 보는 사람마저 숙연하게 하기에 충분했다. 인간의 힘겨운 삶에 있어 기도와 믿음은 그 자체로 구원인지도 모르겠다.

아와사에서 예가체프Yirgachefe 가는 길은 시원하게 뻗은 도로가 가슴까지 탁 트이게 했다. 쾌청한 날씨는 그런 기분을 더욱 북돋아주었다. 121킬로미

예가체프 커피 농장

터밖에 안 되는 거리인데도 도로 사정이 열악한 탓에 차는 속도를 내지 못했다. 맞은편에서 이상한 나뭇가지를 실은 차들이 쉼없이 달려온다. 환각 성분이 섞인 '까트khat'라는 풀인데, 요즘은 커피보다 까트가 더 돈이 되어 커피 농장이 줄어들고 있다고 한다.

예가체프에 도착해서 질퍽한 황톳길을 따라 2킬로미터쯤 걸어 들어가니 커피 농장이 나왔다. 커피 조합에서 나온 분이 커피나무는 물론 커피 가공 과정까지 친절하게 설명해주셨다. 커피 수확은 한 달 후인 11월부터 이듬해 1월까지라니 이번에도 역시 수확하는 모습은 볼 수 없었지만(난 와이너리든 커피 농장이든 수확 철에 가본 적이 없다) 농장 안에서 만난 사람들의 밝은 미소만은 잊을 수 없을 것 같다. 커피 빛깔의 향기를 지닌 천사들이 사는 곳, 그곳이 바로 시다모 주 예가체프였다.

얼마 전 내린 비로 질퍽대는 황톳길을, 자기 몸무게보다 더 무거운 바나나와 열매를 등에 진 소녀들이 맨발로 걸어간다. 다 떨어진 옷이 조금도 남루하지 않게 느껴진 것은 어디서도 만나지 못할 햇살 같은 웃음 때문이었다. 커피 농장에서 하루 종일 일하면 우리 돈으로 1,500원 정도 받는다는데, 힘겨운 노동에도 이들의 표정은 너무나 밝고 친절했다.

공정무역이라고들 말하지만 최고 품질의 커피는 잘사는 유럽이나 아시아로 모두 수출되고, 정작 이 동네 사람들은 제대로 된 커피 한번 맛보기 힘들며, 팔고 남은 최하 등급을 마신다는 얘기를 들었을 땐 씁쓸했다. 그래도 모두가 다 그런 것은 아니어서 예가체프에 있는 서양식 카페에서는 현지 주민들이 가족 단위로, 친구들과 함께, 혹은 혼자서 상념에 잠긴 채로 서구식 커피를 즐기는 모습은 인상적이었다. 이탈리아산 수동식 에스프레소 머신에서 뽑아져 나오는 커피는 어느 유명한 커피 체인점에서 마셨던 것보다 맛있었다. 돌아 나오는 길에 본토에서 감격의 예가체프 분나 마프라트를 했다. 정성껏 달인 커피를 기다려 한 모금 삼키니 고량주를 넘길 때처럼 목젖까지 찌릿해온다. 왠지 다른 곳보다 몇 배 진한 느낌이 든다. 가격은 2비르 (120원)에 무한 리필이다.

고정관념을
깨주는 곳으로의 여행

에티오피아는 1970년대까지만 해도 우리보다 잘살았으며, 한국전쟁 때 우리를 도우러 오기도 했다. 그 후에 대내직인 가뭄과 내전으로 어려움을 겪고 있지만, 최근 우리나라에 새마을운동 연수를 올 정도로 극복의 의지가 크다. 아디스아바바에서 가장 유명한 토코모 카페에서 만난 정장 차림의 비즈니스맨은 자기네 나라도 다른 나라들처럼 빈부 차이가 있을 뿐 그렇게 가난하기만 한 나라는 아니며 발전의 기로에 있음을 강조했다.

오늘날 에티오피아의 문맹률은 급속히 감소하고 있으며, 초등학교 취학률이 70%가 넘어가고 있다. 아디스아바바 대학, 곤다르 대학, 아와사 대학 등 국립 대학교도 주요 도시마다 하나씩 있어 중추적인 역할을 하고 있다. 다른 무엇보다 아이들은 볼펜과 공책을 받는 것을 너무나 좋아했는데, 몇 킬로미터를 걸어가야 하는 등하굣길에도 지친 기색 하나 없이 연필과 공책을 가슴에 소중하게 안고 가는 학생들의 모습이 정말 예뻐 보였다. 에티오피아의 밝

아디스아바바에서 가장 유명한 카페, 토코모

최고의 유적과 아라비카 커피 향 가득한
에티오피아의 아이들

Ethiopia

은 미래를 보는 듯했다.

난 책이든, 영화든, 전시든 고정관념을 통하고 깨주는 것들을 좋아한다. 이런 취향은 여행지의 선택에도 작용하는 것 같다. 내겐 모든 여행이 고정관념을 깨는 한바탕 통쾌한 도전이었지만 그중에도 에티오피아로의 여행은 말로 다할 수 없는 놀라움을 안겨줬다. 열흘간의 여행을 마치고 공항으로 달리는 길, 아직도 내가 가보지 못한 무수히 많은 미지의 세계가 기다리고 있다는 생각이 들었다. 전기 공급이 수시로 끊겨 따뜻한 물로 샤워하기가 불가능했고, 와이파이 또한 원활하지 않아 불편했지만 이것이야말로 진정한 아프리카 여행이 주는 경험임에 틀림없을 것이다. 선선한 기후, 기독교의 강한 전통, 가난해도 천사같이 웃는 밝고 아름다운 사람들…….

이곳은 결코 우리가 알듯이 절대 빈곤으로만 허덕이는 나라가 아니었다. 인류의 시원, 나일 강의 시원에 이르기까지 최고의 유적과 아라비카 커피 향으로 가득한 멋진 나라였다.

북부 유적지에서 남부 커피 농장까지 에티오피아 사람들은 누가 잘살고 못살고를 비교하지 않으면서 하루하루를 즐겁게 살아가고 있었다. 이방인에게도 일말의 경계나 적의 없이 다가와 작은 기쁨에도 손을 잡고 키스를 하는 사람들, 여행자의 무례한 카메라에도 기꺼이 응해주고 별것 아닌 일에도 까르르 웃음을 터뜨리는 사람들이 사는 순수의 나라였다. 전기조차 거의 들어오지 않는 깜깜한 길을 걷고 또 걸으면서도 그 길에서 이웃을 만나면 어깨를 부딪치고 껴안으며 반갑게 인사를 나누는 모습은 각박해진 우리네 삶을 돌아보게 해주었다. 과연 우린 맨발의 저들보다 행복하게 산다고 말할 수 있는 걸까. 편견을 깨기 위해서라도 더 많은 이들이 에티오피아를 찾기를 바란다. 그리고 이번 여행으로 나 또한 조금은 더 깊고 진한 커피 향을 지닌 사람이 되었기를 소망해본다.

> "건물은 높아졌지만 인격은 작아졌다.
> 고속도로는 넓어졌지만 시야는 좁아졌다.
> 소비는 많아졌지만 가난해지고
> 많은 물건을 사지만 기쁨은 줄어들었다.
> 집은 커졌지만 가족은 작아졌다.
> (중략)
> 빨라진 고속철도.
> 편리한 일회용 기저귀.
> 많은 광고 전단.
> 그리고 줄어든 양심.
> 쾌락을 느끼게 하는 많은 약들.
> 그리고 느끼기 어려워진 행복."

_밥 무어헤드, 〈우리 시대의 역설〉 중에서

Ethiopia

{ Travel Tip }

✔ 찾아가기

에티오피아를 가장 빠르게 가려면 에티오피아 국영 항공사인 에티오피아항공을 타면 된다. 인천을 출발해 홍콩, 방콕 등을 거쳐 수도인 안타나나리보로 연결된다. 여행 기간은 열흘 정도로 잡는 것이 보통이며, 에티오피아항공의 패키지 여행 프로그램인 에티오피안 홀리데이즈를 이용하면 아디스아바바에서 악숨, 곤다르, 랄리벨라까지 국내선으로 이동하면서 여행할 수 있도록 시스템이 잘 갖춰져 있다.
추천 여행 루트: 아디스아바바—악숨—랄리벨라—곤다르—아와사—예가체프—아디스아바바

✔ 기본 여행 정보

나라 전체가 고산 지대여서 계절의 구분이 뚜렷하지 않다. 아디스아바바를 기준으로 2~3월은 소우기, 4~5월은 온건기이고, 6~9월은 대우기이므로 피하는 것이 좋다. 10월부터 이듬해 1월까지가 냉건기로서 여행하기에 가장 좋은 기간인데, 커피 수확 과정을 보고자 한다면 11~1월에 가는 것이 좋다. 아디스아바바 공항에서 도착 비자를 받을 수 있고, 최장 90일간 체류가 가능하다(수수료: 20달러). 황열병 예방 접종이 필수이며, 화폐 단위는 비르(Birr)로, 1비르=57원이다.

✔ 추천 액티비티
- 볼펜이나 티셔츠 등을 가져가서 현지인들에게 나눠주기
- 에티오피아의 독특한 커피 문화인 분나 마프라트 체험하기
- 커피 농장 방문하기
- 정교회 미사 참여하기

✔ 추천 숙소
- 아디스아바바: 소람바 호텔(Soramba Hotel: Tel. +251-111-565633)
- 곤다르: 로지 뒤 샤토(Lodge Du Chateau: Tel. +251-911-21025, www.lodgeduchateau.com)
- 악숨: 아프리카 호텔(Africa Hotel: Tel. +251-347-753700, africaho@ethionet.et)
- 랄리벨라: 톱 트웰브 호텔(Top Twelve Hotel: Tel. +251-911-930217, www.toptwelvehotel.com)